中国书籍文学馆 大师经典

夏丏尊精品选

夏丏尊◎著

中国书籍出版社
China Book Press

图书在版编目（CIP）数据

夏丏尊精品选 / 夏丏尊著 .—北京：中国书籍出版社，2014.3
（中国书籍文学馆 · 大师经典）
ISBN 978-7-5068-3930-3

Ⅰ . ①夏… Ⅱ . ①夏… Ⅲ . ①中国文学—现代文学—作品综合集 Ⅳ . ① I216.2

中国版本图书馆 CIP 数据核字（2013）第 306324 号

夏丏尊精品选

夏丏尊　著

图书策划　武　斌　崔付建
责任编辑　戎　骞
责任印制　孙马飞　张智勇
出版发行　中国书籍出版社
地　　址　北京市丰台区三路居路 97 号（邮编：100073）
电　　话　（010）52257143（总编室）（010）52257153（发行部）
电子邮箱　chinabp@vip.sina.com
经　　销　全国新华书店
印　　刷　北京世纪雨田印刷有限公司
开　　本　710 毫米 ×960 毫米　1/16
字　　数　296 千字
印　　张　23
版　　次　2014 年 6 月第 1 版　　2016 年 1 月第 2 次印刷
书　　号　ISBN 978-7-5068-3930-3
定　　价　39.80 元

出版前言

我国现代文学是指用现代文学语言与文学形式，表达现代中国人思想、情感、心理的文学。是在20世纪初“五四”新文化运动的影响下，广泛接受外国文学影响而形成的新兴文学。其不仅用现代语言表现现代科学民主思想，而且在艺术形式和表现手法上都对传统文学进行了革新，建立了新的文学体裁，在叙述角度、抒情方式、描写手段以及结构组成等方面，都有新的创造。

我国现代文学的主流是人民的文学，集中表现为大大加强了文学与人民群众的结合，文学与进步社会思潮及民族解放、革命运动的自觉联系，构成了我国现代文学的基本历史特点与传统。此时的文学，以表现普通人民生活、改造民族性格和社会人生为根本任务。

在创作实践上，我国现代文学中出现了从未有过的彻底反封建的新主题和新人物，普通农民与下层人民，以及具有民主倾向的新式知识分子，成为了文学主人公，充分展示了批判封建旧道德、旧传统、旧制度以及表现下层人民不幸、改造国民性与争取个性解放等全新主题。也是通过这些内涵和元素，现代文学对推动历史进步起到了独特作用。

我们已经跨入21世纪，今天的历史状况和时代主题与现代文学的成长背景存在巨大差异，但文学表现人物、反映社会、推动进步的主旨并没有改变，在此背景下，我们非常有必要重温现代文学的经验，吸取其有益的因素，开创我们新世纪的文学春天。我们编选《中国书籍文学馆·大师经典》丛书，精选鲁迅、郁达夫、闻一多、徐志摩、朱自清、萧红、夏丏尊、邹韬奋、鲁彦、梁遇春、戴望舒、郑振铎、庐隐、许地山、石评梅、李叔同、朱湘、林徽因、苏曼殊、章衣萍等我国现代著名作家的文学作品，正是为了向今天的读者展示现代文学的成就，让当代文学在与现代文学的对话中开拓创新，生机盎然。因为这些著名作家都是我国现代文学的开拓者和各种文学形式的集大成者，他们的作品来源于他们生活的时代，包含了作家本人对社会、生活的体验与思考，影响着社会的发展进程，具有永恒的魅力。

中国书籍出版社

2014 年 1 月

夏丏尊简介

夏丏尊（1886 ~ 1946）本名夏铸，字勉旃，后改字丏尊，号闷庵。浙江上虞松厦人，是我国近代著名教育家、文学家、编辑出版家、翻译家，我国新文学运动的先驱。

夏丏尊从小性灵聪慧，在私塾里，他熟读了四书五经，15岁时中了秀才，随后又阅读《史记》、《汉书》，能背诵不少唐诗、宋词，还诵读了不少古典文学作品，这使他从小具备了较高的文学素养。1908年，他任浙江两级师范学堂通译助教，为该校延聘的教育科日本教员作翻译。

1913年，夏丏尊在浙江省立第一师范学校任国文教员，随后加入南社。1924年，他兼任宁波浙江省立四中国文教员。1925年上半年，他在宁波省立四中教书。1926年，他到复旦大学中文系兼课，并应聘为上海暨南大学教授兼中国文学系主任，同时担任上海开明书店编辑所长。1936年，他当选为中国文艺家协会理事、主席。

1937年抗日战争爆发后，夏丏尊积极参加抗日救亡运动，任《救亡日报》编委。1945年11月，他被选为中华全国文艺家协会上海分会理事，但因牢狱生活早已毁了他的健康，于1946年4月23日在上海病逝。

1926年起，夏丏尊一边教书，一边从事出版事业，编辑发行了《中学生》、《新少年》、《新女性》、《一般》、《救亡报》等进步报刊，哺育了一代青年。

1937年上海沦陷期间，夏丏尊出版了《阅读与写作》、《文章讲话》等，还翻译了《南传大藏经》等。抗战胜利后，他撰写了《好话符咒式的政治》、《中国书业的新前途》等文。他的学术著作有《文艺论 ABC》、《生活与文学》、《现代世界文学大纲》等。译著有《社会主义与进化论》、《蒲团》、《国木田独步集》、《近代的恋爱观》、《近代日本小说集》、《爱的教育》、《续爱的教育》等。

夏丏尊不仅是我国新文学运动的先驱，而且还是我国语文教学的耕耘者。他同著名教育家叶圣陶、刘薰宇先生一样把毕生精力都投入到祖国的教育事业之中。尤其是 20 世纪 30 年代，身为开明书店总编辑的夏丏尊先生创办了《中学生》杂志，叶圣陶先生任杂志主编。这本杂志以先进的文化思想、丰富的科学知识教育中学生，在我国语文教学方面下力尤深，成果卓著，被几代中学生视作良师益友，在文化界、教育界和出版界有口皆碑。夏丏尊在语文教育方面的理论和实践，以及他终身为基础教育事业奋斗的精神，给后人留下了极其宝贵的财富。

散文

序跋

学馆

散文

夏丏尊精品选

中年人的寂寞

我已是一个中年的人。一到中年，就有许多不愉快的现象，眼睛昏花了，记忆力减退了，头发开始秃脱而且变白了，意兴、体力什么都不如年青的时候，常不禁会感觉到难以名言的寂寞的情味。尤其觉得难堪的是知友的逐渐减少和疏远，缺乏交际上温暖的慰藉。

不消说，相识的人数，是随了年龄增加的，一个人年龄越大，走过的地方，当过的职务越多，相识的人理该越增加了。可是相识的人并不就是朋友，我们的和许多人相识，或是因了事务关系，或是因了偶然的机缘，——如在别人请客的时候同席吃过饭之类。见面时点头或握手，有事时走访或通信，口头上彼此也称“朋友”，笔头上有时或称“仁兄”，诸如此类，其实只是一种社交上的客套，和“顿首”“百拜”同是仪式的虚伪。这种交际可以说是社交，和真正的友谊，相差似乎很远。

真正的朋友，恐怕要算“总角之交”或“竹马之交”了。在小学和中学的时代容易结成真实的友谊，那时彼此尚不感到生活的压迫，入世未深，打算计较的念头也少，朋友的结成，全由于志趣相近或性情适合，差不多可以说是“无所为”的，性质比较地纯粹。二十岁以后结成的友谊，大概已不免掺有各种各样的颜色分子在内，至于三十岁四十岁以后的朋友中间，颜色分子愈多，友谊的真实成分也就不免因而愈少了，这并不一定是“人心不古”，实可以说是人生的悲剧。人到了成年以后，彼此都有生活的重担须负，入世既深，顾忌的方面也自然加多起来，在交际上不许你不计较，不许你不打算，结果彼此都“钩心斗角”，像七巧板似地只选定了某一方面和对方去接合，这样的接合当然是很不坚固的，尤其是现代这样什么都到了尖锐化的时代。

在我自己的交游中，最值得系念的老是一些少年时代以来的朋友。这些朋友本来数目就不多，有些住在远地，连相会的机会也不可多得，他们有的年龄大过了我，有的小我几岁，都是中年以上的人了，平日各人所走的方向不同，思想趣味，境遇也都不免互异，大家晤谈起来，也常会遇到说不出的隔膜的情形。如大家话旧，旧事是彼此共喻的，而且大半都是少年时代的事，“旧游如梦”，把梦也似的过去的少年时代重提，因了谈话的进行，同时就会关联了想起许多当时的事情，许多当时的人的面影，这时好像自己仍回归少年时代去了。我常在这种时候感到一种快乐，同时也感到一种伤感，那情形好比老妇人突然在抽屉里或箱子里发见了她盛年时的影片。

逢到和旧友谈话，就不知不觉地把话题转到旧事上去，这是我的习惯，我在这上面无意识地会感到一种温暖的慰藉。可是这些旧友，一年比一年减少了，本来只是屈指可数的几个，少去一个，是无法弥补的，我每当听到一个旧友死去的消息时候，总要惆怅多时。

学校教育给我们的好处，不但只是灌输知识，最大的好处，恐怕还在给与我们求友的机会一点上。这好处我到了离学校以后才知道，这几年来更确切地体会到，深悔当时毫不自觉，马马虎虎地过去了。近来每日早晚在路上见到两两三三地携着书包、携了手或挽了肩膀走着的青年学生们，我总艳羡他们有朋友之乐，暗暗地要在心中替他们祝福。

阮玲玉的死

电影女伶阮玲玉的死，叫大众非常轰动。这一星期以来，报纸上连续用大幅记载着她的事，街谈巷语都以她为话题。据说：跑到殡仪馆去瞻观遗体的有几万人，其中有些人是特从远地赶来的。出殡的时候沿途有几万人看。甚至还有两个女子因她的死而自杀。轰动的范围之广为从来所未有。她死后的荣哀，老实说，超过于任何阔人，任何名流。至于那些死后要大发讣闻号召吊客，出材时要靠许多叫化子来绷场面的大丧事，更谈不上了。

一个电影女伶的死竟会如此轰动大众，这原因说起来原不简单。第一，她的死是自杀的，自杀比生病死自然更易动人；第二，她的死是为了恋爱的纠纷，桃色事件照例是容易引起大众的注意的；第三，她是一个电影伶人，大众虽和她无往来，但在银幕上对她有相当的认识，抱有相当的好感。这三种原因合在一起遂使她的死如此轰动大众。

如果把这三种原因分析比较起来，我以为第三个原因是主要的，第一第二并不是主要的原因。现今社会上自杀的人差不多日日都有，桃色事件更不计其数，因桃色事件而自杀的男女也不知有多少，何以不曾如此轰动大众呢？阮玲玉的死所以如此使大众轰动，主要原因就在大众对她有认识，有好感，换句话说，她十年来体会大众的心理，在某程度上是曾能满足大众要求的。同是电影女伶，同是自杀的一年以前有过一个艾霞，社会人士虽也曾为之惋惜，却没有如此轰动，那是因她上银幕未久，作品不多，工力尚未能深入人心的缘故。

不论音乐绘画文学或是什么，凡是真正的艺术，照理都该以大众为对象，努力和大众发生交涉的。艺术家的任务就在用了他的天分体会大众的心情，用了他的技巧满足大众的要求。好的艺术家，必和大众接近，同时为大众所认识所爱戴。普式庚出殡时啜泣而送的有几万人，陀思妥夫斯基的死，许多人有为之号哭，农民画家米莱的行事和作品到今还在多数人心里活着不死。他们一向不忘记大众，一切作为都把大众放在心目中，所以大众也不忘记他，把他们放在心目中。这情形原不但艺术上如此，政治上、道德上、事业上、学问上都一样。凡是心目中没有大众的，任凭他议论怎样巧，地位怎样高，声势怎样盛，大众也不会把他放在心目中。

现在单就艺术来说，在各种艺术之中，最易有和大众接触的机会的要算戏剧和文学。因为戏剧天然有许多观众，文学靠了印刷的传布，随时随地可得到读者。同是戏剧，电影比一向的京剧昆剧接近大众得多。这只要看京剧昆剧已观客渐少而电影院到处林立的现象，就可知道。在今日，旧剧的名伶——假定是梅兰芳氏吧，有一天如果死了，死因无论怎样，轰动大众的程度，决不及这次的阮玲玉，这是可预言的。电影伶人卓别麟将来死时，必将大大地有一番轰动，这也是可预言的。因为电影在性质上比歌剧接近着大众，它的艺术材料及演出方法，在对大众接触一点上有着种种旧剧所没有的便利。阮玲玉的表演技术原不能说已了不得，已好到了绝顶，她在电影上的工力，和从来名伶在旧剧上的工力，两相比较起来，也许不及。她的所以能因了相当的成就，收得较大的效果，可以说因为她是电影伶人的缘故。如果她以同样的工力投身在旧剧中，也许只是一个平常的女伶而已。这完全是艺术材料和方法进步不进步的关系。

同样的情形也可应用到文学上。文学是用文字做的艺术，它的和大众接近，本来就没有像电影的容易。电影只要有眼睛的就能看，文学却须以识得懂得文字为条件，文学对于文盲，其无交涉等于电影之对于瞎子。国内瞎子不多，文盲却自古以来占着大多数，到现在还是占着大多数。文学在中国根本是和大众绝缘的东西。救济的方法，一方面固然须普及教育，扫除文盲，一方面还得像旧剧改进到电影的样子，把文学的艺术材料和演出方法改进，使容易和大众接近，世间各种新文学运动，用意不外乎此。新文学运动，离成功尚远，并且还有各种各样的阻力在加以障碍。例如到现在还居然有人主张作古文读经。中国自古有过许多杰出的文人，现在也有不少好的文人，可是大众之中认识他们，爱戴他们的人有多少呢？长此下去，中国文人心目中没有大众的不必说了，即使心目中想有大众，也无法有大众吧。中国文人死的时候，像阮玲玉似地能使大众轰动的，过去固然不曾有过，最近的将来也决不会有吧。这是可使我们做文人的愧杀的。

试 炼

搬家到这里来以后，才知道附近有两所屠场。一所是大规模的西洋建筑，离我所住地方较远，据说所屠杀的大部分是牛。偶然经过那地方除有时在近旁见到一车一车的血淋淋的牛肉或带毛的牛皮外，不听到什么恶声，也闻不到什么恶臭。还有一所是旧式的棚屋，所屠杀的大部分是猪。棚屋对河一条路是我出去回来常要经过的，白天看见一群群的猪被拷押着走过，闻着一股臭气，晚间听到凄惨的叫声。

我尚未戒肉食，平日吃牛肉，也吃猪肉，但见到血淋淋的整车的新从屠场运出来的牛体，听到一阵阵的猪的绝命时的惨叫，总觉得有些难当。牛肉车不是日日碰到的，有时远远地见到了就俯下了头管自己走路让它通过，至于猪的惨叫是所谓“夜半屠门声”，发作必在夜静人定以后。我日里有板定的工作，探访酬酢及私务处理都必在夜间，平均一星期有三四日不在家里吃夜饭，回家来往往要到十点至十一点模样。有时坐洋车，有时乘电车在附近下车再步行。总之都不免听到这夜半的屠门声。

在离那儿数十步的地方已隐隐听到猪叫了。同时有好几只猪在叫，突然来一个尖利的曳长的声音，不消说是一只猪绝命了的表见。不多时继续地又是这么尖利的一声。我坐在洋车上不禁要用手掩住耳朵，步行时总是疾速地快走，但愿这声音快些离开我的听觉范围，不敢再去联想什么，想像什么。到了听不见声音的地方，才把心放下，那情形宛如从恶梦里醒来一样。为要避免这苦痛，我曾想减少夜间出外的次数，或到九点钟模样就回家来，可是事实常不许这样。尤其是废历年关的几天，我的外出的机会更多了。屠场的屠杀也愈增加了，甚至于白天经过，也要听到悲惨的叫声。“世界是这样，消极地逃避是不可能的。你方才不是吃猪肉的吗？那末为什么听到了杀猪就如此害怕？古来有志的名人为了要锻炼胆力，曾有故意到刑场去看行刑的事。现在到处有天灾人祸，世界大战又危机日迫，你如果连杀猪都要害怕，将来到了流血成河，杀人盈野的时候怎样？要改革现社会，就得先有和现社会罪恶对面的勇气，你如果能把猪的绝命的叫声老实谛听，或实地去参观杀猪的情形，也许因此会发起真正的慈悲心来，废止肉食。假惺惺的行为，毕竟只是对于自己的欺骗，不是好汉的气概！”有一天，在亲戚家里吃了年夜饭回来，我曾这样地在电车中自语。

下了电车，走近河边，照例就隐约地有猪叫声到耳朵里来了。棚屋中的灯光隔河望去特别地亮，还夹入着热蓬蓬的烟雾。我抱了方才的决心步行着故意去听，总觉得有些难耐。及接连听到那几声尖利的惨叫，不由自主地又把两耳掩住了。

幽默的叫卖声

住在都市里，从早到晚，从晚到早，不知要听到多少种类多少次数的叫卖声。深巷的卖花声是曾经入过诗的，当然富于诗趣，可惜我们现在实际上已不大听到。寒夜的“茶叶蛋”“细砂粽子”“莲心粥”等等，声音发沙，十之七八似乎是“老枪”的喉咙，困在床上听去，颇有些凄清。每种叫卖声，差不多都有着特殊的情调。我在这许多叫卖者中发见了两种幽默家。

一种是卖臭豆腐干的。每日下午五六点钟，弄堂口常有臭豆腐干担歇着或是走着叫卖，担子的一头是油锅，油锅里现炸着臭豆腐干，气味臭得难闻，卖的人大叫“臭豆腐干！”

“臭豆腐干！”态度自若。

我以为这很有意思。“说真方，卖假药”，“挂羊头，卖狗肉”，是世间一般的毛病，以香相号召的东西，实际往往是臭的。卖臭豆腐干的居然不欺骗大众，自叫“臭豆腐干”，把“臭”作为口号标语，实际的货色真是臭的。如此言行一致，名副其实，不欺骗别人的事情，恐怕世间再也找不出了吧，我想。

“臭豆腐干！”这呼声在欺诈横行的现世，俨然是一种愤世嫉俗的激越的讽刺！

还有一种是五云日升楼卖报者的叫卖声。那里的卖报的和别处不同，没有十多岁的孩子，都是些三四十岁的老枪瘪三，身子瘦得像腊鸭，深深的乱头发，青屑屑的烟脸，看去活像是个鬼，早晨是不看见他们的，他们卖的总是夜报，傍晚坐电车打那儿经过，就会听到一片的发沙的卖报声。

他们所卖的似乎都是两个铜板的东西如《新夜报时报号外》之类），叫卖的方法很特别，他们不叫“刚刚出版 ×× 报”，却把价目和重要新闻标题联在一起，叫起来的时候，老是用“两个铜板”打头，下面接着“要看到”三个字，再下去是当日的重要的国家大事的题目，再下去是一个“哪”字。“两个铜板要看到十九路军反抗中央哪！”在福建事变起来的时候，他们就这样叫。“两个铜板要看到剿匪胜利哪！”在剿匪消息胜利的时候，他们就这样叫。“两个铜板要看到日本副领事在南京失踪哪！”藏本事件开始的时候，他们就这样叫。

在他们的叫声里任何国家大事都只要化两个铜板就可以看到，似乎任何国家大事都只值两个铜板的样子。我每次听到，总深深地感到冷酷的滑稽情味。

“臭豆腐干！”“两个铜板要看到 ×××× 哪！”这两种叫卖者颇有幽默家的风格。前者似乎富于热情，像个矫世的君子，后者似乎鄙夷一切，像个玩世的隐士。

早老者的忏悔

朋友间谈话，近来最多谈及的是关于身体的事。不管是三十岁的朋友，四十左右的朋友，都说身体应付不过各自的工作，自己照起镜子来，看到年龄以上的老态。彼此感慨万分。

我今年五十，在朋友中原比较老大。可是自己觉得体力减退，已好多年了。三十五六岁以后，我就感到身体一年不如一年，工作起不得劲，只是恹恹地勉强挨，几乎无时不觉到疲劳，什么都觉得厌倦，这情形一直到如今。十年以前，我还只四十岁，不知道我年龄的都说我是五十岁光景的人，近来居然有许多人叫我“老先生”。论年龄，五十岁的人应该还大有可为，古今中外，尽有活到了七十八十，元气很盛的。可是我却已经老了，而且早已老了。

因为身体不好，关心到一般体育上的事情，对于早年自己的学校生活发见一种重大的罪过。现在的身体不好，可以说是当然的报应。这罪过是什么？就是看不起体操教师。

体操教师的被蔑视，似乎在现在也是普通现象。这是有着历史关系的。我自己就是一个历史的人物。三十年前，中国初兴学校，学校制度不像现在的完整。我是弃了八股文进学校的，所进的学校，先后有好几个，程度等于现在的中学。当时学生都是所谓“读书人”，童生、秀才都有，年龄大的可三十岁，小的可十五六岁，我算是比较年青的一个。那时学校教育虽号称“德育、智育、体育并重”，可是学生所注重的是“智育”，学校所注重的也是“智育”，“德育”和“体育”只居附属的地位。在全校的教师之中，最被重视的是英文教师，次之是算学教师，格致（理化博物之总名）教师，最被蔑视的是修身教师，体操教师。大家把修身教师认作迂腐的道学家，把体操教师认作卖艺打拳的江湖家。修身教师大概是国文教师兼的，体操教师的薪水在教师中最低，往往不及英文教师的半数。

那时学校新设，各科教师都并无一定的资格，不像现在的有大学或专门科毕业生。国文教师，历史教师，由秀才、举人中挑选，英文教师大概向上海聘请，圣约翰书院（现在改称大学，当时也叫梵王渡）出身的曾大出过风头，算学、格致教师也都是把教会学校的未毕业生拉来充数。论起资格来，实在薄弱得很。尤其是体操教师，他们不是三个月或半年的速成科出身，就是曾经在任何学校住过几年的三脚猫。那时一面有学校，一面还有科举，大家把学校教育当作科举的准备。体操一科，对于科举是全然无关的，又不像现在学校的有竞技选手之类的名目，谁也不去加以注重。在体操时间，有的请假，有的立在操场上看教师玩把戏，自己敷衍了事。体操教师对于所教的功课，似乎也并无何等的自信与理论，只是今日球类，明日棍棒，轮番着变换花样，想以趣味来维系人心。可是学生老不去睬他。

蔑视体操科，看不起体操教师，是那时的习惯。这习惯在我竟一直延长下去，我敢自己报告，我在以后近十年的学生生活中，不曾用了心操过一次的体操，也不曾对于某一位体操教师抱过尊敬之念。换一句话说，我在学生时代不信“一二三四”等类的动作和习惯会有益于自己后来的健康。我只觉得“一二三四”等类的动作干燥无味。

朋友之中，有每日早晨在床上作二十分操的，有每日临睡操八段锦的，据说持久着做，会有效果，劝我也试试。他们的身体确比我好得多，我也已经从种种体验上知道运动的要义不在趣味而在继续持久，养成习惯。可是因为一向对于这些上面厌憎，终于立不住自己的决心，起不成头，一任身体一日不如一日。

我们所过的是都市的工商生活，房子是鸽笼，业务头绪纷烦，走路得刻刻留心，应酬上饮食容易过度，感官日夜不绝地受到刺激，睡眠是长年不足的，事业上的忧虑，生活上的烦闷是没有一刻忘怀的，这样的生活当然会使人早老早死，除了捏锄头的农夫以外，却无法不营这样的生活，这是事实，积极的自救法，唯有补充体力，及早预备好了身体来。

“如果我在学生时代不那样蔑视体操科，对于体操教师不那样看他们不起，多少听受他们的教诲，也许……”我每当顾念自己的身体现状时常这样暗暗叹息。

鲁迅翁杂忆

我认识鲁迅翁，还在他没有鲁迅的笔名以前。我和他在杭州两级师范学校相识，晨夕相共者好几年，时候是前清宣统年间。那时他名叫周树人，字豫才，学校里大家叫他周先生。

那时两级师范学校有许多功课是聘用日本人为教师的，教师所编的讲义要人翻译一遍，上课的时候也要有人在旁边翻译。我和周先生在那里所担任的就是这翻译的职务。我担任教育学科方面的翻译，周先生担任生物学科方面的翻译。此时，他还兼任着几点钟的生理卫生的教课。

翻译的职务是劳苦而且难以表现自己的，除了用文字语言传达他人的意思以外，并无任何可以显出才能的地方。周先生在学校里却很受学生尊敬，他所译的讲义就很被人称赞。那时白话文尚未流行，古文的风气尚盛，周先生对于古文的造诣，在当时出版不久的《域外小说集》里已经显出。以那样的精美的文字来译动物植物的讲义，在现在看来似乎是浪费，可是在三十年前重视文章的时代，是很受欢迎的。

周先生教生理卫生，曾有一次答应了学生的要求，加讲生殖系统。

这事在今日学校里似乎也成问题，何况在三十年以前的前清时代。全校师生们都为惊讶，他却坦然地去教了。他只对学生提出一个条件，就是在他讲的时候不许笑。他曾向我们说：“在这些时候不许笑是个重要条件。因为讲的人的态度是严肃的，如果有人笑，严肃的空气就破坏了。”大家都佩服他的卓见。据说那回教授的情形果然很好。别班的学生因为没有听到，纷纷向他来讨油印讲义看，他指着剩余的油印讲义对他们说：“恐防你们看不懂的，要么，就拿去。”原来他的讲义写得很简，而且还故意用着许多古语，用“也”字表示女阴，用“了”字表示男阴，用“幺”字表示精子，诸如此类，在无文字学素养未曾亲听过讲的人看来，好比一部天书了。这是当时的一段珍闻。

周先生那时虽尚年青，丰采和晚年所见者差不多。衣服是向不讲究的，一件廉价的羽纱——当年叫洋官纱——长衫，从端午前就着起，一直要着到重阳。一年之中，足足有半年看见他着洋官纱，这洋官纱在我记忆里很深。民国十五年初秋他从北京到厦门教书去，路过上海，上海的朋友们请他吃饭，他着的依旧是洋官纱。我对了这二十年不见的老朋友，握手以后，不禁提出“洋官纱”的话来。“依旧是洋官纱吗？”我笑说。“呃，还是洋官纱！”他苦笑着回答我。

周先生的吸卷烟是那时已有名的。据我所知，他平日吸的都是廉价卷烟，这几年来，我在内山书店时常碰到他，见他所吸的总是金牌、品海牌一类的卷烟。他在杭州的时候，所吸的记得是强盗牌。那时他晚上总睡得很迟，强盗牌香烟，条头糕，这两件是他每夜必须的粮。服侍他的斋夫叫陈福。陈福对于他的任务，有一件就是每晚摇寝铃以前替他买好强盗牌香烟和条头糕。我每夜到他那里去闲谈，到摇寝铃的时候，总见陈福拿进强盗牌和条头糕来，星期六的夜里备得更富足。

周先生每夜看书，是同事中最会熬夜的一个。他那时不做小说，文学书是喜欢读的。我那时初读小说，读的以日本人的东西为多，他赠了我一部《域外小说集》，使我眼界为之一广。我在二十岁以前曾也读过西洋小说的译本，如小仲马、狄更斯诸家的作品，都是从林琴南的译本读到过的。《域外小说集》里所收的是比较近代的作品，而且都是短篇，翻译的态度，文章的风格，都和我以前所读过的不同。这在我是一种新鲜味。自此以后，我于读日本人的东西以外，又搜罗了许多日本人所译的欧美作品来读，知道的方面比较多起来了。他从五四以来，在文字上，思想上，大大地尽过启蒙的努力。我可以说在三十年前就受他启蒙的一个人，至少在小说的阅读方面。

周先生曾学过医学。当时一般人对于医学的见解，还没有现在的明了，尤其关于尸体解剖等类的话，是很新奇的。闲谈的时候，常有人提到这尸体解剖的题目，请他讲讲“海外奇谈”。他都一一说给他们听。据他说，他曾经解剖过不少的尸体，有老年的，壮年的，男的，女的。依他的经验，最初也曾感到不安，后来就不觉得什么了，不过对于青年的妇人和小孩的尸体，当开始去破坏的时候，常会感到一种可怜不忍的心情。尤其是小孩的尸体，更觉得不好下手，非鼓起了勇气，拿不起解剖刀来。我曾在这些谈话上领略到他的人间味。

周先生很严肃，平时是不大露笑容的，他的笑必在诙谐的时候。他对于官吏似乎特别憎恶，常摹拟官场的习气，引人发笑。现在大家知道的“今天天气……哈哈”一类的摹拟谐谑，那时从他口头已常听到。他在学校里是一个幽默者。

一个从四川来的青年

最近，我遇到一件不寻常的事。

新年开工的第一日，于写字台上停工数日来积下来的信堆里，发见一封由本埠不甚知名的某小旅馆发来的挂号信。信里说，自己是与我不相识的青年，因为读了我的文章，很钦佩我，愿跟我做事，一壁做工，一壁学习；特远远地冒险从四川冲到上海来，现住在某小旅馆里，一心等候我的回音。我看了通信，既惶悚，又惊异。自从服务杂志以来，时常接到青年读者诸君的信，像这样突兀这样迫切的函件却是第一次见到。我因为不知怎样写回信才好，正在踌躇，次晨又接到他的催信了。这次的信是双挂号的，信里说，他在上海举目无亲，完全要惟我是赖。又说离家时，父母亲友都不以他为然，可是他终于信赖着我，不顾一切地冲到上海来了，叫我快快给他回音。

我想写回信，可是无从写起，结果携了原信跑到旅馆里去访他，和他面谈。他是一个十八九岁的青年，印象并不坏，据说曾在四川某中学读过几年书，中途又改入商店，因川中商业不景气，仍想再求学。此次远来找我，目的有二：一是要我指导他的学问，二是要我给他一个职业的位置，不论什么都愿做，但求能半工半读就是。我的答复是：我自惭没有真实学问可以作他的指导，半工半读的职业更无法立刻代谋。惟一的忠告是劝他且回故乡去，不要徒然飘泊在上海。他对于回故乡去似有难色，说恐见不得父母亲友。我苦劝了一番，且答应与他时常通信（即他的所谓学问指导），他才表示愿即日离开上海。据他说有一位同乡在无锡某工厂里服务，上海既得不到位置，只好到无锡去改托同乡设法。我问他事前曾否与在无锡的那位同乡有所接洽，他说毫无接洽，只好撞去看。我不禁又为之黯然起来，可是也无法叫他不到无锡去。“在无锡如果找不到事，还是赶快回故乡去吧。”这是临别时我最后劝他的话。傍晚他又送了一封信来，还赠我一瓶辣酱与一罐榨菜。信中说，决依从我的劝告，离去上海，明晨赴无锡去。

我凝视着放在写字台上的辣酱瓶与榨菜罐，不禁感慨多端：想起一二年前上海曾有好几批青年抛了职业与家庭远赴峨嵋山学道，现在这位青年却从峨嵋山附近的家乡，毫无把握地冲到上海来。两相对照，为之苦笑起来。我和这位青年未曾素识，对于他个人无所谓爱憎，只是对于他的行动却认为缺乏常识，可以说是对于现社会认识不足。

这位青年的投奔到上海来，据他自说一则为了想“从师”，二则为了想“得职”。我的足为“师”与否且不管，即使果足为“师”，也是不能“从”的。古代生活简单，为师者安住在家里，远方仰慕他的负笈相从，就住在师的门下，一方面执弟子之役，一方面随时求教。师弟之间自然成立着经济的关系，可以不作其他别种的打算与计较。现在怎样？普通所谓“师”者就是学校教员，完全为雇用性质，师弟之间的经济关系并没有从前的自然，并且教员生活甚不稳定，这学期在这儿，下学期在那儿，地位更动得比戏院里的优伶还厉害，叫青年怎能“从”呢？我是书店的职员，说得明白点，是被书店雇用，靠书店的薪水生活着的。

住的房子只是每月出钱租来的狭小的一室，安顿妻孥已嫌不够，哪里还容得“门下生”与“入室弟子”呢？“从师”的话，现今还有人沿用，其实现社会中早已根本不能有这么一回事，应该与“郊”“禘”“告朔”之类同列入废语之中的了。

至于得职，在现代工商社会中，可分为两种方式：一是聘任，一是雇用。聘任是厂店方面要求你去担任职务的，且提开不谈；至于雇用，最初大概要有介绍人或保证人。雇用之权普通操在经理，一个陌生的青年突然对于厂店中的某个人说，要立刻在厂店中替他安插一个职位，当然难以办到。用自荐书来介绍自己，他国原有此种求职的方式，国内新式的厂店中也似乎正在仿行。可是不经对方同意，就突兀地奔投前往是决不行的。这位青年投奔到我这里来，碰壁，投奔到无锡去找同乡，据我推断起来也一定会碰壁吧。理想社会实现以后不知道，在现社会的机构里决不会让我们有这样的自由。

现社会的机构如此。这机构是好是坏，姑且不谈，我们应该大家先把它明了，凡事认清，不为陈套的文字所束缚，不为传统的惯例所蒙蔽。学问在现社会中是什么？“师”在现社会中是什么？今日职业界的情形怎样？工厂商店内部的构造怎样？……诸如此类的事项，在中学校的教科书里也许是不列入的，学校的教员们的口里也许是不提及的，可是却都是很重要的知识。

这位青年不顾一切远道投奔到上海来，其勇气足以令人赞赏，可惜，他对于现社会尚未认识得明白，其追求的落空，无异于上海青年的赴峨嵋山求道！

上海青年赴峨嵋山求道，大家都把责任归诸荒唐的武侠小说，峨嵋山的道士倒是没有责任的。这位青年的从四川到上海来碰壁，责任者是谁呢？这是一个值得大家考察的问题了。

白　采

我的认识白采，始于去年秋季立达学园开课时。在那学期中，我隔周由宁波到上海江湾兼课一次，每次总和他见面，可是因为来去都是匆匆，且不住在学园里的缘故，除在事务室普通谈话外，并无深谈的机会。只知道他叫白采，曾发表过若干诗和小说，是一个在学园中帮忙教课的人而已。

年假中，白采就了厦门集美的聘，不复在立达帮忙了。立达教师都是义务职，同人当然无法强留他，我到立达已不再看见他了。过了若干时，闻同人说他从集美来了一封很恳切的信，且寄了五十块钱给学园，说是帮助学园的。我听了不觉为之心动。觉得是一个难得的人。这是我在人品上认识白采的开始。

白采的小说，我在未面识他以前也曾在报上及杂志上散见过若干篇，印象比较地深些的，记得只是《归来的磁观音》一篇而已。至于他的诗集，虽曾也在书肆店头见到，可是一见了那惨绿色的封面和丧讣似的粗轮廓线，就使我不快，终于未曾取读。不知犯了什么因果，我自来缺少诗的理解力和鉴赏力，特别是新诗。旧友中如刘大白朱佩弦都是能诗的，他们都有诗集送我，也不大去读，读了也不大发生共鸣。普通出版物上遇到诗的部分，也往往只胡乱翻过就算。白采的诗被我所忽视，也是当然的事了。一月前，佩弦由北京回白马湖，我为《一般》向他索文艺批评的稿子，他提出白采的诗来，说白采是现代国内少见的诗人，且取出那惨绿色封面有丧讣式的轮廓的诗集来叫我看。

我勉强地看了一遍，觉得大有不可蔑视的所在，深悔从前自己的妄断。这是我在作品上认识白采的开始。过了几天，为筹备《一般》创刊号来到上海，闻白采不久将来上海的消息，大喜。一是想请他替《一般》撰些东西，二是想和他深谈亲近，弥补前时“交臂失之”的缺憾。哪里知道日日盼望他到，而他竟病殁在离沪埠只三四小时行程的船上了！

从遗箧中发现许多关于他一生的重要物件，有家庭间财产上争执的函件，婚姻上纠纷的文证，还有恋人们送给他为表记的赭色黑色或直或卷的各种头发。最多的就是遗稿。各种各样的本子，叠起来高可盈尺，有诗，有词，有笔记，有诗剧。近来文人忙于发表，死后有遗稿的已不多见，有这许多遗稿的恐更是绝无仅有的了。我在这点上，不禁佩服他的伟大。

披览遗稿时，我所最难堪的是其自题诗集卷端的一首小诗。

我能有——
作诗时，不顾指摘的勇气，
也能有——
诗成后，求受指摘的虚心！
但是，
不知你有否一读的诚意？

惭愧啊！我以前曾蔑视一般的所谓诗，蔑视他的诗，竟未曾有过“一读的诚意”！他这小诗，不啻在骂我，责我对他不起，唉！我委实对他不起了！

我认识白采在半年以前，而真觉得认识白采却在别后的这半年——不，且在他死后。今后在遗稿上及其他种种机会上，对于他的认识，也许会加深加广。可是，我认识他，而他早死了！

整理好了的箱子

他傍晚从办事的地方回家，见马路上逃难的情形较前几日更厉害了，满载着铺盖箱子的黄包车，汽车，搬场车，衔头接尾地齐向租界方面跑，人行道上一群一群地立着看的人，有的在交头接耳谈着什么，神情慌张得很。

他自己的里门口，也有许多人在忙乱地进出，弄里面还停放着好几辆搬场车子。

她已在房内整理好了箱子。

“看来非搬不可了，里里的人家差不多快要搬空，本来留剩的已没几家，今天上午搬的有十三号、十六号，下午搬约有三号、十九号，方才又有两部车子开进里面来，不知道又是那几家要搬。你看我们怎样？”

“搬到哪里去呢？听说黄包车要一块钱一部，汽车要隔夜预定，旅馆又家家客满。倒不如依我的话，听其自然吧。我不相信真个会打仗。”

“半点钟前王先生特来关照，说他本来也和你一样，不预备搬的，昨天已搬到法租界去了。他有一个亲戚在南京做官，据说这次真要打仗了。他又说，闸北一带今天晚上十二点钟就要开火，叫我们把箱子先搬出几只，人等炮声响了再说。”

“所以你在整理箱子？我和你没有什么好衣服，这几只箱子值得多少钱呢？”

“你又来了，‘一二八’那回也是你不肯先搬，后来光身逃出，弄得替换衫裤都没有，件件要重做，到现在还没添配舒齐，难道又要……”

“如果中国政府真个会和人家打仗，我们什么都该牺牲，区区不值钱的几只箱子算什么？恐怕都是些谣言吧。”

“……”

几只整理好了的箱子胡乱地叠在屋角，她悄然对了这几只箱子看。

搬场汽车啵啵地接连开出以后，弄里面赖以打破黄昏的寂寞的只是晚报的叫卖声，晚报用了枣子样的大字列着“×××不日飞京，共赴国难，精诚团结有望”“五全大会开会”等等的标题。

他傍晚从办事的地方回家，带来了几种报纸，里面有许多平安的消息，什么“军政部长何应钦声明对日亲善外交决不变更”，什么“窦乐安路日兵撤退”，什么“日本总领事声明决无战事”，什么“市政府禁止搬场”。她见了这些大字标题，一星期来的愁眉为之一松。

“我的话不错吧，终究是谣言。哪里会打什么仗！”

“我们幸而不搬，隔壁张家这次搬场，听说花了两三百块钱呢。还有宝山路李家，听说一家在旅馆里困地板，连吃连住要十多块钱一天的开销，家里昨天晚上还着了贼偷。李太太今天到这里，说起来要下泪。都是造谣言的害人。”

“总之，中国人难做是真的。——这几只箱子不知道要到什么时候才有牺牲的机会呢？”几只整理好了的箱子胡乱地叠在屋角，他悄然对了这几只箱子看。

打破里内黄昏的寂寞的仍旧还只有晚报的叫卖声，晚报上用枣子样的大字列着的标题是：“日兵云集榆关”。

我的畏友弘一和尚

弘一和尚是我的畏友。他出家前和我相交者近十年，他的一言一行，随在都给我以启诱。出家后对我督教期望尤殷，屡次来信都劝我勿自放逸，归心向善。

佛学于我向有兴味，可是信仰的根基迄今远没有建筑成就。平日对于说理的经典，有时感到融会贯通之乐，至于实行修持，未能一一遵行。例如说，我也相信惟心净土，可是对于西方的种种客观的庄严尚未能深信。我也相信因果报应是有的，但对于修道者所宣传的隔世的奇异的果报，还认为近于迷信。关于这事，在和尚初出家的时候，曾和他经过一番讨论。和尚说我执著于“理”，忽略了“事”的一方面，为我说过“事理不二”的法门。我依了他的谆嘱读了好几部经论，仍是格格难入。从此以后，和尚行脚无定，我不敢向他谈及我的心境。他也不来苦相追究，只在他给我的通信上时常见到“衰老浸至，宜及时努力珍重”等泛劝的话而已。

自从白马湖有了晚晴山房以后，和尚曾来小住过几次，多年来阔别的旧友复得聚晤的机会。和尚的心境已达到了什么地步，我当然不知道，我的心境却仍是十年前的老样子，牢牢地在故步中封止着。和尚住在山房的时候，我虽曾虔诚地尽护法之劳，送素菜，送饭，对于佛法本身却从未说到。

有一次，和尚将离开山房到温州去了，记得是秋季，天气很好，我邀他乘小舟一览白马湖风景。在船中大家闲谈，话题忽然触到蕅益大师。蕅益名智旭，是和莲池、紫柏、憨山同被称为明代四大师的。和尚于当代僧人则推崇印光，于前代则佩仰智旭，一时曾颜其住室曰“旭光室”。我对于蕅益，也曾读过他不少的著作。据灵峰宗论上所附的传记，他二十岁以前原是一个竭力谤佛的儒者，后来发心重注《论语》，到《颜渊问仁》一章，不能下笔，于是就出家为僧了。在传下来的书目中，他做和尚以后曾有一部著作叫《四书蕅益解》的，我搜求了多年，终于没有见到。这回和和尚谈来谈去，终于说到了这部书上面。

“《四书蕅益解》前几个月已出版了。有人送我一部，我也曾快读过一次。”和尚说。

“蕅益的出家，据说就为了注‘四书’，他注到《颜渊问仁》一章据说不能下笔，这才出家的。《四书蕅益解》里对《颜渊问仁》章不知注着什么话呢？倒要想看看。”我好奇地问。

“我曾翻过一翻，似乎还记得个大概。”

“大意怎样？”我急问。

“你近来怎样，还是惟心净土吗？”和尚笑问。

“……”我不敢说什么，只是点头。

“《颜渊问仁》一章，可分两截看。孔子对于颜渊说：‘克己复礼’。只要‘克己复礼’本来具有的，不必外求为仁。这是说‘仁’是就够了，和你所见到的惟心净土说一样。但是颜渊还要‘请问其目’，孔子告诉他‘非礼勿视，非礼勿听，非礼勿言，非礼勿动’，这是实行的项目。

‘克己复礼’是理，‘非礼勿视’等等是事。所以颜回下面有‘请事斯语矣’的话。理是可以顿悟的，事非脚踏实地去做不行。理和事相应，才是真实工夫，事理本来是不二的。——蕅益注《颜渊问仁》章大概如此吧，我恍惚记得是如此。”和尚含笑滔滔地说。

“啊，原来如此。既然书已出版了，我想去买来看看。”

“不必，我此次到温州去，就把我那部寄给你吧。”

和尚离白马湖不到一星期，就把《四书蕅益解》寄来了，书面上仍用端楷写着“寄赠丏尊居士”“弘一”的款识。我急去翻《颜渊问仁》一章。不看犹可，看了不禁呀地自叫起来。

原来蕅益在那章书里只在“回虽不敏，请事斯语矣”下面注着“僧再拜”三个字，其余只录白文，并没有说什么，出家前不能下笔的地方，出家后也似乎还是不能下笔。所谓“事理不二”等等的说法，全是和尚针对了我的病根临时为我编的讲义！

和尚对我的劝诱在我是终身不忘的，尤其不能忘怀的是这一段故事。这事离现在已六七年了，至今还深深地记忆着，偶然念到，感着说不出的怅惘。

白马湖之冬

在我过去四十余年的生涯中，冬的情味尝得最深刻的要算十年前初移居白马湖的时候了。十年以来，白马湖已成了一个小村落，当我移居的时候，还是一片荒野。春晖中学的新建筑巍然矗立于湖的那一面，湖的这一面的山脚下是小小的几间新平屋，住着我和刘君心如两家。此外两三里内没有人烟。一家人于阴历十一月下旬从热闹的杭州移居于这荒凉的山野，宛如投身于极带中。

那里的风，差不多日日有的，呼呼作响，好像虎吼，屋宇虽系新建，构造却极粗率，风从门窗隙缝中来，分外尖削。把门缝窗隙厚厚地用纸糊了，椽缝中却仍有透入，风刮的厉害的时候，天未夜就把大门关上，全家吃毕夜饭即睡入被窝里，静听寒风的怒号，湖水的澎湃。靠山的小后轩，算是我的书斋，在全屋子中风最少的一间，我常把头上的罗宋帽拉得低低地，在洋灯下工作至深夜。松涛如吼，霜月当窗，饥鼠吱吱在承尘上奔窜，我于这种时候，深感到萧瑟的诗趣，常独自拨划着炉灰，不肯就睡。把自己拟诸山水画中的人物，作种种幽邈的遐想。

现在白马湖到处都是树木了，当时尚一株树木都未种，月亮与太阳都是整个儿的。从上山起直要照到下山为止。在太阳好的时候，只要不刮风，那真和暖得不像冬天。一家人都坐在庭间曝日，甚至于吃午饭也在屋外，像夏天的晚饭一样。日光晒到那里，就把椅凳移到那里，忽然寒风来了，只好逃难似地各自带了椅凳逃入室中，急急把门关上。在平常的日子，风来大概在下午快要旁晚的时候，半夜即息。至于大风寒，那是整日夜狂吼，要二三日才止的。最严寒的几天，泥地看去惨白如水门汀，山色冻得发紫而黯，湖波泛深蓝色。

下雪原是我所不憎厌的，下雪的日子，室内分外明亮，晚上差不多不用燃灯，远山积雪，足供半个月的观看，举头即可从窗中望见。可是究竟是南方，每冬下雪不过一二次，我在那里所日常领略的冬的情味，几乎都从风来。白马湖的所以多风，可以说是有着地理上的原因的，那里环湖原都是山，而北首却有一个半里阔的空隙，好似故意张了袋口欢迎风来的样子。白马湖的山水，和普通的风景地相差不远，唯有风却与别的地方不同。风的多和大，凡是到过那里的人都知道的。风在冬季的感觉中，自古占着重要的因素，而白马湖的风尤其特别。

现在，一家僦居上海多日了，偶然于夜深人静时听到风声的时候，大家就要提起白马湖来，说“白马湖不知今夜又刮得怎样厉害哩！”

灶君与财神

“呀！你不是灶君吗？”

“对了。好面善！你是哪一位尊神？”

“我是财神哪！你怎么不认识我了？”

“呀！难得在半天里相会。你一向是手执元宝的，现在怎么背起枪来了？那手里拿着的一大卷，又是什么？”“因为武财神近日忙于军事，所以由我暂时兼代。你知道我们工作上虽分文武，职务都是掌司钱财，原是一而二，二而一的。于是我就成了‘有枪阶级’了。手执元宝，那是一直从前的事。近来我老是手执钞票和公债证券。你从下界来，难道还不知道废两改元已实行长久，市上早无元宝，银行钞票的准备金大多数就是公债证券吗？”“哦！原来如此，因为我终日终年在人家厨房里过活，不大明白财界的情形。如果你不说明，我几乎不认识你了。”

“你的样子，也与前大不相同了哩！怎么这样瘦了？你日日在厨房里受人供养，难道还会营养不良吗？”“我一向就不像你的大腹便便，近来真倒霉，自己也知道更瘦得可怜了。连年天灾人祸，农村破产已到极度。人民有了早饭没有夜饭，结果都向都市跑，去过那亭子间及阁楼的日子。这真叫‘倒灶’！灶是简直没有了，眠床，便桶旁摆一个洋油炉或者煤球炉，就算是烹调的场所。有的连洋油炉煤球炉都不备，日日咬大饼油条过活。你想，这情形多难堪！回想从前乡村隆盛时的景象，真令人不胜今昔之感，我的瘦是应该的。可是也幸而瘦，如果胖得像你一样，怎么能局促地蹲在洋油炉煤球炉旁去行使职务啊！”

“你的境遇，说来很足同情。也曾把下界的苦况，向天堂去告诉过了吗？”

“怎么不告诉！每年的今日，我都有一次定期的总报告。你看，我现在正背着一大包的册子，这里面全是下界的实况。可是，天堂的情形，近来也似乎有些异样了，什么都作不来主。我虽然每年忠实地把民间疾苦人心善恶报告上去，天堂总是马马虎虎，推三阻四地打官话。有时说：‘这是洋鬼子在作怪，须行文去和耶稣交涉。’有时说：‘交财神核办。’耶稣那里的回音如何，不知道。交你核办的案子，结果怎么样？今天恰好碰着你，就乘便请问。”

“也曾有案子移下来过。因为我实在无法办，至今还是搁着不动。记得有一次交下一个‘善人是富’的指令，还附着一大批善人的名单，——据说是以你的报告为根据的，——要我负责使他们富起来。这实在令我束手，这种老口号和现在的实际情形根本已不相符合，天堂自身都穷，有什么钱可送这许多善人？这许多善人们自己又不会谋官做，干公债投机，买航空奖券，叫我有什么方法帮助他们呢？”

“去年今日，我还上过一个提高谷价的提案，天堂没有发给你吗？”

“记得似乎有过这么一回事，详细记不清楚了。这也不关我事。我从前管领的是元宝，现在管领的是钞票和公债证券。目前是金融资本跋扈的时代，田地不值钱，货物不值钱，下界最享福的就是那些金融资本家。金融资本是流动的，今天在甲的手里，明天就可流入乙的手里。这笔流水账已把我忙杀了。像谷物价目一类的事怎么还能兼顾呢？况且这事难得讨好，谷价贱了固然大家叫苦，从前米卖二十块钱一石的那几年，不是也曾大家叫过苦吗？”

“近来农村里差不多份份人家都快倒灶了。你没有救济的方法吗？提高谷价的路既然走不通，那末借外债来恢复农村，如何？”

“我何尝不这么想！也曾和地狱里商量过，可是不行。”

“为什么要和地狱商量呢？地狱里拿得出钱吗？”

“耶稣曾说过，‘富人入天国，比骆驼穿针孔还难’。富人照例是不能进天堂的，都住在地狱里。所以地狱成了天下最富的地方。我曾和地狱当局者作过好几次谈判，终于因为他们的条件太苛刻了，事情没有成功。当此盛唱‘打倒不平等条约’的当儿，谁愿接受那种屈辱的条件啊！”

“复兴农村的口号，近来不是唱得很响吗？你有机会时也得常到农村里去看看实际的状况，看有什么具体的救济策没有？”

“近来，我在都市里执行职务的时候多，不大到农村里去。农村衰疲的消息，虽曾听到，终于没有工夫去考察。其实，倒灶的何尝只是农村！都市里也大大不景气哩！你知道，我是管领钱财的，农村愈破坏，钱财愈集中到都市来，我在都市的事也就更多。公债涨停板或跌停板了，我要到。航空奖券开奖了，我要到。哪里还顾得到农村里去？你是每年板定今天上来的，我下去的日子，每年向来是正月初五，可是近来时常要作不定期的奔波，这次的下去，就因为有许多临时的事务的缘故。”

“正月初五仍须再下去吧？”

“也许事务多，一直要在下界住到那时候。如果事务完毕了就上来，初五下去不下去，只好再看。现在什么都是双包案似地弄不清楚，连正月初五也有两个了，多麻烦。下界人们真该死，他们还在一相情愿，把肉咧，鱼咧，蚶子咧，橄榄咧，唤作元宝，要想用了这些假元宝来骗我手里的真元宝呢。——其实我的手里早已没有元宝了，哈哈。”

“他们的待你，比待我不知要好几倍。我愈弄愈倒灶，你是现代的红角儿，这世界是你的。多威风啊！”

“哪里的话，我目前已苦于无法应付，并且前途大可悲观哩。下界嫌我处置得不均，正盛唱着什么‘社会主义’。听说这种主义，世间已有一处地方在实行了。如果这种主义一旦在我们的下界实现起来，我的地位就将根本摇动，你是管领民食的，前途倒比我安全得多。无论在什么世界，饭总是非吃不可的罗！”

“未来的事，何必过虑！咿哟！我到天堂还有一半路程，误了不好。再会吧。”

“我也有事呢！今日下午公债跌得停板了，明日又是航空奖券开奖之期啊。再会。”

紧张气氛的回忆

前后约二十年的中学教师生活中，回忆起来自己觉得最像教师生活的，要算在 × 省 × 校担任舍监，和学生晨夕相共的七八年，尤其是最初的一二年。至于其余只任教课或在几校兼课的几年，跑来跑去简直松懈得近于帮闲。

我的最初担任舍监是自告奋勇的，其时是民国元年。那时学校习惯把人员截然划分为教员与职员二种，教书的是教员，管事务的是职员，教员只管自己教书，管理学生被认为职员的责任。饭厅闹翻了，或是寄宿舍里出了什么乱子了，做教员的即使看见了照例可“顾而之他”或袖手旁观，把责任委诸职员身上，而所谓职员者又有在事务所的与在寄宿舍的之分，各不相关。舍监一职，待遇甚低，其地位力量易为学生所轻视，狡黠的学生竟胆敢和舍监先生开玩笑，有时用粉笔在他的马褂上偷偷地画乌龟，或乘其不意把草圈套在他的瓜皮帽结子上。至于被学生赶跑，是不足为奇的。舍监在当时是一个屈辱的位置，做舍监的怕学生，对学生要讲感情，只要大家说“× 先生和学生感情很好”：这就是漂亮的舍监。

有一次，× 校舍监因为受不过学生的气，向校长辞职了。一时找不到相当的替人，我在 × 校教书，颇不满于这种情形，遂向校长自荐，去兼充了这个屈辱的职位，这职位的月薪记得当时是三十元。

我有一个朋友在第 × 中学做教员，因在风潮中被学生打了一记耳光，辞职后就抑郁病死了，我任舍监和这事的发生没有多日。心情激昂得很，以为真正要作教育事业须不怕打，或者竟须拚死。所以就职之初，就抱定了硬干的决心：非校长免职或自觉不能胜任时决不走，不怕挨打，凡事讲合理与否，不讲感情。

× 校有学生四百多人，我在 × 校虽担任功课有年，实际只教一二班，差不多有十分之七八是不相识的。其中年龄最大的和我相去只几岁。当时轻视舍监已成了风气，我新充舍监，最初曾受到种种的试炼。因为我是抱了不顾一切的决心去的，什么都不计较，凡事皆用坦率强硬的态度去对付，决不迁就。在饭厅中，如有学生远远地发出“嘘嘘”的鼓动风潮的暗号，我就立在凳子上去注视发“嘘嘘”之声的是谁？饭厅风潮要发动了，我就对学生说，“你们试闹吧，我不怕。看你们闹出什么来。”人丛中有人喊“打”了，我就大胆地回答说，“我不怕打，你来打吧。”

学生无故请假外出，我必死不答应，宁愿与之争论至一二小时才止。每晨起床铃一摇，我就到斋舍里去视察，如有睡着未起者，一一叫起。夜间在规定的自修时间内，如有人在喧扰，就去干涉制止，息灯以后见有私点洋烛者，立刻赶进去把洋烛没收。我不记学生的过，有事不去告诉校长，只是自己用一张嘴和一副神情去直接应付。每日起得甚早，睡得甚迟，最初几天向教务处取了全体学生的相片来，一叠叠地摆在案上，像打扑克或认方块字似地一一翻动，以期认识学生的面貌名字及其年龄籍贯学历等。

我在那时颇努力于自己的修养，读教育的论著，翻宋元明的性理书类，又搜集了许多关于青年的研究的东西来读。非星期日不出校门，除在教室授课的时间外，全部埋身于自己读书与对付学生之中。自己俨然以教育界的志士自期，而学生之间却与我以各种各样的绰号。当时我的绰号，据我所知道的，先后有“阎罗”“鬼王”“戆大”“木瓜”几个，此外也许还有更不好听的，可是我不知道了。

我的做舍监，原是预备去挨打与拼命的，结果却并未遇到什么。一连做了七八年，到后来什么都很顺手，差不多可以“无为卧治”了。事隔多年，新就职时那种紧张的气分，至今回忆起来还能大概在心中复现。遇到老学生们，也常会大家谈起当时的旧事来，相对共笑。

春的欢悦与感伤

四季之中，向推“春秋多佳日”，而春尤为人所礼赞。自古就有许多颂扬春的话，春未到先要迎盼，春一去不免依恋。春继冬而至，使人从严寒转入温暖，且为万物萌动的季节，在原始时代，人类的活动与食物都从春开始获得，男女配偶也都在春完成。就自然状态说，春确是值得欢迎的。

可是自然与人事并不一定调和，自古文辞中于“惜春”“迎春”等类题材以外，还有“伤春”“春怨”等类的题目。“闺中少妇不知愁，春日凝妆上翠楼。忽见陌头杨柳色，悔教夫婿觅封侯。”这是唐人王昌龄的诗，“三分春色二分愁，更一分风雨。”这是宋人叶清臣的词，都是写春的感伤的。其感伤的原因，全在人事之不如意。社会愈复杂，人事上的不如意越多，结果对于季节的欢悦的事情减少，感伤的事情加多。这情形正像贫家小孩盼新年快到，而做父母的因债务关系想到过年就害怕。

我每年也曾无意识地以传统的情怀从冬天盼望春光早些来到。可是真从春天得到春的欢悦的，有生以来，除未经世故的儿时外，可以说并没有几次。譬如说吧，此刻正是三月十三日的夜半，真是所谓春宵了，我却不曾感到春宵的欢喜，一家之中轮番地患着春季特有的流行性感冒，我在灯下执笔写字，差不多每隔一二分钟要听到妻女们的呻吟和干咳一次。邻家收音机和麻雀牌的喧扰声阵阵地刺入我的耳朵，尤使我头痛。至于日来受到的事务上经济上的烦闷，且不去说它。

都市中没有“燕子”，也没有“垂杨”，局促在都市中的人，是难得见到春日的景物的。前几天吃到油菜心和马兰头的时候，我不禁起了怀乡之念，想起故乡的春日的光景来。我所想的只是故乡的自然界，园中菜花已发黄金色了吧，燕子已回来了吧，窗前的老梅已结子如豆了吧，杜鹃已红遍了屋后的山上了吧……只想着这些，怕去想到人事。因为乡村的凋敝我是知道的，故乡人们的困苦情形我知道得更详细。

宋人张演《社日村居》诗云：“鹅湖山下稻粱肥，豚栅鸡栖对掩扉。桑柘影斜春社散，家家扶得醉人归。”这首诗中所写的只是乡村春景的一角，原没有什么大了不得，可是和现在的乡间情形比较起来，已好像是义皇以前的事了。

春到人间，据日历上所记已好久了，但是春在哪里呢？有人说“在杨柳梢头”，又有人说“在油菜花间”，也许是的吧，至于我们一般人的身上，是不大有人能找得到的。

一个追忆

这是四五年前的事。

钱塘江江心忽然涨起了一条长长的土埂，有三四里路阔，把江面划分为二。杭州西兴之间，往来的人要摆两次渡，先渡到土埂，再走三四里路，或坐三四里路的黄包车，到土埂尽头，再上渡船到彼岸去。这情形继续了大半年，据说是百年来从未有过的奇观。

不会忘记：那是废历九月十八的一天。我从白马湖到上海来，因为杭州方面有点事情，就不走宁波，打杭州转。在曹娥到西兴的长途中，有许多人谈起钱塘江中的土埂；什么“世界两样了，西湖搬进了城里，钱塘江有了两条了”咧，“据说长毛以前，江里也起过块，不过没有这样长久，怪不得现在世界又不太平”咧，我已有许久不渡钱塘江了，只是有趣味地听着。

到西兴江边已下午四时光景，果然望见江心有土埂突出在那里，还有许多行人和黄包车在跑动。下渡船后，忽然记得今天是九月十八，依照从前八月十八看潮的经验，下午四五时之间是有潮的。“如果不凑巧，在土埂上行走着的当儿碰见潮来，将怎样呢？”不觉暗自耽心起来。旅客之中，也有几个人提起潮的，大家相约：“看情形再说，如果潮要来了，就不上土埂，停在渡船里。待潮过了再走。”

渡船到土埂时，几十部黄包车夫来兜生意，说“潮快来了，快坐车子去！”大部分的旅客都跳上了岸。我方才相约慢走的几位，也一个个地管自乘车去了。渡船中除我以外，只剩了二三个人。四五部黄包车向我们总攻击，他们打着萧山话，有的说“拉到渡船头尚来得及”，有的说“这几天即使有潮也是小小的。我们日日在这里，难道不晓得？”我和留着的几位结果也都身不由主地上了黄包车。坐在黄包车上耽心着遇见潮，恨不得快到前方的渡头。哪里知道拉到一半路程的时候，前方的渡船已把跳板抽起要开行了。江心的设渡是临时的，只有渡船没有趸船。前方已没有船可乘，四边有人喊“潮要到了！”不坐人的黄包车都在远远地向浅滩逃奔，土埂上只剩了我们三四部有人的车子。结果只有向后转，回到方才来的原渡船去。幸而那只渡船载着从杭州到四川去的旅客还未开行。四围寂无人声，隆隆的潮声已听到了。车夫一面飞奔，一面喊“救命！”我们也喊“救命！”“放下跳板来！”

逃上跳板的时候，潮头已望得见。船上的旅客们把跳板再放下一块，拚得阔阔地，协力将黄包车也拉了上来。潮头就到船下了，潮意外地大，船一高一低地颠簸得很凶，可是我在这瞬间却忘了波涛的险恶，深深地感到生命的欢喜和人间的同情。

潮过以后，船开到西兴去，我们这几个人好像学校落第生似地再从西兴重新渡到杭州。天已快晚，隐约中望得见隔江的灯火；潮水把土埂涨没，钱塘江已化零为整；船可直驶杭州渡头，不必再在江心坐黄包车了。船行到江心土埂的时候，我们困难之交中有一位，走到船头，把篙子插到水里去看有多少深，居然一篙子还不到底。

“险啊！如果浸在潮里，我们现在不知怎样了！”他放好篙子说，把舌头伸出得长长地。“想不得了，还是不去想他好。”一个患难之交说。

我觉得他们的话都有道理。

一种默契

走到街上去，差不多每一条马路上可以见到“关店在即拍卖底货”的商店，这些商店之中，有的果然不久就关门了，有的老是不关门，隔几个月去看，玻璃窗上还是贴着“关店在即拍卖底货”的红纸，无线电收音机在嘈杂地响。

商店号召顾客的策略，向来是用“开幕”“几周年纪念”“春季”“秋季”或“冬至”等的美名来做廉价的借口的，现在居然用“关店”的恶名来做幌子了。有的竟异相天开，并不关店，也假冒着关店的恶名。最近在报上看见一家皮货铺的“关店大贱卖”的大幅广告，后面还附登着某律师代表该皮货铺清算的启事。这大概因为恐怕别人不信他们的关店是真正的关店，所以再附一个律师代表清算的广告，表明他们真是要关店了，并不假冒。

在上海，关店的话寻常叫做“打烊”，如果你对某商店的人问“你们晚上几点钟关店门？”那店里的人就会怪你不识相，说不定会给你吃一记耳光。凡是老上海，都懂得这规矩，不说“你们晚上几点钟关店门”，改说“你们晚上几点钟打烊”。因为“关店”是不吉利的话。这一向讨人厌恶的“关店”，现在居然时髦起来了，关店的坦白地自已声明“关店”，不关店的也要借了“关店”来号召，甚至还有怕别人不肯相信，在“关店”广告上叫律师来代表清算，证明关店的实。商业上一向怕提的“关店”一语，到今日差不多已和废历除夕所贴的“关门大吉”一样，是吉祥的用语了。这一个月来，我们日日可以在报上看到关店的广告，有银行，有钱庄，有公司，有各式各样的店。他们所说的话，千篇一律地是“本店受市面不景气影响，以致周转不灵……”的一套，说的人态度很坦然，毫不难为情，我们看的人也认为很寻常，觉得并无什么不该。似乎彼此之间，已自然而然地发生了一种的默契了。这默契如果伸说起来，范围实在可以扩充得很广。大学生毕业了没事做，社会上认为当然，本人也不觉得有什么可怪。工人商人突然失业了，亲友爱莫能助，本人也觉得无可如何，只好挨了饿来忍耐。房租好几个月付不出，住户及邻居都认为常事，房东虽不快，近来也只能迁就，到了公堂上，法官因市面不好，也竟无法作严厉的判断。穷困，走头无路，已成为现世的实况，彼此因了境况相似和事实明显，成就了一种默契。从来的道德，习惯等等，在这默契之下，恐将不能再维持它的本来面目了。

再过几时，也许“穷”“苦”等可憎的话会转成时髦漂亮的称谓呢。

良乡栗子

“请，趁热。”

“啊！日子过得真快！又到了吃良乡栗子的时候了。”

“像我们这种住弄堂房子的人，差不多是不觉得季候的。春、夏、秋、冬，都不知不觉地让它来，不知不觉地让它过去。前几天在街上买着苹果、柿子、良乡栗子，才觉到已到深秋了。”

“向来有‘良乡栗子，难过日子’的俗语，每年良乡栗子上市，寒冷就跟着来了。良乡栗子对于穷人，着实是一个威胁哩。”

“今年是大荒年，更难过日子吧。咿哟，这几个年头儿，穷人老是难过日子，不管良乡栗子不良乡栗子，‘半山梅子’的时候，何曾好过日子？‘奉化桃子’的时候，也何曾好过日子？”

“对了，那原是几十年前的老话罢咧，世界变得真快，光是良乡栗子，也和从前不同了。”

“有什么不同？”

“从前的良乡栗子是草纸包的，现在改用这样牛皮纸做的袋子了，上面还印得有字。栗子摊招徕买主，向来是一块红纸上写金字的挂牌，后来加用留声机，新近是留声机已不大看见，都改为无线电收音机了。几乎每个栗子摊都有一架收音机。”

“这不是进步吗？”

“进步呢原是进步，可惜总是替外国人销货色。从前的草纸、红纸，不消说是中国货，现在的牛皮纸、收音机是外国货。”

“良乡栗子已着洋装了！你想，我们今天吃两毛钱的良乡栗子，要给外国赚几个钱去？外国人对于良乡栗子一项，每年可销多少牛皮纸？多少收音机？还有印刷纸袋用的油墨、机器？……”

“这是一段很好的提倡国货演说啊！去年是国货年，今年是妇女国货年，明年大概是小孩国货年了吧。有机会时你去上台演说倒好！”

“可惜没人要我去演说，演说了其实也没有用。中国的军备、交通、卫生、文化、教育、工艺，那一件不是直接间接替外国人推销货色的玩意儿？”

“唉！——还是吃良乡栗子吧。——这是‘良乡栗子大王’，你看，纸袋上就印着这几个字。”

“这也是和从前不同的一点，从前是叫‘良乡名栗’，‘良乡奎栗’的，现在改称‘大王’了。”

“外国有的是‘钢铁大王’，‘煤油大王’，‘汽车大王’，我们中国有的是‘瓜子大王’，‘花生米大王’，‘栗子大王’，再过几天‘湖蟹大王’又要来了。什么都是‘大王’，好多的‘大王’呵！”

“还有哩！‘鸦片大王’，‘马将大王’，‘牛皮大王’……”

“现在不但大王多，皇后也多。什么‘东宫皇后’咧，‘西宫皇后’咧，名目很多，至于‘电影皇后’，‘跳舞皇后’，更不计其数。”

“这是很自然的，自古说‘一阴一阳之为道’，有这许多‘大王’，当然要有这许多‘皇后’才相称。否则还成世界吗？”

“哈哈！”

两个家

“呀，你几时出来的？夫人和孩子们也都来了吗？前星期我打电话到公司去找你，才知道你因老太太的病，忽然变卦，又赶回去了，隔了一日，就接到你寄来的报丧条子。你今年总算够受苦了，从五月初上你老太太生病起，匆匆地回去，匆匆地出来，据我所知道的，就有四五次，这样大旱的天气，而且又带了家眷和小孩，光只川费一项也就可观了吧。”

“唉，真是一言难尽！这回赶得着送老太太的终，几次奔波还算是有意义的。”

“现在老太太的后事，想大致舒齐了吧。”

“哪里！到了乡间，就有乡间的排场，回神咧，二七咧，五七咧，七七咧，都非有举动不可，我想不举动，亲戚本家都不答应。这次头七出殡，间壁的二伯父就不以为然，说不该如是草草。家里事情正多哩，公司里好几次写快信来催，我只好把家眷留在家里，独自先来，隔几天再赶回去。”

“那末还要奔波好几趟呢。唉！像我们这样在故乡有老家的人，不好吃都市饭，最好是回去捏锄头。我们现在都有两个家，一个家在都市里，是亭子间或是客堂楼，厢房间，住着的是自己夫妇和男女。一个家在故乡，是几开间几进的房子，住着的是年老的祖父，祖母，父母和未成年弟妹。因为家有两个的缘故，就有许多无谓的苦痛要受到。像你这回的奔波，就是其中之一啊。”

“奔波还是小事，我心里最不安的，是没有好好地尽过服侍的责任。老太太病了这几个月，我在她床边的日子合计起来，不满一个星期。在公司里每日盼望家信，也何尝不刻刻把心放在她身上，可是于她有什么用呢。”

“这就是家有两个的矛盾了。我们日常不知可因此发生多少的矛盾，譬如说：我和你是亲戚，照礼，老太太病了，我应该去探望，故了，应该去送殓送殡，可是我都无法去尽这种礼。又譬如说：上坟扫墓是我们中国的牢不可破的旧礼法。一个坟头，如果每年没有子孙去祭扫，就连坟头要被人看不起的。我已有好几年不去扫墓了，去年也曾想去，终于因为离不开身，没有去成。我把家眷搬到都市里，已十多年了，最初搬家的原因是因为没有饭吃，办事的地方没有屋住，当时我父母还在世，也赞同我把妻儿带在身边住。不过背后却不免有‘养儿子是假的’的叹息。我也曾屡次想接老父老母出来同居。一则因为都市里房价太贵，负担不起，而且都市的房子也不适宜于老年人居住。二则因为家里有许多房子和东西，也不好弃了不管，终于没有实行。迁延复迁延，过了几年，本来有子有孙的老父老母先后都在寂寞的乡居生活中故世了。你现在的情形，和我当日一样。”

“老太太在日，我每年总要带了妻儿回去一次，她见我们回去，就非常快乐，足见我们不在她身边的时候，是寂寞不快的。现在老太太死了，我越想越觉得难过。”

“像我们这种人，原不是孝子，即使想做孝子，也不能够。如果用了‘晨昏定省’‘汤药亲尝’等等的形式规矩来责备，我们都是犯了不孝之罪的。岂但孝呢，悌也无法实行。我常想，中国从前的一切习惯制度，都是农业社会的产物，我们生活在近代工商社会的人，要如法奉行，是很困难的。大家以农为业，父母子女兄弟天天在一处过活，对父母可以晨昏定省，可以汤药亲尝，对兄弟可以出入必同行，对长者可以有事服其劳，扫墓不必化川资，向公司告假，如果是士大夫，那末有一定的年俸，父母死了，还可以三年不做事，一心住在家里读礼守制。可是我们已经不能一一照做。一方面这种农业社会的习惯制度，还遗存着势力，如果不照做，别人可以责备，自己有时也觉得过不去。矛盾，苦痛，就从此发生了。”

“你说得对！我们现在有两个家，在都市里的家，是工商社会性质的，在故乡的家，是农业社会性质的。我在故乡的家还是新屋，是父亲去世前一年造的。父亲自己是个商人，我出了学校他又不叫我学种田，不知为什么要花了许多钱在乡间造那么大的房子。如果当时造在都市里，那末就是小小的一二间也好，至少我可以和老太太住在一处，不必再住那样狭隘的客堂楼了。”

“我家里的房子，是祖父造的，祖父也不曾种田。——过去的事，有什么可说的呢？现在不是还有许多人从都市里发了财，在故乡造大房子吗？由社会的矛盾而来的苦痛，是各方面都受到的。并非一方受了苦痛，一方会得什么利益。你因觉得到对老太太未曾尽孝养之道，心里不安，老太太病中见了你因她的病，几次奔波回去，心里也不会爽快吧。你住在都市中的客堂楼上嫌憎不舒服，而老太太死后，那所巨大的空房子，恐也处置很困难吧。这都是社会的矛盾，我们生在这过渡时代，恰如处在夹墙之中，到处都免不掉要碰壁的。”

“老太太死后，我一时颇想把房子出卖。一则恐怕乡间没有人会承受，凡是买得起这样房子的人，自己本有房子，而且也是空着在那里的。

一则对于上代也觉得过意不去，父亲造这房子颇费了心血，老太太才故世，我就来把它卖了，似乎于心不忍。”

“这就是所谓矛盾了。要卖房子，没有人会买；想卖，又觉得于心不忍，这不是矛盾的是什么？”

“那末你以为该怎么办？”

“我也不知道怎么办才好，你知道我自己也不曾把故乡的房子卖去，我只说这是矛盾而已。感到这种矛盾的苦痛的人，恐不止你我吧。”

钢铁假山

案头有一座钢铁的假山，得之不费一钱，可是在我室内的器物里面，要算是最有重要意味的东西。

它的成为假山，原由于我的利用，本身只是一块粗糙的钢铁片，非但不是什么"吉金乐石"片，说出来一定会叫人发指，是一二八之役日人所掷的炸弹的裂块。

这已是三年前的事了。日军才退出，我到江湾立达学园去视察被害的实况，在满目凄怆的环境中徘徊了几小时，归途拾得这片钢铁块回来。这种钢铁片，据说就是炸弹的裂块，有大有小，那时在立达学园附近触目皆是，我所拾的只是小小的一块。阔约六寸，高约三寸，厚约二寸，重约一斤。一面还大体保存着圆筒式的弧形，从弧线的圆度推测起来，原来的直径应有一尺光景，不知是多少磅重的炸弹了。另一面是破裂面，皮削凹凸，有些部分像峭壁，有些部分像危岩，锋棱锐利得同刀口一样。

江湾一带曾因战事炸毁过许多房子，炸杀过许多人。仅就立达学园一处说，校舍被毁的过半数，那次我去时瓦砾场上还见到未被收敛的死尸。这小小的一块炸弹裂片，当然参与过残暴的工作，和刽子手所用的刀一样，有着血腥气的。论到证据的性质，这确是“铁证”了。

我把这铁证放在案头上作种种的联想，因为锋棱又锐利，摆不平稳，每一转动，桌上就起擦损的痕迹。最初就想配了架子当作假山来摆。继而觉得把惨痛的历史的证物，变装为骨董性的东西，是不应该的。一向传来的骨董品中，有许多原是历史的遗迹，可是一经穿上了骨董的衣服，就减少了历史的刺激性，只当作骨董品被人玩耍了。这块粗糙的钢铁，不久就被我从案头收起，藏在别处，忆起时才取出来看。新近搬家整理物件时被家人弃置在杂屑篓里，找寻了许久才发见。为永久保藏起见，颇费过些思量。摆在案头吧，不平稳，而且要擦伤桌面。藏在衣箱里吧，防铁锈沾惹坏衣服，并且拿取也不便。想来想去，还是去配了架子当作假山来摆在案头好。于是就托人到城隍庙一带红木铺去配架子。

现在，这块钢铁片，已安放在小小的红木架上当作假山摆在我的案头了。时间经过三年之久，全体盖满了黄褐色的铁锈，凹入处锈得更浓。碎裂的整块的，像沈石田的峭壁，细杂的一部分像黄子久的皴法，峰冈起伏的轮廓有些像倪云林。客人初见到这座假山的，都称赞它有画意，问我从什么地方获得。家里的人对它也重视起来，不会再投入杂屑篓里去了。

这块钢铁片现在总算已得到了一个处置和保存的方法了，可是同时却不幸地着上了一件骨董的衣裳，为减少骨董性显出历史性起见，我想写些文字上去，使它在人的眼中不仅是富有画意的假山。

写些什么文字呢？诗歌或铭吗？我不愿在这严重的史迹上弄轻薄的文字游戏，宁愿老老实实地写几句记实的话。用什么来写呢？墨色在铁上是显不出的，照理该用血来写，必不得已，就用血色的朱漆吧。今天已是二十四年的一月十日了，再过十八日，就是今年的“一二八”，我打算在“一二八”那天来写。

一个夏天的故事

这是希腊苏格拉底的轶事：苏格拉底曾当过兵，参与过战争。有一回，战后和许多兵士在旷野中行走，天气很热，大家已渴得难耐了。忽然在路旁发见一条小溪，清洌的水潺潺地流着。许多兵士都纷纷到溪边用手掬水，畅饮称快，苏格拉底却立着不去饮水。别的兵士奇怪了，问他："为什么有这样的好水不饮？"他回答说："我正渴得难耐，想试试自己的克己的工夫究有多少，预备忍耐到不渴为止。"

一年四季中，炎夏最为人所畏惧。一般人都把夏季看做灾难，要设法解消它，避免它，至于有"消夏""避暑"的名称。俗语说"过夏好比过难"。夏季的苦难原是很多的，容易生病咧，烈日如焚咧，蚊蚤叮咬咧，汗流浃背咧，热闷难熬咧，……历举起来，说也说不尽。这种苦难如果照上面所举的故事说来，都可以作为锻炼修养的机会，而且都是最切实没有的机会。苏格拉底在西洋被称为千古的圣人，他的奋斗修养当然是无时无地懈怠的，这故事中所告诉我们的只是某一个夏天的事，而且只是关于渴的一件事。如果类推开去，应用是可以很广的。我们原不一定希望成圣人，把这样的精神学得一二分也就受用不尽了。

“怎样过暑假？”少年们作的这类题目的文章是我所常常见到的。文章里面大都“一、二、三、四”地分了项目，说着许多过暑假的预备，读书应该怎样，救国工作干些什么，修养该注意些什么，各人都定得井井有条。在我看来，这些大部分都不免是抽象的空言。最要紧的是“在事上磨炼”。苏格拉底的故事，是“在事上磨炼”的一个好例。

这故事是我多年前偶然在某一本书上见到的，对我印象很深，每到夏天，更记忆起来。我有生以来未曾尝过往庐山、莫干山避暑的幸福，自丢了教鞭改入工商界以后，连暑假的权利也早已没有了。每当苦热难耐的时候，就把这故事记忆了来消遣。这故事是我的清凉散，现在拿来贡献给少年们。

日本的障子

编者要我写些关于日本的东西，题材听我自找所喜欢的。我对于日本的东西，有不喜欢的，如“下驮”之类，也有喜欢的，如“障子”之类。既然说喜欢什么就写什么，那么让我来写“障子”吧。

所谓“障子”就是方格子的糊纸的窗户。纸窗是中国旧式家屋中常见到的，纸户纸门却不多见。中国家屋受了洋房的影响，即不是洋房，窗户也用玻璃了。日本则除真正的洋房以外，窗户还是用纸，不用玻璃。障子在日本建筑中是重要的特征之一。

据近来西洋学者的研究，太阳的紫外线通过纸较通过玻璃容易，纸窗在健康上比玻璃窗好得多。我的喜欢日本的障子，并非立脚于最近的科学上的研究，只是因为它富于情趣的缘故。

纸窗在我国向是诗的题材，东坡的“岁云书矣，风雨凄然。纸窗竹屋，灯火荧荧。时于此中，得稍佳趣。”是能道出纸窗的情味的。姜白石的“等恁时重觅幽香，已入小窗横幅。”当然也是纸窗特有的情味。这种情味是在玻璃窗下的人所不能领略的，尤其是玻璃窗外附装着铁杆子的家屋的住民。

日本的障子比中国的纸窗范围用得更广，不但窗子用纸糊，门户也用纸糊。日本人是席地而坐的，室内并无桌椅床炕等类的家具，空空的房子，除了天花板、墙壁、席子以外，就是障子了。障子通常是开着的，住在室内，不像玻璃窗户的内外通见，比较安静得多。阳光射到室内，灯光映到室外，都柔和可爱。至于那剪影似的轮廓鲜明的人影，更饶情趣，除了日本，任何地方都难得看到。

日本障子的所以特别可爱，似乎有几个原因。第一是格孔大，木杆细，看去简单明了。中国现在的纸窗，格孔小，木杆又粗，有的还要拼出种种的花样图案，结果所显出的纸的部分太少了。第二是不施髹漆，日本家屋凡遇木材的部分，不论柱子，天花板，廊下地板，扶梯，都保存原来的自然颜色，不涂髹彩。障子也是原色的，木材过了若干时，呈楠木似的浅褐色，和糊上去的白纸，色很调和。第三是制作完密，拉移轻便。日本家屋的门户用不着铁链，通常都是左右拉移。制作障子有专门工匠，用的是轻木材，合笋对缝，非常准确。不必多费气力，就能“嘶”地拉开，“嘶”地拉拢。第四是纸质的良好。日本的皮纸洁白而薄，本是讨人欢喜的。中国从前所用的糊窗纸，俗名“东洋皮纸”，也是从日本输入的，可是质料很差，不及日本人自己所用的“障子纸”好。障子纸洁白匀净，他们糊上格子去又顶真，拼接的地方一定在窗棂上，看不出接合的痕迹。日常拂拭甚勤，纸上不留纤尘，每年改糊二三次，所以总是干净洁白的。

日本趣味的可爱的一端是淡雅。日本很有许多淡雅的东西，如盆栽，如花卉屏插，如茶具，如庭园布置，如风景点缀，都是大家所赞许的。我以为最足代表的是障子，如果没有障子，恐怕一切都会改换情调，不但庭园、风景要失去日本的固有的情味，屏插、茶具等等的原来的雅趣也将难以调和了吧。

日本的文化在未与西洋接触以前，十之八九是中国文化的摹仿。他们的雅趣，不消说是从中国学去的，即就盆栽一种而论，就很明白。现在各地花肆中所售的盆栽恶俗难耐，古代的盆栽一定不至恶俗如此。前人图画中所写的盆栽都是很有雅趣的，《浮生六记》里关于盆栽与屏插尚留有许多方法。因此我又想到障子，中国内地还有许多用纸窗的家屋，可是据我所见所闻，那构造与情味远不如日本的障子，也许东坡、白石所歌咏的纸窗，不像现在的样子吧。我们在前人绘画中，偶然也见到式样像日本障子的纸窗。

我喜欢日本的障子。

寄 意

我是《中学生》创办人之一，从创刊号至七十六期止，始终主持着编辑等社务。所以在我，本志好比一个亲自生育、亲手养大的儿女。

一九三七年八一三战事起后不多日，在校印中的本志七十七期随同上海梧州路开明书店总厂化为灰烬。嗣后社中同人流离星散，本志也就在上海失去了踪影。

两年以后，我在上海闻知开明同人已在内地取得联络，获得据点，本志也由原编辑人叶圣陶先生主持复刊了。这消息很使我快慰，好比闻知战乱中失散的儿女在他乡无恙一般。——实际上，我真有一个女儿随叶圣陶先生一家辗转流亡到了内地的。从此以后，遇到从内地来的人，就打听本志在内地的情形。两地相隔遥远，邮信或断或续，印刷品寄递尤不容易。偶然从来信中得到剪寄的本志文字一二篇，就同远人的照片一样，形影虽然模糊，也值得珍重相看。

直至胜利到来，才见到整册的复刊本志若干期。嗣后逐期将在上海重印出版。上海不见本志，已有八个多年头，一般在上海的老读者见了不知将怎样高兴。

我曾为本志写过许多稿子。可是在内地复刊以后，因为邮递不便，和个人生活不安，心情苦闷等种种原因，效力之处很少。记得只寄过一篇译稿。我的名字已和读者生疏了。从今以后，愿继续为本志执笔。近来我正病着，如果健康允许的话，一定要多写些值得给读者看的东西。

黄包车礼赞

自从到上海作教书匠以来，日常生活中与我最有密切关系的要算黄包车了。我所跑的学校，一在江湾，一在真茹，原都有火车可通的。可是，到江湾的火车往往时刻不准，到真茹的火车班次既少，车辆又缺，十次有九次觅不到坐位，开车又不准时，有时竟要挤在人群中直立到半小时以上才开车。在北站买车票又不容易，要会拼命地去挤才可买得到手。种种情形，使我对于火车断了念，专去交易黄包车。

每日清晨在洗马子声里掩了鼻子走出宝山里，就上黄包车到真茹。去的日子，先坐到北站，再由铁栅旁换雇车子到真茹。因为只有北站铁栅外的黄包车夫知道真茹的地名的。江湾的地名很普通，凡是车夫都知道，所以到江湾去较方便，只要在里门口跳上车子，就一直会被送到，不必再换车了。

从宝山里的寓所到真茹须一小时以上，到江湾须一小时光景，有时遇着已在别个乘客上出尽了力的车夫，跑不快速，时间还要多化些。总计，我每日在黄包车上的时间，至少要二小时光景，车费至少要小洋七八角。

时间与经济，都占着我全生活上的不小部分。

听说吴稚晖先生是不坐黄包车的。我虽非吴稚晖先生，也向不喜欢坐黄包车，当专门坐黄包车的开始几天，颇感困难，每次要论价，遇天气不好，还要被敲竹杠，特别是闸北华界，路既不平，车子竟无一辆完整的，车夫也不及租界的壮健能跑，往往有老叟及孩子充当车夫的。无论在将坐时，正坐时，下车时，都觉得心情不好。不是因为他走得慢而动气，就是因为他走得吃力而悯怜，有时还因为他敲竹杠而不平。至于因此而引起的对于社会制度的愤闷，又是次之。

可是过了一二个月以后，我对于一向所不喜欢的黄包车，已坐惯了，不但坐惯，还觉到有时特别的亲切之味了。横竖理想世界不知何日实现，汽车又是不梦想坐的，火车虽时开时不开，于我也好像无关，我只能坐黄包车。现世要没有黄包车，是不可能的梦谈。没有黄包车，我就不能妓女出局似地去上课，就不能养家小，我的生活，完全要依赖黄包车，黄包车才是我的恩人。

因为所跑的地方有一定，日日反复来回，坐车的地点也有一定，好许多车夫都认识了我，虽然我不认识他们。每日清晨一到所定的地点，就有许多老交易的车夫来“先生先生”地欢迎，用不着讲价，也用不着告诉目的地，只要随便跳上车子，就会把我送到我所要到的地方，或是真茹，或是江湾。到了“照老规矩” 给钱，毫无论价的麻烦，多加几个铜子，还得到“谢谢” 的快活回答。

上海的行业都有帮的，如银钱业多宁绍帮，浴堂的当差的，理发匠，多镇江帮。黄包车夫却是江北帮，他们都打江北话，有许多还留着辫子。为什么江北产生黄包车夫？不待说这是个很有深远背景的问题，可惜我从他们口头得来的材料还不多，不能为正确的研究。

近来我又发见了在车上时间的利用法，不像最初未惯时的只盼快到江湾，把长长的一小时在焦切中无谓耗去了。到江湾，到真茹所经过的都是旷野，只要车子一出市梢，就可纵览风景。特别是课毕回来，一天的劳作已完，悠然地把身体交付了黄包车，在红也似的夕阳里看那沿途的风物，好比玩赏走卷，真是一种享乐，有时还嫌车子走得太快。

在黄包车上阅书也好，我有好几本书都是在黄包车上看完的。一本四五百页的书，不到一星期，就可翻毕了。大家都知道，上海的学校，是只许教员跑，不许教员住的。不但住室没有，连休息室也或许没有，偶有空暇的一二小时，也只好糊涂地闲谈空过，不能看书。在自己的寓所里呢，又是客人来咧，邻居的小孩哭咧，大人叉麻雀咧，非到深夜实在不便于看书。这缺陷现在竟在黄包车上寻到了弥补的方法。我相信，我以后如还想用功的话，只有在黄包车上了。

我近来又在黄包车上构文章的腹案，古人关于作文有“三上”的话，所谓三上者，记得是枕上，马上，厕上。在现在，我以为应该增加一“黄包车上”，凑成“四上”的名词。在黄包车上瞑了目就一项问题，或一种题材加以思索，因了车夫有韵律的步骤，身体受着韵律地颤动，心情觉得特别宁静，注意也很能集中于一处，很适宜作文。有一个作家，因为他的作品都是在亭子楼中伏居了做的，自怜其作品为“亭子间文学”，我此后如果不懒惰，写得出文章出来，我将自夸为“黄包车文学”了。

这样在黄包车上观风景，看书，作文，也许含有享乐的意味，在态度上对于苦力的黄包车夫，是不人道的。我常有此感觉。但一想到他们也常飞奔似地拉了人家去嫖赌，也就自安了。并且，我坐在车上观风景与否，看书与否，作文与否，于他们的劳苦，毫无关系。这种情形正如邮差一样，邮差不知递送了多少的情书，做过多少痴男怨女的实际的媒介，而他们对于自己的功绩，却毫没主张矜夸，也毫不吐说不平的。

说虽如此，但我总觉得黄包车是与我有恩的，我要有出息，才不负他们日日地拉我，虽然他们很大度，一视同仁地拉好人也拉坏蛋。

日日做我的伴侣，供给我观风景读书作文的机会的黄包车啊！我礼赞你！我感谢你！我愿努力自己，把我自己弄成一个除了给钱以外，还有别的资格值得你拉我的。

刊《秋野》创刊号（1927 年 11 月）

我的中学时代

中学生时代，在年龄上是指十三四岁至十八九岁的一段。我今年四十六岁，我的中学生时代已是三十年以前的事了。那时正是由科举过渡到学校的当儿，学校未兴，私塾是唯一的学校。我自幼也从塾师读经书，学八股，考秀才，后来且考过举人。及科举全废的前两三年，然后改进学校，可是却未曾在什么学校里毕过业，未曾得过卒业文凭。

我上代是经商的，父亲却是个秀才。在十岁以前，祖父的事业未倒，家境很不坏，兄弟五人中据说我在八字上可以读书，于是祖父与父亲都期望我将来中举人点翰林，光大门楣，不预备叫我去学生意。在我家坐馆的先生也另眼相看，我所读的功课是和我的兄弟们不同的。他们读毕四书，就读些《幼学琼林》和尺牍书类，而我却非读《左传》《诗经》《礼记》等等不可。他们不必做八股文，而我却非做八股文不可。因为我是要预备将来做读书人的。

十六岁那年我考得了秀才，以后不久，八股即废，改“以策论取士”。八股在戊戌政变时曾废过，不数月即恢复，至是时乃真废了。这改革使全国的读书人大起恐慌。当时的读书人大都是一味靠八股吃饭的，他们平日朝夕所读的是八股，案头所列的是闱墨或试帖诗，经史向不研究，“时务”更所茫然。我虽八股的积习未深，不曾感到很大的不平，但要从师，也无师可从，只是把《大题文府》等类搁起，换些《东来博议》《读通鉴论》《古文观止》之类的东西来读，把白折纸废去，临摹碑帖，再把当时唯一的算术书《笔算数学》买来自修而已。

那时我家里的境况已大不如从前了。最初是祖父的事业失败，不久祖父即去世。父亲的少爷出身，舒服惯了的。兄弟们为家境所迫，都托亲友介绍，提早做商店学徒去了。五间三进的宽大而贫乏的家里，除了母亲和一个嫂子，就剩了父子两个老小秀才。父亲的书箱里，八股文以外，有一部《史记》，一部《前后汉书》，一部《韩昌黎集》，一部《唐诗三百首》，一部《通鉴纲目》，一部《文选》，一部《聊斋志异》，一部《红楼梦》，一部《西厢记》，一部《经策通纂》，一部《皇清经解》，还有几种唐人的碑帖，与《桐荫论画》等论书画的东西。父子把这些书作长日的消遣，父亲爱写字，种花，整洁居室，室里干净清静得如庵院一般。这样地过了约莫一年。

亲戚中从上海回来的，都来劝读外国书（即现在的所谓进学校）。当时内地无学校，要读外国书只有到上海。据说上海最有名的是梵王渡（即现在的圣约翰大学），如果在那里毕业，包定有饭吃。父母也觉得科举快将全废，长此下去究不是事，于是就叫我到上海去读外国书。当时读外国书的地方也并不多，外国人立的只有梵王渡、震旦与中西书院，中国人立的只有南洋公学。我是去读外国书的，当然要进外国人的学校。震旦是读法文的，梵王渡据说程度较高，要读过几年英文的才能进去，中西书院（即现在东吴大学的前身）入学比较容易些。我于是就进中西书院。

那时生活程度还很低，可是学费却已并不便宜，中西书院每半年记得要缴费四十八元。家中境况已甚拮据，我的第一次半年的学费，还是母亲把首饰变卖了给我的。我与便友同伴到了上海，由大哥送我入中西书院。那时我年十七。

中西书院分为六年毕业，初等科三年，高等科三年，此外还有特科若干年。我当然进初等科。那时功课不限定年级，是依学生的程度定的。英文是甲班的，算学如果有些根底就可入乙班，国文好的可以入丙班。我英文初读，入甲班，最初读的是《华英初阶》；算学乙班，读《笔算数学》，国文，甲班。其余各科也参差不齐，记不清楚了。各种学科中，最被人看不起的是国文，上课与否可以随便，最注重的是英文。时间表很简单，每日上午全读英文，下午第一时板定是算学，其余各科则配搭在数学以后。监院（即校长）是美国人潘慎文，教习有史拜言、谢鸿赉等。同学一百多人，大多数是包车接送的富者之子，间有贫寒子弟，则系基督教徒，受有教会补助，读书不用化钱的。我的同学中，很有许多现今知名之士。记得名律师丁榕，经济大家马寅初，都是我的先辈的同学。

中西书院门禁森严，除通学生外，非得保证人来信不能出大门一步，并且星期日不能告假（因为要做礼拜），情形几等于现在的旧式女学校。告假限在星期六下午。我的保证人是我的大哥，他在商店做事，每月只来带我出去一次，有时他自己有事，也就不来领我。我在那里几乎等于笼鸟。尤其是礼拜日，逃不掉做礼拜，觉得很苦。

礼拜真正多极。每日上课前要做礼拜，星期三晚上要做礼拜，星期日早晨要做礼拜，晚上又要做礼拜。每次礼拜有舍监来各房间查察，非去不可。每日早晨的礼拜约须三十分钟。其余的都要费一小时以上。唱赞美歌，祷告，讲经，厌倦非凡。这种麻烦，如果叫现今每周只做一次犹嫌费事的学生诸君去尝，不知能否忍耐呢。

读了一学期，学费无法继续，于是只好仍旧在家里，用《华英进阶》、《华英字典》（这是中国第一部英文字典，商务出版）、《代数备旨》

等书自修。另外再作些策论《四书义》，请邑中的老先生评阅。秋间再去考乡试。举人当然无望，却从临时书肆（当时平日书店很少，一至考试时，试院附近临时书店如林）买了严译《原富》《天演论》等书回来，莫名其妙地翻阅。又因排满之呼声已起，我也向朋友那里借了《新民丛报》等来看，由是对于明末清初的故事与文章很有兴味，《明季稗史》《明夷待访录》《吴梅村集》《虞初新志》等书，都是我所耽读的。

十八岁那年，因了一位朋友的劝告，同到绍兴府学堂（即现在浙江第五中学的前身）入学。在那一二年中，内地学堂已成立了不少。当时办学概依《奏定学堂章程》，学制很划一。县有县学堂，性质为现在的高小程度，府学堂则相当于现在的中学，省学堂相当于大学预科，京师大学堂即现在的所谓大学了。学堂的成立，并无一定顺序，我们绍属是先有中学，后有小学的。府学堂学费不收，宿费更不须出，饭费只每月二元光景，并且学校由书院改设，书院制尚未全除，月考成绩若优，还有一元乃至几毛钱的"膏火"可得（膏火是书院时代的奖金名称，意思是灯油费）。读书不但可以不化钱，而且弄得好还有零用可获得的。

府学堂的科目记得为伦理，经学，国文，英文，史学，舆地，算学，格致（即现在的理化博物），体操，测绘（用器画舆地图），功课亦依程度编级，一如中西书院的办法。我因英文已有半年每日三点钟及在家自修的成绩，居然大出风头，被排在程度顶高的一级里，算学与国文的班次也不低。同学之中年龄老大的很多，班级皆低于我，我于是颇受师友的青眼。

国文是一位王先生教的，选读《皇朝经世文编》，作文题是《范文正公为秀才时便以天下为己任》《士先器识而后文艺》之类。经学是徐先生（即刺恩铭的徐锡麟烈士）担任的，他叫我们读《公羊传》，上课时大发挥其微言大义。测绘也由这位徐先生担任。体操教师是一位日本人。他不会讲中国话，口令是用日本语的，故于最初就由他教我们几句体操用的日本语，如“立正”，“向前”之类。伦理教师最奇特，他姓朱，是绍兴有名的理学家，有长长的须髯，走路踱方步，写字仿朱子。他教我们学“洒扫应对”，“居敬存诚”，还教我们舞佾，拿了鸡尾似的劳什子作种种把戏。据他的主张，上课时书应端执在右手，不应挟在腋下。上班退班，都须依照长幼之序“鱼贯而行”，不应作鸟兽散。见先生须作揖，表示敬意。我们虽不以为然，但却不去加以攻击，只以老古董相待罢了。

当时青年界激昂慷慨，充满着蓬勃的朝气，似乎都对于中国怀着相当的期待，不像现在的消沉幻灭。庚子事件经过不久，又当日俄战争，风云恶劣，大家都把一切罪恶归诸满人，以为只要满人推倒，国事就有希望了。《新民丛报》，《浙江潮》等杂志大受青年界的欢迎，报纸上的社论也大被注意阅读。那时恋爱尚未成为青年间的问题，出路的关心也不如现在的急切（因为读书人本来不大讲究出路），三四朋友聚谈，动辄就把话题移到革命上去，而所谓革命者，内容就只是排满，并没有现在的复杂。见了留学生从日本回来，没有辫子，恨不得也去留学，可以把辫子剪去（当时普通人是不许剪辫子的）。见了花翎颜色顶子的官吏，就暗中憎恶，以为这是奴隶的装束。卢梭，罗兰夫人，马志尼等，都因了《新民丛报》的介绍，在我们的心胸里成了令人神往的理想人物。罗兰夫人的“自由，自由！天下几多罪恶假汝之名以行！”已成了摇笔即来的文章的套语了。

我在这样的空气中过了半年中学生活，第二学期又辍学了。这次辍学，并非由于拿不出学费，乃是为了要代替父亲坐馆。原来，父亲在一年来已在家授徒了，一则因邻近有许多小孩子要请人教书，二则父亲嫌家里房屋太大，住了太寂寞，于是就在家里设起书塾来。来读的是几个族里与邻家的小孩。中途忽然有一位朋友要找父亲去替他帮忙，为了友谊与家计，都非去不可。书馆是不能中途解散的，家里又无男子，很不放心，于是就叫我辍学代庖。功课当然是我所教得来的。学生不多，时间很有余暇，于是一壁教书，一壁仍行自修。家里人颇思叫我永继父职，就长此教书下去，本乡小学校新立，也邀我去充教习，但我总觉得于心不甘。

恰好有一个亲戚的长辈从日本留学法政回来，说日本如何如何地好，求学如何如何地便利。我对于日本留学梦想已久了，听了他的话，心乃愈动。父母并不大反对，只是经费无着。乃遍访亲友借贷，很费力地集了五百元，冒险赴日。

当时赴日留学几成为一种风气，东京有一个宏文学院，就是专为中国留学生办的，普通科二年毕业，除教日语外，兼教中学课程。凡想进专门以上的学校的，大概都在那里预备。我因学费不足两年的用度，乃于最初数月请一日本人专教日文，中途插入宏文学院普通科去。总算我的自修有效，英算各科居然尚能衔接赶上。在那里将毕业的前二三月，东京高等工业学校招考了，我不待毕业就去跨考，结果幸而被录取。当时规定，入了官立专门学校，就有官费的，而浙江因人多不能照办。我入高工后快将一年，犹领不到官费，家中已为我负债不少，结果乃又不得不中途辍学回国，谋职糊口。我的中学时代就此结束了，那年我二十一岁。

总计我的中学时代，经过许多的周折，东补西凑，断续不成片断。我为了修得区区的中学课程，曾经过不少磨难，空费过长期的光阴。这种困苦的经验，当时不但我个人有过，实可谓是一般的情形。现在的中学生，在这点上真足羡艳，真是幸福。

做了父亲

《妇女杂志》的记者想约几个朋友来写些做了父亲以后的话，又因为我在朋友中年龄较大，被认为老牌的父亲，要求得格外恳切，以为一定非写不可。

真的，我是个老牌的父亲。说也惭愧，我今年四十五岁，已有孙儿，不但做了父亲，且已做了父亲的父亲了。

我因为家庭的种种关系，十七岁就结婚。第一次做父亲，是在二十岁那年。做父亲如此之早，在现在看来，自己也似乎觉得很奇怪，但在二十五年以前，却是极普通的事。我一共有过五个儿女，现存者四个，最大的二十五岁，最小的十二岁。

人常把小孩比诸天使，我却一般地不喜欢小孩，自己也不知道这是甚么缘故。我不曾逗弄过小孩，非不得已，也不愿抱小孩。当妻偶然另有事须做，把怀中的小孩"哪，叫爸爸抱"地送过来，我总是摇头皱眉，表示不高兴。至于携了会走的儿女去买物看戏或探问亲友等类的事，差不多一次都不曾有过。妻常怨我冷淡，叫我"外国人"（因为我曾留学日本，早就没有辫子）。那末，说我不爱儿女吗？那也不然。这话可由反面来自己证明，当我的第三个小孩于五岁夭死的那一年，我曾长期地沉陷于颓丧的心情中，觉得如失了宝贝一样。即至今偶然念及，也仍不免要难过许多时候。

我对于儿女，一直取着听其自然的主义。“听其自然”，原不好算甚么主义，只是迫于事实不得不然的一种敷衍办法。在妻初怀着长男的当时，对于未来儿女的教养，也曾在少年幼稚的心胸中像煞有介事地作过许多一知半解的计划：哺乳该怎样？玩具该怎样？复习要怎样监督？职业要怎样指导？婚姻要怎样顾问？可是一经做了父亲以后，甚么都不曾办到。那情形差不多等于为政者说谎。为政者在未爬上政治的座位以前，必有一番可以令人动听的政治理想或政纲之类的，及权位到手，自食其言的不消说了，即真想实行其对民众所作的约束，也常感到事实上的困难不得已而变节了。我于做父亲以后，就感到一种幻灭。第一是因为自己须出外糊口，不能与儿女们常在一处，第二是没有财力与闲暇去对付他们。结果，儿女虽逐渐加多加长，理想却无从实现。横竖弄不好，于是只好听其自然。觉得还是听其自然，比较地可以减少些责任。校课成绩，听其自然，职业，听其自然，婚姻，也听其自然。

当我的长男在商店学满生意，自己看中了一个姑娘，亲戚某君拍着胸脯替他去做媒说合的时候，我曾郑重声明不管一切。长男的岳家不相信，以为这只是说说罢咧，哪里会有父亲不管儿子娶亲的道理？后来见我真不管，于是“外国人”的名声乃愈传愈远。在他们结婚的那天，我送了一百元钱的贺礼去，吃过一餐的喜酒就回来了。（五十元或百元的礼，我每年总要送一二次。我于近二十年来，不送一元二元的礼，在一方面呢，遇到亲友家里有婚丧大事，而境况窘苦的时候，就设法筹一笔大钱送去作礼。省去了零星的应酬，把财力集中于一处，我觉得这是一件很合算的事。）至今儿媳们只从他们的小家庭里像亲戚似地来往着，因之普通家庭间常见的姑媳间的纠纷，在我家却未曾经验过。

我与长男，彼此经济已独立多年了。他虽已另立门户，作着一家之主，可是能力很薄弱，而且数年前曾有一时颇荒唐。我对他虽很不放心，但也只好听其自然。我觉得父兄对于子弟须负全责的话，只是旧时代的一种理想。在旧日职业世袭，而且以农业为中心的社会里，父兄与子弟自朝到晚都在一处，做父兄的对于子弟的行为，当然便于监督指导，可以负责的。至于现今，尤其是我们这一类人，这话就无从说起了。我在上海作教书匠，我的儿子在汉口作商业伙计，他如果不知自爱，在那里赌钱或嫖妓，我有甚么方法知道，用甚么方法干涉他呢？结果只好听其自然了。

长男以下，还有一男二女。有的尚未成年，有的已经成年了尚未结婚，当然只好留在家里养活他们，或送到学校里去。我虽衷心地默祷，希望他们将来都成一个“人”，但在像我这样的父亲与现今的时代之下，究竟前途怎样，也只好听其自然，看他们自己的努力与运命如何了。

我的做父亲的情形，不过如此。我敢自己公言：我虽二十五年来觍然地做着父亲，而自问却未曾真正地做过一日父亲。

刊《妇女杂志》第十七卷一号（1931 年 1 月 1 日）

弘一法师之出家

今年旧历九月二十日，是弘一法师满六十岁诞辰。佛学书局因为我是他的老友，嘱写些文字以为记念，我就把他出家的经过加以追叙。他是三十九岁那年夏间披剃的，到现在已整整作了二十一年的僧侣生涯。我这里所述的，也都是二十一年前的旧事。

说起来也许会教大家不相信，弘一法师的出家，可以说和我有关，没有我，也许不至于出家。关于这层，弘一法师自己也承认。有一次，记得是他出家二三年后的事，他要到新城掩关去了，杭州知友们在银洞巷虎跑寺下院替他饯行，有白衣，有僧人。斋后，他在座间指了我向大家道：

“我的出家，大半由于这位夏居士的助缘。此恩永不能忘！”

我听了不禁面红耳赤，惭悚无以自容。因为一，我当时自己尚无信仰，以为出家是不幸的事情，至少是受苦的事情。弘一法师出家以后即修种种苦行，我见了常不忍。二，他因我之助缘而出家修行去了，我却竖不起肩膀，仍浮沉在醉生梦死的凡俗之中。所以深深地感到对于他的责任，很是难过。

我和弘一法师（俗姓李，名字屡易，为世熟知者名曰息，字曰叔同）相识，是在杭州浙江两级师范学校（后改名浙江第一师范学校）任教的时候。这个学校有一个特别的地方，不轻易更换教职员。我前后担任了十三年，他担任了七年。在这七年中，我们晨夕一堂，相处得很好，他比我长六岁。当时我们已是三十左右的人了，少年名士气息忏除将尽，想在教育上做些实际工夫。我担任舍监职务，兼教修身课，时时感觉对于学生感化力不足。他教的是图画音乐二科。这两种科目，在他未来以前是学生所忽视的，自他任教以后，就忽然被重视起来，几乎把全校学生的注意力都牵引过去了。课余但闻琴声歌声，假日常见学生出外写生，这原因一半当然是他对于这二科实力充足，一半也由于他的感化力大。只要提起他的名字，全校师生及工役没有人不起敬的。他的力量，全由诚敬中发出，我只好佩服他，不能学他。举一个实例来说，有一次，寄宿舍里有学生失少了财物了，大家猜测是某一个学生偷的，检查起来，却没有得到证据。我身为舍监，深觉惭愧苦闷，向他求教。他所指教我的方法说也怕人，教我自杀！说："你肯自杀吗？你若出一张布告，说作贼者速来自首。如三日内无自首者，足见舍监诚信未孚，誓一死以殉教育。果能这样，一定可以感动人，一定会有人来自首。——这话须说得诚实，三日后如没有人自首，真非自杀不可。否则便无效力。"

这话在一般人看来是过分之辞，他提出来的时候，却是真心的流露，并无虚伪之意。我自愧不能照行，向他笑谢，他当然也不责备我。我们那时颇有些道学气，俨然以教育者自任，一方面又痛感到自己力量的不够。可是所想努力的，还是儒家式的修养，至于宗教方面简直毫不关心的。

有一次，我从一本日本的杂志上见到一篇关于断食的文章，说断食是身心"更新"的修养方法，自古宗教上的伟人，如释迦，如耶稣，都曾断过食。断食能使人除旧换新，改去恶德，生出伟大的精神力量。并且还列举实行的方法及应注意的事项，又介绍了一本专讲断食的参考书。我对于这篇文章很有兴味，便和他谈及，他就好奇地向我要了杂志去看。以后我们也常谈到这事，彼此都有“有机会时最好把断食来试试”的话，可是并没有作过具体的决定，至少在我自己是说过就算了的。约莫经过了一年，他竟独自去实行断食了。这是他出家前一年阳历年假的事。他有家眷在上海，平日每月回上海二次，年假暑假当然都回上海的。阳历年假只十天，放假以后我也就回家去了，总以为他仍照例回到上海了。假满返校，不见到他，过了两个星期他才回来，据说假期中没有回上海，在虎跑寺断食。我问他：“为什么不告诉我？”他笑说：“你是能说不能行的。并且这事预先教别人知道也不好，旁人大惊小怪起来，容易发生波折。”他的断食共三星期：第一星期逐渐减食至尽，第二星期除水以外完全不食，第三星期起由粥汤逐渐增加至常量。据说经过很顺利，不但并无苦痛，而且身心反觉轻快，有飘飘欲仙之象。他平日是每日早晨写字的，在断食期间，仍以写字为常课，三星期所写的字，有魏碑，有篆文，有隶书，笔力比平日并不减弱。他说断食时心比平时灵敏，颇有文思，恐出毛病，终于不敢作文。他断食以后食量大增，且能吃整块的肉（平日虽不茹素，但不多食肥腻肉类），自己觉得脱胎换骨过了，用老子“能婴儿乎”之意，改名李婴。依然教课，依然替人写字，并没有什么和前不同的情形。据我知道，这时他还只看些宋元人的理学书和道家的书类，佛学尚未谈到。

转瞬阴历年假到了，大家又离校。哪知他不回上海，又到虎跑寺去了。因为他在那里住过三星期，喜其地方清静，所以又到那里去过年。他的皈依三宝，可以说由这时候开始的。据说，他自虎跑寺断食回来，曾去访过马一浮先生，说虎跑寺如何清静，僧人招待如何殷勤。阴历新年，马先生有一个朋友彭先生，求马先生介绍一个幽静的寓处，马先生忆起弘一法师前几天曾提起虎跑寺，就把这位彭先生陪送到虎跑寺去住。

恰好弘一法师正在那里，经马先生之介绍，就认识了这位彭先生。同住了不多几天，到正月初八日，彭先生忽然发心出家了，由虎跑寺当家为他剃度。弘一法师目击当时的一切，大大感动，可是还不就想出家，仅皈依三宝，拜老和尚了悟法师为皈依师。演音的名，弘一的号，就是那时取定的。假期满后，仍回到学校里来。

从此以后，他茹素了，有念珠了，看佛经了，室中供佛像了。宋元理学书偶然仍看，道家书似已疏远。他对我说明一切经过及未来志愿，说出家有种种难处，以后打算暂以居士资格修行，在虎跑寺寄住，暑假后不再担任教师职务。我当时非常难堪，平素所敬爱的这样的好友，将弃我遁入空门去了，不胜寂寞之感。在这七年之中，他想离开杭州一师有三四次之多，有时是因为对于学校当局有不快，有时是因为别处来请他，他几次要走，都是经我苦劝而作罢的。甚至于有一时期，南京高师苦苦求他任课，他已接受聘书了，因为我恳留他，他不忍拂我之意，于是杭州南京两处跑，一个月中要坐夜车奔波好几次。他的爱我，可谓已超出寻常友谊之外，眼看这样的好友因信仰的变化，要离我而去，而且信仰上的事不比寻常名利关系，可以迁就。料想这次恐已无法留得他住，深悔从前不该留他。他若早离开杭州，也许不会遇到这样复杂的因缘的。暑假渐近，我的苦闷也愈加甚。他虽常用佛法好言安慰我，我总熬不住苦闷。有一次，我对他说过这样的一番狂言：

“这样做居士究竟不彻底。索性做了和尚，倒爽快！”

我这话原是愤激之谈，因为心里难过得熬不住了，不觉脱口而出。说出以后，自己也就后悔。他却仍是笑颜对我，毫不介意。

暑假到了，他把一切书籍字画衣服等等分赠朋友学生及校工们——我所得到的是他历年所写的字，他所有折扇及金表等——他自己带到虎跑寺去的，只是些布衣及几件日常用品。我送他出校门，他不许再送了，约期后会，黯然而别。暑假后，我就想去看他，忽然我父亲病了，到半个月以后才到虎跑寺去。相见时我吃了一惊，他已剃去短须，头皮光光，著起海青，赫然是个和尚了！他笑说：

“昨天受剃度的。日子很好，恰巧是大势至菩萨生日。”

“不是说暂时做居士，在这里住住修行，不出家的吗？”我问。

“这也是你的意思，你说索性做了和尚……”

我无话可说，心中真是感慨万分。他问过我父亲的病况，留我小坐，说要写一幅字，叫我带回去，作他出家的纪念。他回进房去写字，半小时后才出来，写的是《楞严大势至念佛圆通章》，且加跋语，详记当时因缘，末有“愿他年同生安养共圆种智”的话。临别时我和他作约，尽力护法，吃素一年。他含笑点头，念一句“阿弥陀佛”。

自从他出家以后，我已不敢再谤毁佛法，可是对于佛法见闻不多，对于他的出家，最初总由俗人的见地，感到一种责任：以为如果我不苦留他在杭州，如果我不提出断食的话头，也许不会有虎跑寺马先生彭先生等因缘，他不会出家。如果最后我不因惜别而发狂言，他即使要出家，也许不会那么快速。我一向为这责任之感所苦，尤其在见到他作苦修行或听到他有疾病的时候。近几年以来，我因他的督励，也常亲近佛典，略识因缘之不可思议，知道像他那样的人，是于过去无量数劫种了善根的。他的出家，他的弘法度生，都是夙愿使然，而且都是稀有的福德，正应代他欢喜，代众生欢喜。觉得以前的对他不安，对他负责任，不但是自寻烦恼，而且是一种僭妄了。

怀晚晴老人

壁间挂着一张和尚的照片，这是弘一法师。自从“八一三”前夕，全家六七口从上海华界迁避租界以来，老是挤居在一间客堂里，除了随身带出的一点衣被以外，什么都没有，家具尚是向朋友家借凑来的，装饰品当然谈不到，真可谓家徒四壁，挂这张照片也还是过了好几个月以后的事。

弘一法师的照片我曾有好几张，迁避时都未曾带出。现在挂着的一张，是他去年从青岛回厦门，路过上海时请他重拍的。

他去年春间从厦门往青岛湛山寺讲律，原约中秋后返厦门。“八一三”以后不多久，我接到他的信，说要回上海来再到厦门去。那时上海正是炮火喧天，炸弹如雨，青岛还很平静。我劝他暂住青岛，并报告他我个人损失和困顿的情形。他来信似乎非回厦门不可，叫我不必替他过虑。且安慰我说：“湛山寺居僧近百人，每月食物至少需三百元。现在住持者不生忧虑，因依佛法自有灵感，不致绝粮也。”

在大场陷落的前几天，他果然到上海来了。从新北门某寓馆打电话到开明书店找我。我不在店，雪邨先生代我先去看他。据说，他向章先生详问我的一切，逃难的情形，儿女的情形，事业和财产的情形，什么都问到。章先生逐项报告他，他听到一项就念一句佛。我赶去看他已在夜间，他却没有详细问什么。几年不见，彼此都觉得老了。他见我有愁苦的神情，笑对我说道："世间一切，本来都是假的，不可认真。前回我不是替你写过一幅金刚经的四句偈了吗？'一切有为法，如梦幻泡影，如露亦如电，应作如是观。'你现在正可觉悟这真理了。"

他说三天后有船开厦门，在上海可住二日。第二天又去看他。那旅馆是一面靠近民国路一面靠近外滩的，日本飞机正狂炸浦东和南市一带，在房间里坐着，每几分钟就要受震惊一次。我有些挡不住，他却镇静如常，只微动着嘴唇。这一定又在念佛了。和几位朋友拉他同到觉林蔬食处午餐，以后要求他到附近照相馆留一摄影——就是这张相片。

他回到厦门以后，依旧忙于讲经说法。厦门失陷时，我们很记念他，后来知道他已早到了漳州了。来信说："近来在漳州城区弘扬佛法，十分顺利。当此国难之时，人多发心归信佛法也。"今年夏间，我丢了一个孙儿，他知道了，写信来劝我念佛。秋间，老友经子渊先生病笃了，他也写信来叫我转交，劝他念佛。因为战时邮件缓慢，这信到时，子渊先生已逝去，不及见了。

厦门陷落后，丰子恺君从桂林来信，说想迎接他到桂林去。我当时就猜测他不会答应的。果然，子恺前几天来信说，他不愿到桂林去。据子恺来信，他复子恺的信说："朽人年来老态日增，不久即往生极乐。故于今春在泉州及惠安尽力宏法，近在漳州亦尔。犹如夕阳，殷红绚彩，随即西沉。吾生亦尔，世寿将尽，聊作最后之记念耳。……缘是不克他往，谨谢厚谊。"这几句话非常积极雄壮，毫没有感伤气。

他自题白马湖的庵居叫"晚晴山房"，有时也自称晚晴老人。据他和我说，他从儿时就欢喜唐人"人间爱晚晴"（李义山句）的诗句，所以有此称号。“犹如夕阳，殷红绚彩，随即西沉”这几句话，恰好就是晚晴二字的注脚，可以道出他的心事的。

他今年五十九岁，再过几天就六十岁了。去年在上海离别时，曾对我说：“后年我六十岁，如果有缘，当重来江浙，顺便到白马湖晚晴山房去小住一回，且看吧。”他的话原是毫不执著的。凡事随缘，要看“缘”的有无，但我总希望有这个“缘”。

弘一大师的遗书

丏尊居士文席朽人已于九月初四日迁化曾赋二偈附录于后 君子之交　其淡如水　执象而求　咫尺千里 问余何适　廓尔亡言　华枝春满　天心月圆 谨达不宜　亲启 前所记月日系依农历　　　　　　　　又白

十月三十一日星期六上午，依例到开明书店去办事。才坐下，管庶务的余先生笑嘻嘻地交给我一封信，说“弘一法师又有挂号信来了”。师与开明书店向有缘，他给我的信，差不多封封同人公看。遇到有结缘的字寄来，最先得到的也就是开明同人。所以他有信给我，不但我欢喜，大家也欢喜的。

信是相当厚的一封，正信以外还有附件。我抽出一纸来看，读到“朽人已于九月初四日迁化”云云，为之大惊大怪。惊的是噩耗来得突然，本星期一曾接到过他阳历十月一日发的信，告诉我双十节后要闭关著作，不能通信，且附了“佛号”和去秋九月所摄的照片来，好好地怎么就会“迁化”。怪的是“迁化”的消息怎么会由“迁化”者自己报道。既而我又自己解释，他的圆寂谣言在报上差不多每年有一次的，“海外东坡”在他是寻常之事。这次也许因为要闭关，怕有人再去扰他，所以自报“迁化”的吧。信上“九”“初四”三字用红笔写，似乎不是他的亲笔，是另外一个人填上去的。算起来农历九月初四恰是双十节后三日，也许就在这日闭关吧。我捧着一张信纸呆了许久，竟忘了这封信中还有附件。

大概同人见我脸色有异了。有人过来把信封中的附件抽出来看，大叫说“弘一法师圆寂了”，这才提醒了我，急急去看附件。见一张是大开元寺性常法师的信，说弘一老人已于九月初四日下午八时生西，遗书是由他代寄的。还有一张是剪下的泉州当地报纸，其中关于弘一法师的示疾临终经过有详细的长篇记载，连这封遗书也抄登上面。证据摆在眼前，无法再加否认。唉，方外挚友弘一法师真已迁化，这封信是来与我诀别的，真是遗书了，不禁万感交迸，为之泫然。

据报上记载：师于旧历八月廿三日感到不适，连日写字，把人家托写的书件了讫，至廿七日已不进食物。廿八日下午还写遗嘱与妙莲法师，以临命终时的事相托，至九月一日上午还替黄居士写记念册二种，下午又写“悲欣交集”四字与妙莲法师，直到初二才不再执笔，算起来不写字的日子只有初三初四两天。这封遗书似乎是卧病以前早写好在那里的，笔势挺拔，偈语隽美，印章打得位置适当，一切决不像病中所能做到。前一封信是阳历十月一日发来的，和阴历对照起来，那日是八月廿二，恰好是他感到不适的前一天。信中所说，如“将于双十节后闭关”，“以后于尊处亦未能通信”，且特地把一张照片寄赠，谆谆嘱嗣后和诸善知识亲近，从现在看来，已俨然对我作了暗示了。预知时至，这两封信都可作为铁证，不过后一封是取着遗书的形式罢了。

师的要在逝世时写遗书给我，是十多年前早有成约的。当白马湖山房落成之初，他独自住在其中，一切由我招呼。有一天我和他戏谈，问他说："万一你有不讳，临终咧，入龛咧，荼毗咧，我是全外行，怎么办？"他笑说："我已写好了一封遗书在这里，到必要时会交给你。如果你在别地，我会嘱你家里发电报叫你回来。你看了遗书，一切照办就是了。"后来他离开白马湖云游四方，那封早已写好的遗书一定会带在身边，不知今犹在否。猜想起来，其内容当与这次妙莲法师所得到的差不多吧。同是遗书，我未曾得到那封，却得到了这样的一封，足见万事全是个缘。

这封信不但在我个人是一个珍贵的纪念品，在佛教史上也是非常重要的文献，值得郑重保存的。

本文方写好，友人某君以三十年二月澳门觉音社所出《弘一法师六十纪念专刊》见示，在李芳远先生所作送别晚晴老人一文中，有这样一段："去秋赠余偈云，'问余何适，廓尔亡言，华枝春满，天心月圆'，下署晚晴老人遗偈"。如此则遗书中第二偈是师早已撰就，预备用以作谢世之辞的了。又记。

悼一个自杀的中学生

近有一个朋友从八月五日的北平《民言报》上剪了这条记事给我们，问我们对于这严重的事实有什么意见可说的没有？

昨日下午五时余，阜城门外桥护城河内突然发现男尸一具漂浮于水面。比经该管西郊警察署闻讯，即派夫役打捞上岸，检视该男尸身穿灰黄色茧西服，黑皮鞋，平顶草帽，年约二十余岁。复由其身上搜出名片多张，上印石惠福，住清华园蓝旗营房村一百三十二号等字样。该警署以石惠福必系死者之名，遂即派警传唤其家属。迨至翌日清晨，地方法院派检察官聂秉哲，书记官黄鹤章，检验吏张庚堃，率领司法巡警前来相验时，突有一年老人偕一少妇，手持书信一封，哭泣而来，当即向死者抚尸痛哭。经检察官讯问，其名唤石印秀，年六十二岁，此同来少妇系伊儿媳，死者系伊长子。彼昨日声言赴外四区署投考巡警，乃不期彼投河自杀，本日接其邮寄来函，竟系绝命书一封。伊全家正在惊愕之际，适巡警传唤，始知其在该处投河自尽等语，并持书信呈验，复又抚尸痛哭不已。比经检验吏相验毕，遂准其尸亲备棺装殓抬埋。惟已死者之绝命书中，述其系一中学毕业生，因谋事未遂，其父令伊投考巡警，彼乃愤而自杀，情词极为凄惨。

兹觅得录志于左："亲爱仁慈的老父：中学毕了业，上大学念不起书，找一个小事做，挣钱养家，这些话不是你老人家说的吗，现在怎么样呢？虽然毕了业，没有好亲戚援引，阔同乡帮助，就是一名书记也找不到。念书为的做事，挣钱养家，现在不能挣钱，不能养家，这岂不愧死人吗？当巡警也是职业之一，看哪，北平人穷了不是拉洋车，就是当巡警。但是我决不愿意去考巡警。违背父命是不孝，不孝之人，应当排除社会之外，所以我自杀以赎不孝之罪。这封信到了我们家中时候，我已在那碧波荡漾中麻醉了。儿福绝笔。"

在大众没有出路的现今，自杀已成为普通的出路了，全国不知道，上海每日报纸上差不多没有一日无人自杀，而且大概都是青年。社会人士每读了悲惨的遗书和可以令人酸鼻的记事，不曾表示什么，除了没有眼泪的法官写几个"验得某人委系自杀身死遗尸着家属具领棺殓"大字以外，并不闻政府有什么意见。

自来普通青年的自杀，其原因或由于失恋，或由于思想上的烦闷，或由于放逸的结果。自杀尚是可悲的事，他们的自杀在旁人看来，常觉其中多少夹杂着享乐和好奇的分子，因之感动也常不能强烈。石惠福君是因中学毕业无职可就而自杀的，是一个严重的中学生出路问题。石君已矣！继石君而自杀的不但难保没有，而且恐怕一定要有。我们对于这深刻的中学生的苦闷现象将怎样正视啊！关于中学生的出路，本志曾悬赏征文，在第六号发表过许多答案了。其实，中学生的出路成为问题，是我国特有的现象。现今全世界差不多没有一国不碰到失业的致命的灾难，然其所谓失业者，都是曾经有业过的工人商人，或是大学专门学校的新毕业生，至少也是中等职业学校出身的人。他们都已具有职业的素养而竟无出路，故称为失业。至于无力升学的普通的中学毕业生，虽无职业，亦并不列在失业者之内的。普通中学教育所授的只是一种生活能力的坯材，不是某种生活方面的特殊定形的技能。普通中学的毕业生只是一个身心能力较已发达了的人，并不是有素养的工人商人或其他的职业者。他们能升学的须由此再进求职业的知识，无力升学的也当就性之所近，力所能及，觅得一种事做，从事于实际的职业的陶冶。用比喻来说，既成的职业者和职业方向已决定了的专门大学的毕业生是器物，而中学毕业生尚是造器物的原料，器物因有一定的用途，销路有好有坏，至于原料，用途不如器物的有一定限制，销路应较器物自由。故就一般情形而论，中学生的出路问题，照理不如一般失业问题的紧迫。如果中学生的出路要成问题，那末高小毕业生的出路也要成问题，甚而至于初小毕业生的出路也都要成问题。那就成为全体国民的出路问题，不是中学生的出路问题了。

说虽如此，却不能适用于中国。中国的中学生确有出路问题，而且问题的严重性不下于一般的失业问题。石惠福君的自杀就是证明。石惠福君的自杀人已知道，此外不知道的恐怕还有，将来也许陆续会有这种不幸发生。至于一时虽不自杀，而用了潦倒颓废的手段慢性地在那里自杀的青年，其数更不堪设想哩。

中学生的出路何以在中国成为问题，而且如此严重，其原因当然很多。世界的、国际的及社会的、政治的原因，现在不提，且就中学教育及学生本身加以考察。

先就中学教育说：

中国的教育制度是模仿别国的，可是模仿来的只是一个形式，内容却仍是“之乎者也”（现在改作“的了吗呢”）式的科举式的老斯文。在中国求学叫做读书，不论其学艺术、学医药、学工业，甚至于学体操，都叫做读书。普通的中学无工场，无农场，即使有了农场与工场，也不劳动，只是当作一种教师时间的切卖所而已。除了几张挂图几架简单的理化仪器以外，彻头彻尾是书本（而且只是教科书）的教育。先生拿了书上堂下堂，学生拿了书上班退班。腰间系一条麻绳与小刀，带起有边的帽子，提着木棍，就是童子军；挂幅中山像，每周月曜向他鞠三个躬，静默三分钟，就是党化教育；各处通路钉几块“大同路”“平等路”“三民路”的牌子，就是公民教育。十月十日白相一天，每次下课休息十分钟，先生口口声声“诸位同学”，校工口口声声“少爷小姐”，三年毕业，文凭一张，如要升入高中，再这样地来三年。这是普通中学教育的实况。中学校的墙壁上或廊柱上虽明明用了隶书或是魏碑写着“打破封建制度”的标语，其实中学校本身就是封建制度的化身，而且还是封建思想的养成所。试问这成千成万的“诸位同学”和“少爷小姐”走出校门，除了有老米饭可吃，或是有钱升学的，叫他们到哪里去呢？当然是问题了。

以上是就中等教育的精神说的。让我们再就了中学校的制度来看：中国在中学制度上曾行过双轨制，一方有纯粹的中学校，一方别有甲种实业学校。自学制改革以后，取消双轨制，于纯粹的中学校中附带各种职业科。可是改革以来，高中于文理二科以外，除了设备不必大花钱的师范科商科等外，不闻附有别种门类的职业科。今则且并正统的文理二科亦许不设，得改为混沌的普通科了。至于初中的职业预施，更无所闻。

学校原该使各阶段可以独立。中国的学制从系统图上看去，似乎也可以言之成理，划分自由。可是这张系统表却是一张不能兑现的支票，实际是高小为初中的预备，初中为高中的预备，高中为大学的预备（大学呢，又是出洋的预备）而已。下级各为上级的预备，在下级终止的就做了牺牲，这牺牲以中学一段为最惨酷。因为就时期说，中学时代是青年期与成年期的交点，一遭蹉跎，有关于其终身。就经济状况说，中学生兼有富者、小康者与微寒者三种等级，富者且不提，小康者与微寒者是大都无力升学与出洋的。不及成器，半途而废，结果也是毕生受害。

就实际情形看来，中国的中学校本身已在暴露着空虚与破绽，已在自己种毒的途上了。它一壁无目的地养成了许多封建式的“诸位同学”与“少爷小姐”，一壁除了升学以外不预计及他们的去路。这种教育真值得诅咒。老实说吧，中学校自己已在那里自杀了，中学校毕业生石君的自杀，可以认作中学校自杀的朕兆。

再说学生。

从理论上说来，学生思想行为的如何，能力的优劣，大半该由教育者或学校负责的。这话的确度在实际上也许要打折扣，尤其不能适用于中国。中国的教育界内容既空虚，而且变动极多。我所居的附近有一个中学校，成立不过七八年，在我所知道的中学校中比较要算变动很少的，可是也每年总有大部分的教职员更动。那里一路植有杨柳，我于学期之末，眼见交往初熟的人带着行李走了，总要黯然地记起“年去岁来，应折柔条过千尺”的词句来，同时感到现今教育界的不安定。觉得在这样传舍似的教育界，即使有热心肯对学生负责的教育者，责任也无从负起。一个学生从入学起至毕业止，难得有始终戴一个人为校长，一门功课由一个教师授完的。据一个从济南来的朋友说，山东于最近半个月内更换了三个教育厅长，真是“五日京兆”了。我想教育厅长如此，那么校长与教员的变动的剧烈，恐怕要如洗牌时的麻雀牌了吧。

话不觉说得太絮烦了，但我的意思只在借此一端说明中国教育界的不能负教育的责任而已。除了不安定以外，中国的教育界缺点当然还多，这里不备举。在这种不能负责任的教育的环境之下，学生自身如不自己觉醒，真是危险之至。自己教育在教育上原是很重要的事，而在中国的学生更加重要。

第一要紧的是时代与地位的自觉。关于此，我在本志的创刊号曾一度论及。现在学校的环境里，很有许多可以贻害青年的东西，足使青年堕入五里雾中，受其迷醉。现在的学校差不多谈不到身心的锻炼，全体充满着虚伪的空气：明明是初步的学习，却彼此号称“研究”；明明是胡闹，却称曰“浪漫”；饭厅有风潮了，总是厨“役”不好；工人名曰：“校役”；什么“诸君是将来的中坚分子”咧，“努力革命事业”咧，“读书可以救国”咧，诸如此类的迷药，尽力地向青年灌注。试问，青年住在这幻想的蜃楼里，一旦走出校门，其幻灭将怎样啊。石惠福君的宁自杀不当巡警，实是千该万该。因为巡警不是“中坚分子”，做巡警不好算“革命事业”，也不好算“救国”的。

中学生在中学校里“研究”了三年或六年，大家都想作所谓“中坚分子”，都想做所谓“革命事业”，都要尽所谓“救国”的天职，于是本已困难万分的中学生的出路更增加其困难性，除了有“好亲戚援引，阔同乡帮助”的幸运儿以外，恐怕只有石惠福君所走的死路一条了。因为石惠福君的遗书里有关于他父亲的话，我顺便也在这里向作父母的人说几句话。

使子女受教育原是父母的责任。可是现今理想社会还未实现，财产私有制度尚未废除，什么都要钱，教育费为数又大。当你未送子女入中学校以前，你须得摸摸你的荷包看，万一你觉得财力不够使你的子女于中学毕业后更升学，你就须把送子女入中学的事加以踌躇考虑。为你计，为你的子女计，与其虚荣地强思使门楣生色，也许还是不入中学，或不升高中，以高小或初中毕业的资格直接去谋相当的职业为是。

培植子女，在普通的家庭看来是一种商业的投资。“念书为的做事，挣钱养家”，这不单是石惠福君父亲的话，恐怕是一般父母的话吧。这种素朴的投机的心理虽可鄙薄，也大足同情。但现在已不是“万般皆下品，唯有读书高”的时代了，教育的投机事业未必稳定。纵使有大大的本钱，把子女变成了学士或博士，也未必一定能挣钱养家。至于本钱微小的，一不留心，反足使子女半途而废，其害自更甚了。卢梭以为富人之子应受教育，至于穷人之子不必受教育，可由环境去收得教育。故他在《爱弥尔》里所处理的理想的孩子就是一个富者之子。这原是一种偏激之说，但在现代经济制度之下，特别在现在中国的教育情形之下，是值得一顾的话。中学生毕业后无力升学，穷于出路，这也许大半是父母当时茫茫然使子女入中学之故，做父母的应同负责任。中国的中学校的各阶段不能独立，名为可附带各种职业科，而其实只是空言。在这状态未改正以前，我敢奉劝中流以下的家庭父母勿轻率地送子女入中学校。

以上是我因闻石惠福君之自杀而感到的种种。我和石君未曾相识，不知其家庭如何，境况如何，精神上有无疾病，曾从哪一个中学校毕业，是初中抑是高中，只是凭了友人所寄来新闻记载，当作一个抽象的中学生问题加以考察而已。话虽已说得不少，在读者眼中也许只是照例的旁观论调，等于我在开端所说的“验得某人委系自杀身死……”的法官口吻，亦未可知。但我自信并不如此。

还有，我所说的只是消极的指摘，别无积极的改进方案。这也许会使读者不满。积极的改进方案原该想的，可是我非其人。教育部，各省教育厅，都设有管领中等教育的官吏，想来都在考案着，请读者拭目以待吧。

论单方面的自由离婚

这两年来，自由离婚的呼声很响，别的不必说，在我知友之中也常有关于这切身问题的商量，并且有的已由商量而进于实行了。无论结合的方式怎样，已经结合了的夫妇，至于非离不可，这其间当然有不能忍耐的苦楚。我们对于知友们的附骨的苦楚，当然同情，但究不能不认离婚是一种悲剧，特别于男子离女子时，在现制度中，觉得是一种沉痛阴郁的悲剧。

我们即抛了现制度不管，单就自然状态说，觉得即使在圆满的婚姻中，婚姻一事在女子已是有损害的。娠妊，分娩，乳育，哪一件不是女子特有的枷锁？“自然”给与女子的枷锁，我们原无法替女子解除净尽，但人为地使女子受枷锁的事，我们如可避免，当然是应该避免的。女子在自然状态中，在现制度中，都是弱者。欺侮惯女子的男子，要牺牲一女子来逞他的所谓“自由”，原算不得什么。不过，人应不应牺牲了他人去主张自己的自由，究是一个疑问。

在某一意义上，旧家庭中的儿子打老子，可以说是好事，因为足以促进家庭的改良；暴兵杀平民，可以说是好事，因为足以彰兵的罪恶。依了这理由，有人说，男子可以自由离弃女子，女子愈苦痛，愈可以促婚姻制度的改善。但这话只有掌握进化大权的“自然”或者配说，人们恐无此僭越权吧！我们立在喜马拉耶山顶上去什么都可以说得，都可以提创得，一到了人间，立在受损害者的地位，就觉得不能无所顾虑了！

夫不爱妻，或积极地与妻诟谇，或消极地把妻冷遇，结果给与生活费若干，离妻别娶（其中也有一种聪明人，专用冷遇的手段，使妻一方面来提出愿离的），这大概是一般中流以上的男子离弃女子的普通过程吧。这种离婚的方式一向就有，现在居然加了“自由”两个形容字了！据我所知，近来男女订婚时，女子很多要求男子支给学费的。离婚的时候，在现制度中，女子势又不能不要求男子支给生活费。结婚脱不出买卖，离婚也脱不出买卖，买卖式的离婚有什么自由可说呢？

我们自信不至于顽固到反对自由离婚，但不能承认买卖离婚是自由离婚，尤不敢承认男子牺牲女子去逞他的所谓“自由”是应该的事。我们以为：非到了女子再嫁不被社会鄙笑的时候，后母后父不歧视前夫或前妻之子女的时候，女子不赖男子生活的时候，自由离婚是无法实现的。即使能实现，也不过是几个有特别境遇的男女们罢了。我们以自由离婚作为解决夫妻间种种纠葛的目标，努力来创造这新的时代吧。不算旧账，忍了苦痛，创造新的环境，使后人不至再受这苦，这是过渡时代人们所应该做的事。

那么，将何以救拯现在夫妇间的苦痛呢？这正难言。但是，夫妇的爱即不存在，只要对于人类还有少许的爱的人们，总不至于有十分惨酷的行为吧！理想原和事实不同，我们的理想虽如此，不能使世间的事实不如彼。不，正唯其世间的事实如彼，所以我们才有如此的理想。我们虽不能立即使事实符合理想，但总期望事实与理想渐相接近。同一买卖式的强迫离婚中，程度固有高低，同一牺牲对手，手段也有凶辣和忠厚的不同。能少使对手者受苦，是我们所祈祷的。能男女大家原谅弱点，把有缺陷的夫妇关系修补完好，尤是我们所祈祷的。

现世去理想尚很辽远。如果有不顾女子的苦痛离弃女子的，我们也只认为这是世间的事实，不加深责。但要申明一事，这不是我们所理想的自由离婚。

“无奈”

在现制度之下，教师生活真不是一件有趣味的事。同业某友近撰了一副联句，叫做：命苦不如趁早死，家贫无奈作先生。愤激滑稽，令人同感。我所特别感得兴味的是“无奈”二字，“无奈”是除此以外无别法的意思，这可有客观的主观的两样说法。造物要使我们死，我们无法逃避死神的降临，这是主观的“无奈”。惯吃黄酒的人遇到没有黄酒的时候只好用白酒解瘾，这是客观的“无奈”；本来就喜欢吃白酒的人，非白酒不吃，只能吃白酒，这是主观的“无奈”。

基督的上十字架出于“无奈”，释迦的弃国出家也出于“无奈”，耐丁格尔“无奈”去亲往战场救护伤兵，列宁“无奈”而主张革命。啊！“无奈”——“主观的无奈”的伟大啊！

“家贫”是“无奈”，“做先生”是“无奈”，都不足悲哀，所苦的只是这“无奈”的性质是客观的而不是主观的。我们的烦闷不自由在此，我们的藐小无价值也在此。横竖“无奈”了，与其畏缩烦闷的过日，何妨堂堂正正的奋斗。用了“死罪犯人打仗”的态度，在绝望之中杀出一条希望的血路来！“烦恼即菩提”，把“无奈”从客观的改为主观的。所差只是心机一转而已。这是我近来的感怀，质之某友，以为何如？

彻 底

物质主义与精神主义是绝对不能两立的两种主义，其实两者之中只要彻底一种，就能通彻到别一种。所苦者只是模棱两可，两方都不彻底。

中国社会上的人事大都犯了这两方都不彻底的毛病。亲友之中，甲有事劳乙出力，在理当然甲应赠乙以报酬。但甲不敢赤裸裸赠送金钱，即送了，乙也不肯老老实实的收受，好像是取精神主义的。其实，乙不能无物质的计较，甲也不敢坦然忘怀，结果甲假托了别的名义，打算又打算，酌量数额改了面目送物品与乙，乙也受之无愧。这就是所谓彼此心照的办法。普通庆吊，即使馈送金钱，也必用封套把金钱装潢，上加什么“菲仪”的避雷针（有了这就可不论数目之多少）的签条。甲这样去，将来乙也这样来，彼此把金钱数目牢牢的记在仪簿，一查便知，丝毫也不会有多少。真是精神物质兼顾，寓精神于物质之中的好方法。可是人趣却因而全失了。

最令人不快的是教育界的情形，也与这同一鼻孔出气。近来学店式的学校到处林立，有人以为学校渐趋商业化了，深为叹惋。我以为学校不患其商业化，只患其商业化的不彻底。学生出学费向学校买求知识，学校果真有价值相当的知识作商品卖给学生，学生对于学校至少可没有恶感。并且像老顾主和相识的店铺有感情一样，学生爱校之情自必油然而生了。这就是由物质主义彻底而达到精神主义。反之，把精神主义彻底亦可达到物质主义。因为学校如果真有教好学生的热诚，一切自然认真，学生以及社会也自然能以物质的扶助学校，白吃不会钞，断不是人情。

再就教师说，现在的教师原已成了一种普通职业，不像以前有和“天地君亲”并列的神圣的威严了。但真能有和报酬相当或以上的热心与知力提供于学校或学生的教师，必仍能得学校的信任，受学生的敬爱，否则一味假借师道之尊，想以地位自豪，总是羊质虎皮，学校方面且不论（因为教师有时就代表学校），在学生眼里是不堪的。假教化之名，行商业之实，藉师道之尊，掩自身之短，这和金钱封套上的“菲仪”签条一样，同是个避雷针。学生对学校或教师的风潮无不发端于此。

向精神主义走固好，向物质主义走也好，彻底走去，无论向那条路都可以到得彼岸。否则总是个进退维谷的局面。

闻歌有感

“一来忙，开出窗门亮汪汪；二来忙，梳头洗面落厨房；三来忙，年老公婆送茶汤；四来忙，打扮孩儿进书房；五来忙，丈夫出门要衣裳；六来忙，女儿出嫁要嫁妆；七来忙，讨个媳妇成成双；八来忙，外孙剃头要衣装；九来忙，捻了数珠进庵堂；十来忙，一双空手见阎王。”

十一岁的阿吉和六岁的阿满又在唱这俗谣了。阿满有时弄错了顺序，阿吉给伊订正。妻坐在旁边也陪着伊们唱。一壁拍着阿满，诱伊睡熟。

这俗谣是我近来在伊们口上时常听到的，每次听到，每次惆怅，特别在那夏夜的月下，我的惆怅更甚。据说，把这俗谣输入到我家来的，是前年一个老寡妇的女佣。那女佣的从何处听来，是不得而知了。

几年前，我读了莫泊桑的《一生》，在女主人公的一生的经过，感到不可言说的女性的世界苦。好好的一个女子，从嫁人，生子，一步一步地陷入到“死”的口里去。因了时势和国土，其内容也许有若干的不同，但总逃不出那自然替伊们预先设好了平板的铸型一步。怪不得贾宝玉在姊妹嫁人的时候要哭了！

《一生》现在早已不读，并且连书也已散失不在手头了，可是那女性的世界苦的印象，仍深深地潜存在我心里，每于见到将结婚或是结婚了的女子，将有儿女或是已有儿女的女子，总不觉要部分地复活。特别地每次听到这俗谣的时候，竟要全体复活起来，这俗谣竟是中国女性的“一生”！是中国女性“一生”的铸型！

我的祖母，我的母亲，已和一般女性一样都规规矩矩地忙了一生，经过了这些平板的阶段，陷到死的口里去了！我的妹子，只忙了前几段，以二十七岁的年纪，从第五段一直跳过到第十段，见阎王去了！我的妻正在一段一段地向这方向走着！再过几年，眼见得现在唱这歌的阿吉和阿满也要钻入这铸型去！

记得，有一次，我那气概不可一世的从妹对我大发挥其毕生志愿时，我冷笑了说：“别做梦罢！你们反正是要替孩子抹尿屎的！”

从妹那时对于我的愤怒，至今还记得。后来伊结婚了，再后来，伊生子了，眼见伊一步一步地踏上这阶段去！什么“经济独立”，“出洋求学”等等，在现在的伊，也已如春梦浮云，一过便无痕迹。我每见了伊那种憔悴的面容，及管家婆的像煞有介事的神情，几乎要忍不住下泪，可是伊却反不觉什么。原来“家”的铁笼，已把伊的野性驯伏了！

易卜生在《海得加勃勒》中，借了海得的身子，曾表示过反对这桎梏的精神。苏特曼在故乡中也曾借了玛格娜的一生，描写过不甘被这铁笼所牢缚的野性。无论世间难得有这许多的海得、玛格娜样的新妇女，即使个个都是，结果只是造成了第三性的女子，在社会看来也是一种悲剧。国内近来已有了不少不甘为人妻的“老密斯”，和不愿为人母的新式夫人。女性的第三性化，似已在中国的上流社会流行开始了！如果给托尔斯泰或爱伦凯女史见了，不知将怎样叹息啊！

贤妻良母主义虽为世间一部分所诟病，但女性是免不掉为妻与为母的。说女性于为妻与为母以外还有为人的事则可以，说女性既为了人就无须为妻为母，决不成话。既须为妻为母，就有贤与良的理想的要求，所不同的只是贤与良的内容解释罢了。可是无论把贤与良的内容怎样解释，总免不掉是一个重大的牺牲，逃不出一个“忙”字！自然所加给女性的担负，真是严酷，《创世纪》中上帝对于第一对男女亚当、夏娃的罚，似乎待女性的比待男性的苛了许多。难道真是因为女性先受了蛇的诱惑的缘故吗？抑是女性真由男性的肋骨造成，根本上地位价值不及男性？

中馈，缝纫，奉夫，哺乳，教养……忙煞了不知多少的女性。在个人自觉不发达的旧式女性，一向沉没在自然的盲目的性意识里，千辛万苦，大半于无意识中经过着，比较地不成问题。所最成问题的是个人自觉已经发展的新女性。个人主义已在新女性的心里占着势力了，而性的生活及其结果，在性质上与个人主义却绝对矛盾。这性与个人主义的冲突，就是构成女性世界苦的本质。故愈是个人自觉发达的新女性，其在运命上所感到的苦痛也应愈强。国内现状沉滞麻木如此，离所谓“儿童公育”，“母性拥护”等种种梦想的设施，还是很远很远，无论在口上笔上说得如何好听，女性在事实上还逃不掉家庭的牢狱。今后觉醒的女性，在这条满是铁蒺藜的长路上，将怎样去挣扎啊！

叫新女性把个人的自觉抑没了，来学那旧式女性的盲目的生活，减却自己苦痛吗？社会上大部分的人们，也许都在这样想。什么“女子教育应以实用为主”，什么“新式女子不及旧式女子的能操家政”等种种的呼声，都是这思想的表示。但我们断不能赞成此说，旧式女性因少个人的自觉，千辛万苦，都于无意识中经过，所感到的苦痛，不及新女性的强烈，这种生活，自然是自然的，可是与普通的生物界有何两样！如果旧式女性的生活可以赞美，那末动物的生活该更可赞美了。况且旧式女性也未始不感到苦痛，这俗谣中所谓“忙”，不都是以旧式女性为立场的吗？一切问题不在事实上，而在对于事实的解释上，女性的要为妻为母是事实，这事实所给予女性的特别麻烦，因了知识的进步及社会的改良，自然可除去若干，但断不能除去净尽。不，因了人类欲望的增加，也许还要在别方面增加现在所没有的麻烦。说将来的女性可以无苦地为妻为母，究是梦想。

我不但不希望新女性把个人的自觉抑没，宁希望新女性把这才萌芽的个人的自觉发展强烈起来，认为妻为母是自己的事，把家庭的经营，儿女的养育，当作实现自己的材料，一洗从来被动的屈辱的态度。为母固然是神圣的职务，为妻是为母的预备，也是神圣的职务，为母为妻的麻烦，不是奴隶的劳动，乃是自己实现的手段，应该自己觉得光荣、优越的。

“我有男子所不能做的养小孩的本领！”

这是斯德林堡某作中女主人公反抗丈夫时所说的话。斯德林堡一般被称为女性憎恶者，但这句话却足以为女性吐气的，我们的新女性，应有这自觉的优越感才好。苦乐不一定在外部的环境，自己内部的态度常占着大部分的势力。有花草癖的富翁，不但不以晨夕浇灌为苦，反以为乐，而在园丁却是苦役。这分别全由于自己的与非自己的上面，如果新女性不彻底自觉，认为妻为母都不是为己，是替男子作嫁，那末即使社会改进到如何的地步，女性面前也只有苦，永无可乐的了。

心机一转，一切就会变样。《海上夫人》中爱丽姐因丈夫梵格尔许伊自决去留，说“这样一来，一切事都变了样了！”就一变了从前的态度，留在梵格尔家里，死心塌地做后妻，做继母。这段例话，通常认为自由恋爱的好结果，我却要引了作为心机一转的例。梵格尔在这以前，并非不爱爱丽姐，可是为妻为母的事，在爱丽姐的心里，总是非常黯淡。后来一转念间，就“一切都变了样了”！所谓“烦恼即菩提”，并不定是宗教上的玄谈啊！

妇女解放的声浪，在国内响了好几年了。但大半都是由男子主唱，且大半只是对于外部的制度上加以攻击。我以为真正妇女问题的解决，要靠妇女自己设法，好像劳动问题应由劳动者自己解决一样。而且单从外部的制度下攻击，不从妇女自己的态度上谋改变，总是不十分有效的。老实说：女性的敌，就在女性自身！如果女性真已觉得自己的地位并不劣于男性，且重要于男性，为妻，产儿，养育，是神圣光荣的事务，不是奴隶的役使，自然会向国家社会要求承认自己的地位、价值，一切问题，应早经不成问题了的。唯其女性无自觉，把自己神圣的奉仕，认作屈辱的奴隶的勾当，才致陷入现在的堕落的地位。

有人说，女性现在的堕落，是男性多年来所驯致的。这话当然也不能反对。但我以为无论男性如何强暴，女性真自觉了，也就无法抗衡。但看娜拉啊！真有娜拉的自觉和决心，无论谁做了哈尔茂，亦无可奈何。娜拉的在以前未能脱除傀儡衣装，并不是由于哈尔茂的压迫，乃是娜拉自身还缺少自觉和决心的缘故。“小松鼠”“小鸟儿”等玩弄的称呼，在某一意义上，可以说是娜拉所甘心乐受，自己要求哈尔茂叫伊的啊！

正在为妻为母和将为妻为母的女性啊！你们正“忙”着，或者快要“忙”了。你们在现在及较近的未来，要想不“忙”，是不可能的。你们既“忙”了，不要再因“忙”反屈辱了自己，要在这“忙”里发挥自己，实现自己，显出自己的优越，使国家社会及你们对手的男性，在这“忙”里认识你们的价值，承认你们的地位！

对了米莱的《晚钟》

米莱的《晚钟》在西洋名画中是我所最爱好的一幅，十余年来常把它悬在座右，独坐时偶一举目，辄为神往，虽然所悬的只是复制的印刷品。

苍茫暮色中，田野尽处隐隐地耸着教会的钟楼，男女二人拱手俯首作祈祷状，面前摆着盛了薯的篮笼、锄铲及载着谷物袋的羊角车。令人想象到农家夫妇田作已完，随着教会的钟声正在晚祷了预备回去的光景。

我对于米莱的艰苦卓绝的人格与高妙的技巧，不消说原是崇拜的；他的作品多农民题材，画面成戏剧的表现，尤其使我佩服。同是他的名作如《拾落穗》，如《第一步》，如《种葡萄者》等等，我虽也觉得好，不知什么缘故总不及《晚钟》能吸引我，使我神往。

我常自己剖析我所以酷爱这画，这画所以能吸引我的理由，至最近才得了一个解释。

画的鉴赏法原有种种阶段，高明的看布局调子笔法等等，俗人却往往执著于题材。譬如在中国画里，俗人所要的是题着“华封三祝”的竹子，或是题着“富贵图”的牡丹，而竹子与牡丹的画得好与不好是不管的。内行人却就画论画，不计其内容是什么，竹子也好，芦苇也好，牡丹也好，秋海棠也好，只从笔法神韵等去讲究，去鉴赏。米莱的《晚钟》在笔法上当然是无可批评了的。例如画地是一件至难的事，这作品中的地的平远，是近代画中的典型，凡是能看画的都知道的。这作品的技巧可从各方面说，如布局色彩等等，但我之所以酷爱这作品却不仅在技巧上，倒还是在其题材上。用题材来观画虽是俗人之事，我在这里却愿作俗人而不辞。

米莱把这画名曰《晚钟》，那么题材不消说是有关于信仰了，所画的是耕作的男女，就暗示着劳动；又，这一对男女一望而知为协同的夫妇，故并暗示着恋爱。信仰，劳动，恋爱，米莱把这人间生活的三要素在这作品中用了演剧的舞台面式展示着。我以为，我敢自承，我所以酷爱这画的理由在此。这三种要素的调和融合，是人生的理想。我的每次对了这画神往者，并非在憧憬于画，只是在憧憬于这理想。不是这画在吸引我，是这理想在吸引我。

信仰，劳动，恋爱，这三者融和一致的生活才是我们的理想生活。信仰的对象是宗教。关于宗教原也有许多想说的话，可是宗教现在正在倒霉的当儿，有的主张以美学取而代之，有的主张直截了当地打倒。为避免麻烦计，姑且不去讲他，单就劳动与恋爱来谈谈吧。

劳动与恋爱的一致，是一切男女的理想，是两性间一切问题的归趋。特别地在现在的女性，是解除一切纠纷的锁钥。

“不劳动者不得食”，这虽是共产党的话，确是人间生活无可逃免的铁一般的准则，无论男女。女性地位的下降实由于生活不能独立，普通的结婚生活，在女性都含有屈辱性与依赖性。在现今，这屈辱与依赖与阶级的高下成为反比例。因为，下层阶级的妇女不像太太地可以安居坐食，结果除了做性交机器以外，虽然并不情愿，还须帮同丈夫操作，所以在家庭里的地位较上流或中流的妇女为高。我们到乡野去，随处都可见到合力操作的夫妇，而在都会街上除了在黎明和黄昏见到上工厂去的女工外，日中却触目但见着旗袍穿高跟皮鞋的太太们姨太太们或候补太太们与候补姨太太们！

不消说，下层妇女的结婚在现今也和上流中流阶级的妇女一样，大概不由于恋爱，是由于强迫或买卖的。不，下层妇女的结婚其为强迫的或买卖的，比之上流中流社会更来得露骨。她们虽帮同丈夫在田野或家庭操作，未必就成米莱的画材。但我相信，如果她们一旦在恋爱上觉醒了，她们的营恋爱生活，要比上流中流的妇女容易得多，基础牢固得多，不管上流中流的女性识得字，能读恋爱论，能谈恋爱，能讲社交。

但看娜拉吧，娜拉是近代妇女觉醒第一声的刺激，凡是新女子差不多都以娜拉自命。但我们试看未觉醒以前的娜拉是怎样的？她购买圣诞节的物品超过了预算，丈夫赫尔茂责她：

> “这样浪费是不行的！”
>
> “真真有限哩，不行？你不是立刻就可以有大收入了吗？”
>
> “那要新年才开始，现在还未哩！”
>
> “不要紧，到要时不是再可以借的吗？”“你真太不留意！如果今日借了一千法郎在圣诞节这几日中用尽了，到新年的第一日，屋顶跌下一块瓦来，落在我头上把我磕死了……”
>
> “不要说这吓死人的不祥语。”
>
> “喏，万一真有了这样的事，那时怎样？”

赫尔茂这样诘问下去，娜拉也终于弄到悄然无言了。赫尔茂倒不忍起来，重新取出钱来讨她的好，于是娜拉也就在“我的小鸟”咧，“小栗鼠”咧的玩弄的爱呼声中，继续那平凡而安乐的家庭生活。这就是觉醒前的娜拉的正体。及觉醒了，离家出走了，剧也就此终结。娜拉出家以后的情形是值得我们思索的。于是，“娜拉仍回来吗？”终于成了有趣味的一个问题。鲁迅先生曾有过一篇《娜拉走后怎样》的文字。

觉醒后的娜拉，我们不知道其生活怎样，至于觉醒以前的娜拉，我们在上流中流的家庭中，在都会的街路上都可见到的。现在的上流中流阶级本是消费的阶级，而上流中流阶级的女性，更是消费阶级中的消费者。她们喜虚荣，思享乐。她们未觉醒的，不消说正在做“小鸟”做“栗鼠”，觉醒的呢，也和觉醒后的娜拉一样，向哪里走还成为一个问题，还是一个费人猜度的谜。

上流中流阶级的女性，物质的地位无论怎样优越，其人格的地位实远逊于下层阶级的女性，而其生活也实在惨淡。她们常被文学家摄入作品里作为文学的悲惨题材。《娜拉》不必说了，此外如莫泊桑的《一生》，如佛罗倍尔的《波华荔夫人》，如托尔斯泰的《安娜卡列尼那》等都是。莫泊桑在《一生》所描写的是一个因了愚蠢兽欲的丈夫虚度了一生的女性，佛罗倍尔的《波华荔夫人》与托尔斯泰的《安娜卡列尼那》，其女主人公都是因追逐不义的享乐的恋爱而陷入自杀的末路的。她们的自杀不是壮烈的为情而死的自杀，只是一种惭愧的忏悔的做不来人了的自杀。前者固不能恋爱，后二者的恋爱也不是有底力的光明可贵的恋爱，只是一种以官能的享乐为目的的奸通而已。而她们都是安居于生活无忧的境遇里的女性。

在中国的历史上有一对我所佩服的恋爱男女，就是司马相如与卓文君。我不佩服他们别的，佩服他们的能以贵族出身而开酒店，男的着犊鼻裙，女的当垆（虽然有人解释，他们的行为是想骗女家的钱）。我相信，男女要有这样刻苦的决心，然后可谈恋爱，特别地在女性。女性要在恋爱上有自由，有保障，非用劳动去换不可。未入恋爱未结婚的女性，因有了劳动能力，才可以排除种种生活上的荆棘，踏入恋爱的途程。已有了恋爱对手的女性，也因有了劳动的能力作现在或将来的保证。有了劳动自活的能力，然后对己可有真正恋爱不是卖淫的自信。

我所谓劳动者，并非定要像《晚钟》中的耕作或文君的当垆，凡是有益于社会的工作，不论是劳心的劳力的都可以。家政育儿当然也在其内。在这里所当连带考察的就是妇女职业问题了。

妇女的职业，其成为问题在机械工业勃兴家庭工业破坏以后。工业革命以来，下层阶级的农家妇女或可仍有工作，至于中流以上的妇女，除了从来的家庭杂务以外已无可做的工作。家庭杂务原是少不来的工作，尤其是育儿，在女性应该自诩的神圣的工作。可是家庭琐务是不生产的，因此在经济上，女性在两性间的正当的分业不被男性所承认，女性仅被认作男性的附赘物，女性亦不得不以附赘物自居，积久遂在精神上养成了依赖的习性，在境遇上落到屈辱的地位。

要想从这种屈辱解放，近代思想家曾指出绝端相反的两条路：一是教女性直接去从事家事育儿以外的劳动，与男性作经济的对抗；一是教女性自信家事育儿的神圣，高唱母性，使男性及社会在经济以外承认女性的价值。主张前者的是纪尔曼夫人，主张后者的是托尔斯泰与爱伦凯。

这两条绝端相反的道路，教女性走哪一条呢？真理往往在两极端之中，能调和两者而不使冲突，不消说是理想的了。近代职业有着破坏家庭的性质，无可讳言，但因了职业的种类与制度的改善，也未始不可补救于万一。妇女职业的范围应该从种种方向扩大，而关于妇女职业的制度，尤须大大地改善。职业的妨害母性，其故实由于职业不适于女性，并非女性不适于职业。现代的职业制度实在太坏，男性尚有许多地方不能忍受，何况女性呢？现今文明各国已有分娩前后若干周的休工的法令和日间幼儿依托所等的设施了，甚望能以此为起点，逐渐改善。

在都市中，每遇清晨及黄昏见到成群提了食筐上工场去的职业妇女，我不禁要为之一蹙额，记起托尔斯泰的叹息过的话来。但见到那正午才梳洗下午出外叉麻雀的太太或姨太太们，见到那向恋人请求补助学费的女学生们，或是见到那被丈夫遗弃了就走投无路的妇人们，更觉得愤慨，转而暗暗地替职业妇女叫胜利，替职业妇女祝福了。

体力劳动也好，心力劳动也好，家事劳动也好，在与母性无冲突的家外劳动也好，“不劳动者不得食”，原是男女应该共守的原则。我对于女性，敢再妄补一句：“不劳动者不得爱！”

美国女作家阿利符修拉伊娜在其所著的书里有这样的一章：

> 我曾见到一个睡着的女性，人生到了她的枕旁，两手各执着赠物。一手所执的是“爱”，一手所执的是“自由”，叫女性自择一种。她想了许多时候，选了“自由”。于是人生说：“很好，你选了‘自由’了。如果你说要取‘爱’，那我就把‘爱’给了你，立刻走开永久不来了。可是，你却选了‘自由’，所以我还要重来。到重来的时候，要把两种赠物一齐带给你哩！”我听见她在睡中笑。

要爱，须先获得自由。女性在奴隶的境遇之中决无真爱可言。这原则原可从种种方面考察，不但物质的生活如此。女性要在物质的生活上脱去奴隶的境遇，获得自由，劳动实是唯一的手段。

爱与劳动的一致融合，真是希望的。男女都应以此为理想，这里只侧重于女性罢了。我希望有这么一天：女性能物质地不作男性的奴隶，在两性的爱上，铲尽那寄食的不良分子，实现出男女协同的生产与文化。

对了《晚钟》忽然联想到这种种。《晚钟》作于一八五九年，去今已快七十年了。近代劳动情形大异从前，米莱又是一个农民画家，编写当时乡村生活的，要叫现今男女都作《晚钟》的画中人，原是不能够的事。但当作爱与劳动融合一致的象征，是可以千古不朽的。

原始的媒妁

媒妁者叫做“月老”，这典故据说出于《续幽异录》所载唐韦因的故事。据那故事：月下老人执掌人间婚姻簿册，对于未来有夫妻缘分的男女，暗中给他们用红丝系在脚上。月下老人就是司男女婚姻的神。

古今笔记中常见有“跳月”的记载，说野蛮民族每年择期作“跳月”之会，聚未婚男女在月下跳舞，彼此相悦，即为配偶。陆次云有一篇《跳月记》，述苗人跳月的情形非常详尽。

把上面两段话联结了看来，月亮与男女的结合，似乎很有关系。男女的结合发生于夜，婚姻的“婚”字原作“昏”，就是夜的意思。说虽如此，黑夜究有种种不便，在照明装置还非常幼稚或竟缺如的原始社会，月亮就成了婚姻的媒介者。中国月下老人的传说，也许是唐以后就有的，无非是把月亮来加以拟人化罢了。月下老人其实就是月亮的本身。

在已开化的我们现代，“跳月”的风习原已没有了，可是痕迹还存在。日本有所谓“盆踊”（bonadori）者，至今尚盛行于各地。“盆”即“于兰盆”之略语，为民间祭名之一。日期在旧历七月十五，日本每至七月十五前后，各地举行盆祭，男女饮酒跳舞为乐，较我国之兰盆会热狂得多，因此常发生攸关风化的事件。中国各乡间迎神赛会，日期亦常在月圆的望日。吾乡（浙东上虞）的会节，差不多都在旧历月半。如“正月半”，“三月半”，“六月半”，“八月半”，“九月半”，“十月半”之类。届时家家迎亲接眷，男女都盛装了空巷而往。观于从来有“好男不看灯，好女不游春”之诫，足以证明这是“跳月”的变形了。吾乡最盛的会是“三月半”，无妻的男子向有“看过三月半，心里宽一半”的谣谚。意思是说：会场上有女如云，不怕讨不着老婆。

月亮对于男女的关系，似并不偶然，莫泊桑有一篇描写性欲的短篇，就叫《月光》。由此类推去看，古来名句“月上柳梢头，人约黄昏后”是具着有机的技巧的，那都会中作为男女情场的跳舞厅与影戏院中的电灯光，其朦胧宛如月夜，也是合乎性心理的了。

光复杂忆

武汉起义以后，各省纷纷响应，大都“兵不血刃”，就转了向了。我们浙江的改换五色旗，是十一月五日那时我在杭州，事前曾有风声，说就要发动。四日夜里尚毫不觉得有什么，次晨起来，知道已光复了。抚台已逃走。光复的痕迹，看得见的，只有抚台衙门的焚烧的余烬，墙上贴着的都督汤寿潜的告示，和警察袖上缠着的白布条。街上的光景和旧历元旦很相像，商店大半把门闭着，行人稀少得很。

一时流行的是剪辫，青年们都成了和尚。因为一向梳辫的缘故，为发的本来方向不同，剃去以后每人头上有着白白的一圈，当时有一个名字，叫做奴隶圈。这时候最出风头的不消说是本来剪了发的留学生了。一般青年都恨不得头发快长起，掠成“西发”。老成拘谨些的人，不敢就剪辫，或剪去一截，变成鸭屁股式。乡下农民最恋恋于辫发，有一时，警察手中拿了剪刀，硬要替行人剪发，结果乡下人不敢上城市来了。有的把辫子盘起来藏在帽里，可笑的事情不少。

当时尚未发明标语的宣传法，大家只在日用文件上表示些新气象。

最初用黄帝纪元，第二年才称民国元年。在文字的写法上有好些变化。革命军的“军”大家都写作“軍”，“民”字写作“民”，据说是革命军与人民出了头的意思，“国”字须写作“圀”，据说是共和国以人民为主体的意思。这风气直至民国四五年袁世凯要称帝时还存着。

朋友 × 君曾以“國”字为谜底作一灯谜云：“有的说是民意，有的说是王心，不知这圈圈内是什么人。”國字旧略写作“国”，× 君的灯谜，是暗射当时的时事的。“现在是民国时代了，什么花样都玩得出来！如果在前清是……”光复后不到几年，常从顽固的老年人口中听到这样的叹息。记得在光复当时，人心是非常兴奋的。一般人，尤其是青年，都认中国的衰弱，罪在满洲政府的腐败，只要满洲人一倒，就什么都有办法。当辫子初剪去的时候，我们青年朋友间都互相策励，存心做一个新国民，对时代抱着很大的希望。就我个人说，也许是年龄上的关系吧，当时的心情，比十六年欢迎党军莅境似乎兴奋得多。宋教仁的被暗杀，记得是我幼稚素朴的心上第一次所感到的幻灭。

光复初年的双十节，不像现在的冷淡，各地都有热烈的庆祝。我在杭州曾参加过全城学界提灯会，提了“国庆纪念”的高灯，沿途去喊“中华民国万岁！”自六时起至十一时才停脚，脚底走起了泡。这泡后来成了两个茧，至今还在我的脚上。

“你须知道自己”

我向有个先写稿后加题目的习惯，此稿成后，想不出好题目，于是就僭越地借用了这句希腊哲人的标语。

中学生诸君，新年恭喜！

说到新年，不禁记起一件故事来了。从前日本有一个很有名的和尚，故意于新年元旦提了骷髅到人家门口去，叫大家杀风景。日本向有元旦在门口筑了土堆插松枝的风俗，叫做“门松”。和尚有一句咏门松的诗道：“门松是冥土之旅的一里冢。”一里冢者，日本古代每一里作一土堆如冢，上插木标，以标记里程的。和尚的诗，意思就是说一个人过了一年就离冥土愈近了。

咿呀！新年新岁，理应说利市，讲好话，为什么要提起这样的话来扫大家的兴呢？但是照例地说利市，讲好话，也觉得没有意思。新年相见的套语，如“恭喜”之类，其中并不笼有真实的深意，说“恭喜恭喜”，并不就会有喜可恭的。

我们无论做哪一件事，都要预想到着末的一步，才会认真，才会不苟。做买卖的人所要顾虑的不是赚钱，乃是蚀本。赌博的人所须留意的不是赢了怎样，乃是输了如何。日本的那位和尚在元旦叫人看骷髅，要大家觉悟到死的一大事实，其事虽杀风景，但实也可谓是一种最慈悲的当头棒喝。我根据了这理由，想在这一九三〇年的新年，当作贺年的礼物，对诸君说几句看似不快而却是真实的话。

依学龄计算，诸君都是十三岁以上二十岁以下的志气旺盛的青年。诸君对于前途，所怀抱的希望不消说是很多的吧。恋爱咧，名誉咧，革命咧，救国咧，诸如此类离本题太远的希望，暂且不提。即仅就了求学而论，诸君的希望应也就不小，由初中而高中，由高中而大学，由大学而出洋，由出洋而成博士等等，似都应列入诸君的好梦之中的。可是抱歉得很，我在这里想对诸君谈说的，却不是怎样由初中入高中、入大学、出洋等的好事，乃是关于不吉方向的事。就是：不能出洋怎样？不能入大学怎样？不能升高中怎样？或甚至于并初中而不能毕业怎样？

就大体说，教育的等级是和财产的等级一致的。财产有富者、中产者与贫困者三个等差，教育也有高等、中等、初等的三个阶段。在别国，这阶段很是露骨，尽有于最初就把贫富分离的学校制度。凡有资力可令子弟受中等以上的教育者，就可不令子弟进普通的国民小学。我国在学校制度上表面虽似平等，其实这财产上的阶段仍很明显地在教育的等差上反映着。不消说，小学校学生之中原有每日用汽车接送的富家儿与衣服楚楚的中产者的子弟的，但全体统计，究以着破鞋拖鼻涕的贫家小孩为多。到了中学，贫困者就无资格入门，因为做中学生每年至少须花二百元的学费，不是中产以下的家庭所能负担。做中学生的不是富家儿，即是中产者的子弟。至于入大学，费用更巨，年须三四百元以上，故做大学生的大概是富家儿，即使偶有中产者的子弟蛰居其间，不是少数的工读生，即是少数的叫父母流泪典质了田地不惜为求学而破家的好学的别致朋友罢了。这样，教育的阶段宛如几面筛子，依了财产的筛孔，把青年大略筛成三等。纵有漏网混杂别等里去的，那真是偶然的侥幸的机会。

诸君是中学生，贫困者已于小学毕业时被第一道筛子从诸君的队里筛出了。诸君之中混杂着富者与中产者的子弟，但富者究竟不多，诸君的十分之九以上可说都由中产家庭出来的吧。像诸君样的人，普通叫做中产阶级。中产阶级不致如贫困者的有冻馁之忧，也不致像富者的流于荒佚，在社会全体看来，实是最健全最有用的分子。诸君出自中产家庭，就是未来的社会中坚，诸君的境遇较之贫困者与富者，原不可不说是很幸福的。但是，可惜，这中产阶级的本身已在崩溃中了。

中产阶级的崩溃原是世界的现象，不但中国的如此。其原因不得不归诸世界产业革命与资本主义的跋扈。中国中产阶级的崩溃也不自今日始，而以近数年来为尤速。中国原无什么大资本家，也无什么大产业，中国人所受的完全是身不由主的全世界的影响。中国产业落后于人者不知凡几，而生活程度却由外人替我们代为提高，已与别国差不多了。这情形，诸君不必回去问那六七十岁的老祖父，但把诸君幼时所记得的物价与生活费用和目前的一相比较，就已可知其差数之不小了。加以连年的兵祸，匪灾，饥馑，失业，把乡村的元气耗损几尽，随此而起的工价暴腾与农民的不得已的减租，更给了中产阶级以一道快速的催命符。

不信，但看事实！诸君的村里中富起来的人家多呢还是穷下去的人家多？诸君自己的家况，只要没有什么着香槟票头彩之类的事，还是一年好一年呢还是一年不如一年？诸君求学的用费，今年比之去年如何？诸君向父母请求学费时，父母是否比去年多摇头多叹息？再试每日留心报纸，是不是每日有因失业或困迫而自杀的？他们的大多数，是不是青年？

中国的中产阶级已在崩溃的途上，当世流行的一切青年的烦闷与中流家庭间的不宁，实都就是中产阶级在崩溃途上的苦闷的挣扎与呻吟。诸君是中产阶级，中产阶级的崩溃就是诸君的崩溃。诸君之中有的已深深地痛感到没落的不安，正在挣扎与呻吟之中，有的或尚才踏入第一步，只茫然地感到前途渐就黑暗的预觉，程度虽有不同，要之都已是在没落崩溃的途上的人们了。在这变动的期内，诸君的家庭尚能挣扎着令诸君入中学为中学生，不可谓非诸君之幸。不瞒诸君说，在下也是中产阶级出身，而且是一个做过二十年的中等学校教师的人。产是早已没有了，依了自己的劳动，现在总算还着起长衫，在社会上支撑着中流人物的地位，可是对于儿女，却无力令其尽受完全的中等教育。一个是高小毕业就去作商店学徒了，一个是初中未毕业，即令其从事养蜂与园艺了，还有一个现在虽尚在中学校，但能否有力保其毕业或升学，自己也毫无把握。作了二十年中学教师却无力使自己的儿女受中等教育，每想到“裁缝衣破无人补，木匠家里没凳坐”的俗语，自己也不禁要苦笑起来。

话不觉走入岔路去了，一笔表过，言归正传。

世间最难动摇的是事实，事实是不能用了什么理论或方法来把它变更的。中产阶级的崩溃没落既是事实，我们虽然自己不情愿，也就无法否认。所谓崩溃或没落，原是就了全生活说的，若限在受教育的方面说，意思就是：诸君现在虽在中学为中学生，前途难免要碰到种种的障碍。不能入大学，不能入高中，或并初中亦不能毕业，也都是很寻常的可能的遭遇，并非什么意外的大不幸。诸君啊，先请把这话牢记在心里。

诸君读了我这番杀风景的议论，也许会突然感到幻灭，要发生绝望的不安了吧。如果如此，那不是我说话不得其法，就是诸君太天真烂漫、太未经世故的缘故。我所说的自以为是一种真实，并没有一句是欺骗或恐吓诸君的话。并且，我对诸君说这一番话，目的原不欲漫然把暗云投入诸君的快活的心胸里，在诸君火热的头上浇冷水；乃是想叫诸君张开了眼，认识眼前的事实，更由这认识发出勇敢的新的努力，去适应目前或将来的环境，能在大时代中游泳而不为大时代的怒涛所淹没。

那么怎样好呢？反正能否毕业能否升学都靠不住，就退学吗？或者赶快去别觅可以吃饭的职业吗？诸君的父母家庭，有的为了贪近利，有的为了真是负担不住了，也许早已盼望诸君如此了吧。家庭环境各各不同，原不好一概而论。若就大体说，诸君还是未成年者，在成年以前，最好能受教育，把青年生活好好地正则地度过去。诸君能在中学为中学生是应感谢的幸福，不是可诅咒的恶事。有书可读且读，但读书的态度却须大大地更改。

第一所希望于诸君者，就是要快把从来的“士”的封建观念先行铲除。中国古来封建时代称读书人为“士”，这士的制度已在几千年以前消灭了，而士的虚名仍历代相沿，直至现在，虚名原已不存了，而士的观念仍盘根错节地潜伏在一般人的心中。诸君的父母令诸君入学的动机，诸君自己求学的态度，乃至学校对于诸君的一切教育方法和设施等等，老实说，有许多地方都还是脱不尽这封建思想的腐气的。一般人误信以为在学校毕业了就可得到一种资格，就可靠文凭吃饭，这种迷信，的的确确是因袭的封建的恶根性。中国近十余年来的变乱，原因当然很复杂，但如果全国没有整千整万的毫无实学实力只手捏文凭的冒充的士，来替人摇旗呐喊，来替人造作是非，局面决不至糟到如此。我常以为中国最要的事情是裁士，而裁兵次之。要化士为工，化士为商，化士为农，化士为兵，除了少数有天分的专事学问的学者外，无一人挂读书人的空招牌，而又无一人不读过书，无一人不随时自己读着书，中国的前途才有希望。

第二所希望于诸君的是养成实力。诸君如果真能把从来以读书为荣的封建观念打破了，就能发见求学的新目标——就是觉悟到为养成实力而求学了。说到现在的学校教育，可指摘的处所实在很多，学校本体，除了到期给诸君以文凭外，能否给诸君以智德体三方面的真实能力，原属一个大大的疑问。如果有人说我这话太轻视了现在的学校与教育者，那么让我来自己招供吧。前面曾说，我是曾做过二十年的中学教师的，自问也不曾撒过滥污，但不敢自信曾有任何实力给予学生过。学校教育的靠不住，原因很多，这里无暇絮说。但无论如何，学校究是为青年而特设的教育机关，从来学校教育的所以力量薄弱，也许由于学生的求学态度的不正。诸君果已自己觉醒，对于学业及生活不再徒讲门面，要求实际，把一切都回向于实力的养成上去，则我可以保证诸君能相当地收得实力的。

了解了以读书为荣的错误，知道了实力的重要，在环境许可的期间，利用诸君的青春去作将来应付新时代的预备。有能力升学出洋固好，即不能升学或毕业，也比较容易以所养成的能力找得相当的职业。中产阶级只管没落，自己能在新兴继起的阶级中做一个立得住站得稳的人，不做新时代的落伍者，这是我所希望于诸君的总归宿。

《圣经》里的先知们，有的警告人说：末日快到了；有的警告人说：天国近了，叫人预备。“山雨欲来风满楼”，中产阶级已岌岌可危了，今后到来的世界从社会全体看来，是天国或是末日，学者之间因了各人的见解，原不一其说。但无论是好是坏，要来的终究要来，所以我们也不得不先有所预备。预备的第一步，就是对于自己所处的地位与时代的觉醒。

中学生诸君啊，记着：我们的地位是中产阶级而时代是一九三零年！

新年之始，老乌鸦似地向诸君唠唠叨叨说了这一大串杀风景的话，抱歉之至！最后当作道歉，让我再来真诚地向诸君祝福吧：

中学生诸君，新年恭喜！

关于职业

暑假快到，诸君之中有许多人将在初中或高中毕业了。有钱的不消说正在预备升学，境况不裕的却不得不就此与学校生活告别，各自分头奔向社会中去找寻出路，谋糊口之所。“去干什么好呢？”“有没有可干的事呢？”这两个问题恐早已占领着诸君心的全部了吧。

“去干什么好呢？”这是职业的选择问题。“有没有可干的事呢？”这是职业的有无问题。

关于青年的职业，我们平常所听到的有两种议论，想来诸君也曾听到过。

一派人这样说：“职业是神圣的，而且是终身的大事。青年于未就职业以前须考察社会环境，审度自己个性，参酌将来的希望，仔细选择。”

这番议论原不是毫无理由的话，可是按之现今实际，却不免是一种高调。“审度自己个性”，“参酌将来希望”，这种条件在眼前有许多职业可就的人，也许可作参考。现在还是用人尚未公开、私人可以滥用的时代。假如诸君之中有这样的一个幸运儿，父亲居政界要位，叔子是商界首领，母舅是大工厂主，未婚妻家有一个大大的农场，各方面汲引有人，他无论到哪一边去，都不愁跑不进，对于这样的人，第一种高调是值得倾听的。可是在大多数的一般人看来，这番议论只等于空洞的说教，等于一张不能兑现的美丽的支票而已。

又有一派人说："中国困处在帝国主义的资本主义之下，产业落后，国内即有产业，亦被握于帝国主义走狗或资本家之手。无业，失业，都是帝国主义与资本主义的罪恶。我们要有职业，就应该起而革命，赶快打倒帝国主义与资本主义，否则就无法解决职业问题。"这番议论有着事实的根据，当然不能说是不对。可是也是一种高调。革命不是一旦可成就的大事，而且要大多数人都不事生产，以革命为专业，也究不可能。未来是未来，现在是现在，未来的合理的自由社会虽当悬为目标，群策群力地求其实现，现在的生活的十字架却仍无法不负的。

第一派议论偏重于职业的选择，第二派议论偏重于职业的有无，结果都有有方无药的毛病。职业问题的纠纷，实起于这职业的有无与选择两问题的错综。职业的有无原是第一问题，但我们不能说中国人都没有职业。试看种田的在种田，做工的在做工，做店员的在做店员，他们境况虽不甚佳，何尝没有职业？就大体说，职业是有的，可是自诩为士的读过几年书的学生，都不把这种职业放在眼里，他们要选择，愈选择，职业的途径就愈狭小，结果就至走投无路了。

诸君是中学生，除师范部出身的已略受关于小学教师的职业陶冶外，大部分在职业方面尚未有一定的方向。诸君出校门时，社会未曾替诸君留好一定的交椅，为工为农为商都要诸君自己去为，自己去养成。这在诸君是一件困难的事，但也是一件自由的事：困难的是什么职业都外行，要从头学起；自由的是什么职业都可为，并不受一定的限制。犹之婴孩初生，运命未定，前途亦因而无限。现在让我来平心静气地提出几条可走的方向供诸君参考。据我所见，普通人的职业的来路不外下列几项，诸君所能走的方向当然也不出这几项。

一、独立自营；

二、从事家业；

三、入工商界习业；

四、入公私机关作月薪生活。

一、独立自营如果能够，这是最所希望的，农业也好，商店也好，工业也好，随自己性之所近，于可能范围内以小资本择一经营之。如嫌无专门知识，不妨先作短时间的见习，然后从事。想从事园艺者可先入农场，想从事化学小工艺者可先入化学工厂（此种见习并不以月薪为目的，机会自可较易谋得）。无论国内国外，大实业家大都是由小资本经营发迹的，独往独来地经营一种事业，生杀予夺，权都在我，较之寄人篱下的官吏及事务员，真不知要好若干倍了。

二、从事家业现在已不是职业世袭的时代，农之子原不必一定为农，工之子原不必一定为工，商之子原不必一定为商，并且时代变迁得很快，祖先传来的家业也许已有不能再维持的。但如果别无职业可就，而家业尚可继续的时候，那么从事家业也未始不是一策。因为是家业的缘故，体质上天然有着遗传的便利，业务上的知识也无须外求，一切工具设备又都是现成的，尽可帮同父兄继续干去。一面再以修得的常识为基础，广求与家业有关的知识，加以改进。如果是农业家，那么去设法图农事的改良，如果是商家，那么去谋销路的扩张。可做的事正多，好好做去，希望很是无穷的。

三、入工商界习业就是俗语的所谓“学生意”。普通的所谓职业，大都须从“学生意”入门，因为职业上所需要的是熟悉该项职业一切事情的人——即所谓内行人，欲投身于某职业的，当然须从学习入手。入工商界习业须有人介绍与担保，不及前二项的自由，在学习的时候，普通还须受徒弟待遇，但国内真正的工人与商人却都由此产生。普通一店或一厂的领袖人物，最初就是学徒，他们熟悉了该项情形，中途独立自营，自立基业的也很多。

四、入公私机关作月薪生活这是近代知识分子最普遍的出路，自学校教师、公司银行的职员、工厂的技师，以至官厅的政务人员，都属这一类。到这条路去的人不必自出资本，不必经过学徒生活，但大多数却须有较专门的知识技能。中学毕业生除小学教师外，非有人援引，未必就跑得进。即能勉强挨身进去，也只是书记等类的下级职员而已。

以上四项为一般人可走的职业的方向。“独立自营”与“从事家业”二项，是各走各路，不必你抢我夺，无所谓就职难的。普通的所谓就职难，实在“入工商界习业”与“入公私机关作月薪生活”二项，尤其是“入公私机关作月薪生活”一项。因为入工商界习业，尚是作学徒，收容虽有定额，最初地位较低，竞争不烈，方面也广，只要投身者肯屈就，大概尚不难安排；至于公私机关则为数有限，职员的名额、薪水的总数又有一定，竞争自然利害了。

诸君出校门后投身职业，该向哪一条路跑，原不能一概论定，一条路有一条路的难处，一个人有一个人的志愿，断难代为抉择。不但别人难以代为抉择，恐诸君自己也无法抉择。在现在的情势之下，一切须看条件：要独立自营，至少家里须有小资本；要从事家业，至少家里先要有老业；要入工商界学业，至少在工商界要有能介绍的亲友；要入机关领月薪，也至少要有人援引；此外各门还要有能相适应的特种品性（好品性或坏品性）。不过就大体说，诸君为生活计，总须走一条路，而且事实也非逼迫诸君去走一条路不可。现世尚谈不到机会平等，只好各人走各人的路，“君乘车，我戴笠”，“君担簦，我跨马”，有的乘车，有的戴笠，有的担簦，有的跨马，从前有此不平，现在仍有此不平，无法讳言。

在现今什么都只好碰去看，尤其是职业。今日在职业界吃饭的人，其职业大概都是碰来的。他们有的在某公司办事，有的在某工厂中为事务员，有的在某衙门里作官吏，有的在某处办农场，但我相信他们当初并不曾有此预期，只是因了偶然的机会，经过几次转变，达到现在的地位而已。

但诸君不可误解，把“碰”解作不劳而获的幸运。要碰，先须有碰的资格，没有资格，即有偶然的机会在你眼前，你也无法将它捉住，至少在无权无势要靠能力换饭吃的大众是如此。某商店须用一个管银钱的店员，你如果没有金钱信用的人，就无资格去碰了；某机关要请一个书记，你如果是文理不通字迹潦草的，就无资格去碰了；某公司要找一个能担任烦剧事务的职员，你如果是身体怯弱的，就无资格去碰了。身体，品性，知识，都是碰的条件。中学校教育原不是教授职业技能的，但在身体的锻炼、品性的陶冶、知识的修养（这原是普通教育最重要的目的，可惜现在的学校却不一定能够做到）各点上看来，却不能说与职业无关。诸君对于校课如果曾作了正式的学习，不曾马马虎虎地经过，那么即对于以后就职业说，也可以说不曾白花了学费的了。

诸君出校门以后，就利用了在校中锻炼好了的身体，陶冶过的品性，修养来的知识去碰吧。一面还须把身体、品性、知识继续锻炼陶冶修养，以期不失未来的新机会。万一不凑巧一时碰不到职业，请平心反省，是否自己没有碰的资格？倘若自己觉到资格不够，就应该努力补修。如果自问资格无缺，所以碰不到职业完全由于没有机会，也只有再去碰而已。实情如此，有什么别的话可说呢！

恭祝快乐

新年在中年以上的人是易起感伤的，从来文人在新年所作的诗词如《元旦书怀》《新年杂感》之类，都不免带有“时不我与”“岁月如流”的愁情。小孩逢新年最快乐，巴不得新年快到，在小孩新年是成长的里程，他们的欢迎新年，实由于无意识的成长的欲望，并非只为了新年可以着新衣吃糖果。

在快到二十岁的中学生诸君，对于新年的感想是怎样？用折中的说法来讲，当然是愁情与快乐兼而有之的了。可乐的是不久中学校就要毕业，不久就可升级，不久就可把某学科修毕……可愁的是：年龄一年增大一年，自己的出路问题一年急迫一年，家庭对于自己负担能力一年不如一年……如果我的推想不错，诸君当这新年，除了几个有特别情形的以外，正在乐与愁交织的情绪之中了。国难正亟，内战又将难免，加以农村破产，百业凋零，全民族奄奄待毙。诸君在此环境之下，愁多于乐，是当然的事。不，诸君之中的大多数，也许只感到愁不感到乐，也未可知！

但愁思是无益于事而且可以害事的，快乐才是青年可欢迎的气象，至少须于愁思以外还有快乐。国家社会现象糟到如此，自有责任者在，无论任何巧辩的人，也决不能诿过于未满二十岁的中学生诸君身上。诸君对于国家社会的糟象，该愤恨，该留意，该预筹挽救的方法，却万不可一味地愁。对于自己的将来，该预备，该奋斗，也万不可一味地愁。

世界日日在变，变好变坏，既不一其说，也不得而知。诸君是要在未来的世界生活的，不可不早事预备。未来的世界是个怎么样子，生活上需要何种本领，原不敢预言，但有几件根本的资格，如壮健的体力，团体的合群力，明确的思考力，刻苦的忍耐力，敏捷的应对力，丰富的想象力……是无论任何职业任何世界都必要的。不论你去做工、行商、或做官都用得着。不论一九三六年世界大战不大战，国内目前内战不内战，都用得着。

当此新年，“恭祝快乐！”诸君须快乐，才能锻炼自己，预备将来。无谓的愁思，是足损诸君的元气，为诸君之害的。

谈　吃

说起新年的行事，第一件在我脑中浮起的是吃。回忆幼时一到冬季，就日日盼望过年，等到过年将届，就乐不可支。因为过年的时候，有种种乐趣，第一是吃的东西多。

中国人是全世界善吃的民族。普通人家，客人一到，男主人即上街办吃场，女主人即入厨罗酒浆，客人则坐在客堂里口磕瓜子，耳听碗盏刀俎的声响，等候吃饭。吃完了饭，大事已毕。客人拔起步来说“叨扰”，主人说“没有什么好待你”，有的还要苦留：“吃了点心去”，“吃了夜饭去”。

遇到婚丧，庆吊只是虚文，果腹倒是实在。排场大的大吃七日五日，小的大吃三日一日。早饭，午饭，点心，夜饭，夜点心，吃了一顿又一顿，吃得来不亦乐乎，真是酒可为池，肉可成林。

过年了，轮流吃年饭，送食物。新年了，彼此拜来拜去，讲吃局。端午要吃，中秋要吃，生日要吃，朋友相会要吃，相别要吃。只要取得出名词，就非吃不可，而且一吃就了事，此外不必别有什么。

小孩子于三顿饭以外，每日好几次地向母亲讨铜板，买食吃。普通学生最大的消费，不是学费，不是书籍费，乃是吃的用途。成人对于父母的孝敬，重要的就是奉甘旨。中馈自古占着女子教育上的主要部分。“食不厌精，脍不厌细”，“沽酒，市脯”，“割不正”，圣人不吃。梨子蒸得味道不好，贤人就可以出妻。家里的老婆如果弄得出好菜，就可以骄人。古来许多名士至于费尽苦心，别出心裁，考案出好几部特别的食谱来。

不但活着要吃，死了仍要吃。他民族的鬼，只要香花就满足了，而中国的鬼，仍依旧非吃不可。死后的饭碗，也和活时的同样重要，或者还更重要。普通人为了死后的所谓“血食”，不辞广蓄姬妾，预置良田。道学家为了死后的冷猪肉，不辞假仁假义，拘束一世。朱竹垞宁不吃冷猪肉，不肯从其诗集中删去《风怀二百韵》的艳诗，至今犹传为难得的美谈，足见冷猪肉牺牲不掉的人之多了。

不但人要吃，鬼要吃，神也要吃，甚至连没嘴巴的山川也要吃，天地也要吃。有的但吃猪头，有的要吃全猪，有的是专吃羊的，有的是专吃牛的，各有各的胃口，各有各的嗜好，古典中大都详有规定，一查就可知道。较之于他民族的对神只作礼拜，似乎他民族的神极端唯心，中国的神倒是极端唯物的。

梅村的诗道“十家三酒店”，街市里最多的是食物铺。俗语说，“开门七件事”，家庭中最麻烦的不是教育或是什么，乃是料理食物。学校里最难处置的不是程度如何提高，教授如何改进，乃是饭厅风潮。

俗语说得好，只有“两脚的爷娘不吃，四脚的眠床不吃”。中国人吃的范围之广，真可使他国人为之吃惊。中国人于世界普通的食物之外，还吃着他国人所不吃的珍馐：吃西瓜的实，吃鲨鱼的鳍，吃燕子的窠，吃狗，吃乌龟，吃蛇，吃狸猫，吃癞虾蟆，吃癞头鼋，吃小老鼠。有的或竟至吃到小孩的胞衣以及直接从人身上取得的东西。如果能够，怕连天上的月亮也要挖下来尝尝哩。

至于吃的方法，更是五花八门，有烤，有炖，有蒸，有卤，有炸，有烩，有熏，有醉，有炙，有溜，有炒，有拌，真真一言难尽。古来尽有许多做菜的名厨司，其名字都和名卿相一样煊赫地留在青史上。不，他们之中有的并升到高位，老老实实就是名卿相。如果中国有一件事可以向世界自豪的，那末这并不是历史之久，土地之大，人口之众，军队之多，战争之频繁，乃是善吃的一事。中国的肴菜，已征服了全世界了。有人说，中国人有三把刀为世界所不及，第一把就是厨刀。

不见到喜庆人家挂着的福禄寿三星图吗？福禄寿是中国民族生活上的理想。画上的排列是禄居中央，右是福，寿居左。禄也者，拆穿了说，就是吃的东西。老子也曾说过："虚其心实其腹"，"圣人为腹不为目"。吃最要紧，其他可以不问。"嫖赌吃着"之中，普通人皆认吃最实惠。所谓"着威风，吃受用，赌对冲，嫖全空"，什么都假，只有吃在肚里是真的。

吃的重要，更可于国人所用的言语上证之。在中国，吃字的意义特别复杂，什么都会带了"吃"字来说。被人欺负曰"吃亏"，打巴掌曰"吃耳光"，希求非分曰"想吃天鹅肉"，诉讼曰"吃官司"，中枪弹曰"吃卫生丸"，此外还有什么"吃生活"，"吃排头"等等。相见的寒暄，他民族说"早安""午安""晚安"，而中国人则说"吃了早饭没有？""吃了中饭没有？""吃了夜饭没有？"对于职业，普通也用吃字来表示，营什么职业就叫做吃什么饭。"吃赌饭"，"吃堂子饭"，"吃洋行饭"，"吃教书饭"，诸如此类，不必说了。甚至对于应以信仰为本的宗教者，应以保卫国家为职志的军士，也都加吃字于上。在中国，教徒不称信者，叫做"吃天主教的"，"吃耶稣教的"，从军的不称军人，叫做"吃粮的"；最近还增加了什么"吃党饭"，"吃三民主义"的许多新名词。

衣食住行为生活四要素，人类原不能不吃。但吃字的意义如此复杂，吃的要求如此露骨，吃的方法如此麻烦，吃的范围如此广泛，好像除了吃以外就无别事也者，求之于全世界，这怕只有中国民族如此的了。

在中国，衣不妨污浊，居室不妨简陋，道路不妨泥泞，而独在吃上，却分毫不能马虎。衣食住行的四事之中，食的程度，远高于其余一切，很不调和。中国民族的文化，可以说是口的文化。

佛家说六道轮回，把众生分为天、人、修罗、畜生、地狱、饿鬼六道。如果我们相信这话，那末中国民族是否都从饿鬼道投胎而来，真是一个疑问。

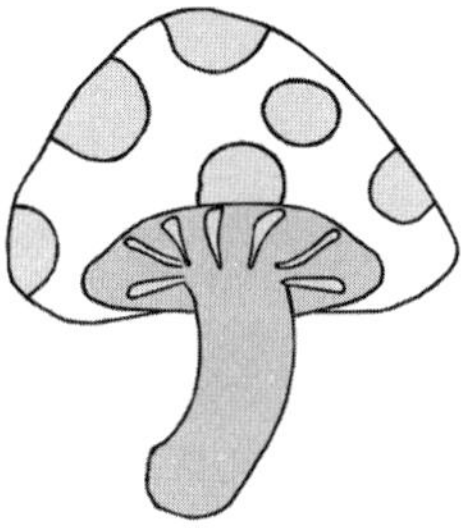

回顾和希望

一九二三年快过完了。这一年中，世界的大事，我们所记得起的有空前的日本大地震，有法国人占领德意志土地，有墨西哥革命；在中国，有临城大劫案，有黎元洪退位，曹锟登基，“宪法”公布，有大同教谣言，有数年来连续着的在各省的南北战争，最近还有苏浙风云。我们虽不信“今年是阴历癸亥，照例是个不祥之年”的话，但也不能不说今年是多事之年了！

在这多事的一年中，我国教育界的经过如何？有什么值得我们回顾与记忆的大事？教育原是不能绝对地超然独立与周围毫无关系的东西，国内大势既糟到如此，这一年来，教育界的没有好印象给我们，也许是当然的事。但平心而论，教育界究处着比较地先觉的位置，有着比较地独立的可能的，教育的良不良，如果一味要委责于周围的情形如何，未免太自恕了！我们试以此见地为立脚点，把这一年来的教育界的情形来一瞥吧！

固然，“不如意事常八九”，教育界方面偶然有一二出于意表的事，原不好就算特别；只是在这被认为不祥的一年中所留给我们的可痛可羞的事，在质的方面已经特别，而在量的方面也不为少。

最足使人感着苦痛而惊为破天荒的怪事的，要算三月中浙江一师所发生的毒案了；同时受祸的二百数十人，其中十分之一不免于死亡。这件事情虽已经过第一次的法庭判决，但实在带有几分滑稽，不能将真相完全宣示,使人得到完全的了解。不知道其中究有着什么说不出的黑幕！在这件事过去许久以后，所留给人们的悲惨的印象渐渐地淡漠下去，大家都安于运命中，以为意外的破坏当不至再光顾可怜的教育界了；孰知东南大学的火灾，又在今年将终的历史上添了一件可悼的事！不幸呵！教育界！自然，这类的事大部分可以说是属于天灾，但人事方面的可叹的事也正不少。

文化中心的国立大学校长蔡孑民氏，却于盛倡好政府主义以后不久而转倡不合作主义，依然只有“背着手”。从此北京的教育界又成和政治界对立的状态，而国民优秀分子的学生的血竟溅在国民代表聚会的议院门前。结果，除牺牲了无数青年的无数光阴以外，一无所得。不合作的终于作，无人格的也依然无，这总算得可怜而可羞吧！大事小事都看一看，中国近世教育史中，到了这一年真是丑象百出了！公立学校方面，每换一个校长总有一篇照例文章：旧的抗不交代，新的由抗争而妥协；出钱私和的也有，亏款潜逃的也有。官厅漠不追究，社会也视若无睹。至于私立学校方面，“当仁不让”卷款出奔的，挂大学招牌诈财的，登广告骗邮票的……虽不是罄竹难书，却也指不胜屈。教育界底人格呵！

学生为不足重轻的事而争打，赶校长，次数虽未必比往年少，这还不是今年开的新纪元。而捣猪窝的运动，倒是政治史和教育史的大好材料。

“太太生日丫头磕头，丫头生日丫头磕头”，总是丫头晦气。千不是万不是，教育的一切罪恶都归到学生身上。新文化运动的教育家们抱着这样的成见，由他们所承受的数千年的中国人的复古思想，就发出了许多复古的主张。

教育界的前途在这一年中很显开倒车的倾向了。其实这页丑史的功劳，学生实在不配享受大勋位的荣典。利用学生的是谁？纯粹教育者所集合的教育会，有哪一个不是因选会长而闹得乌烟瘴气？而我们浙江对于本年的教育联合会，不是因为路途遥远没有人愿吃劳苦，居然官僚式地就近派代表参与吗？这就是教育者的精神了！至于教育行政最高机构的拍卖，也是中外空前的创闻！用这种精神所演成的事实，怎能不在历史上留些可羞的痕迹呢？

除了这种的记载以外，可以引起我们注意的就是些根柢不固杂乱开着不会结果的花了。或者相形之下可以算得不拙吧！

最值得注目的就是看似矛盾而实都有提倡必要的两件事，在教育界里出现了：一是科学教育的输入，一是国学整理的鼓动。从表面看来似乎前一件由推士博士率领了许多人，藉着公私机关之力，在各地竭力鼓吹宣传了一年，应该有较大的影响，但是它的结果，除了几种测验之外，可说是在教育界里分毫不生效力。或许是科学的种子本来非五年十年不发芽的，现在是已在教育地界里暗暗地下了种子，我们不易看出吧。但在国学整理的方面，自梁启超等鼓动了之后，他的影响到教育界的势力实在不少，我们只要把这一年来的出版物检一检就能明白。我想这两者全是和我们国民脾胃合不合而起的分别。而教育界复古的倾向，从此也表现得更明了。“中学为体、西学为用”的时代或者又要以今年为关键而再现了吧！

前一两年在中国教育界里流行极一时之盛的是设计教学法，今年又把从美国输入的道尔顿制起来代替了。我不敢说道尔顿制本身的价值不及设计教学法，或是在中国的现在的情境下面，前者不如后者的适宜，我却敢断言，一年来道尔顿制的结果总不如设计教学法的大。这也和我们国民的脾胃是大有关系的。数千年来，中国教育的精神本是有许多地方和道尔顿制相合。从旧有教育的精神所培植成功的寄生虫，仍旧满布在国民的脾胃里，现在又遇到同样的饮食料进出，这些寄生虫当然马上要活动起来。这是道尔顿制前途的大障碍，也就是眼前施行道尔顿制者所实感的困难。

还有，大学的勃兴也是近来可注目的一件事。把 Univisity 译做大，已是不成译了。再在这个不大的 Univisity 前面加了什么师范、什么艺术，这竟成什么话呢？然而这也确是一年来中国几个大教育家大出风头的大运动。由学制会议在空中放了几响无边际的大炮，确实在教育界里开了不少的方便之门。最作怪的要算混合教授了，由专以营利为目的的几家书坊急切杂乱地编译了许多混而不合的教科书，强学生硬食料理不调、烹煮未熟的东西，怎叫他不生胃病呢？

综计这一年来的教育界，所可勉强称为好的事情，都还是未成形的一点萌芽，算不得什么具象的东西。或者竟止是一种从别家病人那里抄录来的一张药方，不但没有药，即使有了药，合乎所患的病与否也无把握。而所谓坏的处所，却都是赃论确凿，无论你怎样解辩也无法维护的事实。这不能不说是教育界的耻辱了！

这耻辱何时能雪？就现在情形看来，原没什么把握可说。因为二十年来教育状况都没曾使我们满意过。转瞬就是新年，我们姑且循了例来对于教育界提几种希望吧：

一、中国教育的所以不良，是否原于学制，姑不具论。既大吹大擂地改了学制了，希望速将课程审定，学校与学校间衔接规定，新的赶快设立，旧的赶快废除。像现状新旧并存，实令人茫无适从。须知光是三三制二四制等类的空名词，是无济于事的。因为没有药的药方，有了也没有用。

二、希望对于各种教育思潮方案等有确实的信念和实际的试验。杜威来就流行“教育即生活”，孟禄来就流行“学制改革”，推士来就流行“科学教育”，罗素来就自负“国学”和什么。忽而“设计教学”，忽而“道尔顿制”等类的走马灯式的转变，总是猴子种树难望成荫的。

三、日本式的教育固然不好，但须知美国式的教育也未必尽合于中国。参考或者可以，依样葫芦似地盲从却可不必。赶快考案出合于中国的方案和制度来才是！但把“手工”改为什么“工用艺术”，把国语英文并称“言文科”，是算不了什么大发明的。

四、希望教育者自爱，对于学校风潮有真实的反省，按现在的状况，学潮是难免的。不，如果在现状之下学生不起风潮，反是奇怪的事了。愤激点说，我以为中国教育的生机的有无，全视学生能作有意义的廓清运动——所谓“风潮”与否？学生真能有识别力，真能闹“风潮”，中国教育或者还有希望！可惜现在一般的所谓“学生风潮”，或是被人利用为人捧场，或是事理不清一味胡闹，程度还幼稚得很！

五、希望教育者凡事切实，表里一致。离了以办教育为某种事业的手段的恶劣观念，赤裸裸地照了自己的信念做去。教育在某种意味上可以说是英雄的事业，真挚就是英雄的特色。

教育界诸君啊！我为闷气所驱，已把要说的话毫不客气地说了。说错的地方，伏求指正，对不起的地方，伏求原谅。我不幸，也是教育界中的一人，从今以后大家努力吧。再过几日就是一九二四年元旦，恭贺新禧！

近事杂感

无论如何种类的教育方法，说它有益固然可以，说他有害也可以。严师固然可以出高徒，自由教育也未尝不可收教育上的效果。循循善诱，详尽指导，固然不失为好教育，像宗教家师弟间的一字不说，专用棒喝去促他的自悟，也何尝不对。只要肠胃健全的，什么食物都可使之变为血肉，变为养料，而在垂死的病人，却连参苓都没有用处，他是他，参苓是参苓。人可以牵牛到水边去，但除了牛肚渴要饮水的时候，人无法使牛饮水，强灌下去，牛虽不反抗，实际上在牛也决不受实益。所以替牛掘井造河，预备饮料，无论怎样地周到，在不觉得渴的牛是不会觉到感谢的。“不愤不启，不悱不发”，足见即使我们个个都是孔老先生，对于无自觉的学生也是无法的了！

冷暖自知！现在学校教育的空虚，只要有良心的教育者和有良心的学生都应该深深地痛感到。从前学校未兴时，教育虽未普及，师生的关系全是自由。佩服某先生的往往不惮千里，负笈往从。只此一“从”字的精神，已尽足实现教育全体的效果，学生虽未到师门，已有了精进向上之心，教育当然容易收效。学校既兴，师生的关系近于运命的而非自由的。我们为师的人呢，更都是从所谓“教匠制造厂”的师范学校出来，各有一定的型式。在种种的事情上，要使学生做到那“从”字样的心悦诚服的精神是不容易的事情。于是学校教育就空虚了！

不但此也，现在的学校教育在一般家属及学生眼中看来，只是一个过渡的机关，除了商品化的知识及以金钱买得的在校生活的舒服以外，是他们所不甚计较的，学生入校时原并不会带了敦品周行的志向来。特别是中学校的学生，他们本来大半是少爷公子，家庭于他们未入校以前，又大半早已用了父兄地位金钱的力，使他们养成了恶癖。每年只出若干学费要叫学校把他们教好，学校又把这责任归诸教员，于是教员苦了。

“教员”与“教师”，这二名辞在我感觉上很有不同。我以为如果教育者只是教员而不是教师，一切问题是无法解决的。教育毕竟是英雄的事业，是大丈夫的事业，够得上“师”的称呼的人才许着手，仆役工匠等同样地位的什么“员”，是难担负这大任的。我们在学生及社会的眼中被认作“员”，可怜！我们如果在自己心里也不能自认为“师”，只以“员”自甘，那不更可怜吗？我们作教员的，应该自己进取修养，使够得上“师”字的称呼。社会及学生虽仍以“员”待遇我们，但我们总要使他们眼里不单有“员”的印象。这是一件非常辛苦艰难的事，也是一件伟大庄严的事！

学问要学生自求，人要学生自做。我们以前种种替学生谋便利的方案，都可以说是强牛饮水的愚举。最要紧的就是促醒学生自觉。学生一日不自觉，什么都是空的。除了我们自己做了“师”的时候，难能使学生自觉。其实，学生只要自觉了以后，什么都可为“师”，也不必再赖我们。“竹解虚心是我师”，在真渴仰“虚心”的人，竹就可以为师。“三人行，必有我师焉，择其善者而从之，其不善者而改之。”随时随地皆师，觉后的境界何等广阔啊！

中国的实用主义

前天，本校数学教师刘心如先生和我说：“有一个学生问我，数学学了有什么用？”我听了他的话，不觉想起了从书上看见过的一件故事来。几何学的老祖宗欧几利德曾聚集了许多青年教授几何，其中有一青年对于几何学也发生学了有什么用的疑问来，去问欧几利德。欧几利德叫人拿两个铜币给他。这青年莫名其妙起来。欧几利德和他说：“你不是问‘用’吗？铜币是可‘用’的，你拿去用吧！”

刘先生在本校所用的数学教科书是美国布利士的混合数学。美国是以重实用出名的国度，哲学上的实用主义，美国很有几个大家，美国的教育全重实用。这重实用的布利士的数学教科书，学了还怕没有用，中国人的实用狂，程度现在美国以上了！

中国民族的重实利由来已久，一切学问、宗教、文学、思想、艺术等等，都以实用实利为根据。

一、学问　中国古来少有独立的学问：历史是明君臣大义的；礼是正人心的；乐是易风移俗的；考据金石之学是用以解经的……哪一件不是政治或圣人之经的奴隶？这就是各种学问的用处！

二、宗教　中国古来宗教的对象是天，“畏天”“敬天”等语时见于古典中。可是中国人对于天的敬畏，全是以吉凶祸福为标准的，以为天能授福，能降凶，畏天敬天就是想转凶为吉，避祸得福。这种功利的宗教心，和他民族的绝对归依的宗教心全异其趣。佛教原是无功利的色彩的，一传入中国也蒙上了一层实利的色彩。民众间的求神或为子于，或为免灾。所谓“急来抱佛脚”，都是想“抛砖引玉”，取得较多的报酬。

三、思想　中国无唯理哲学。《易经》总算是论高远的哲理的，但也并不是为理说理，是以为明了理可以致用的。什么吉，什么凶，什么祸福等类的词，充满于全书中。可见《易经》虽说抽象的哲理，其目的所在仍是具体的实用，怪不得到现在流为占卜的工具了。到了孔子，这实用主义越发明白表示了。“未知生，焉知死”，“子不语怪力乱神”，是何等现世的，实利的！孟子以后，这实利主义更加露骨。孟子教梁惠王齐宣王行仁义，都是以“利”或富国强兵为钓饵的。

和孔孟相较，老子的思想似乎去实用较远，其实内面仍充满着实利的分子。老子表面上虽主张无为，而其目的却在提倡了“无为”去做到“无不为”；在某种意义上，实利的欲望可谓远过于孔孟，观法家思想的出于老子，就可知道老子的精神所在了。

四、文学　“文以载道”的中国当然少有纯粹的文学。我们试看上古的文学内容怎样，不是大多数是讽政治之隆污，颂君后之功德的吗？一部《诗经》中纯粹的抒情诗有几？偶然有几首人情自然流露如男女恋爱的诗，也被注家加上别的解释了。《诗经》以后的诗虽实利的分子较少，但往往被人视为小道，视为雕虫小技，除一二所谓“好学者”外是少有兴味的。戏曲小说也是这样，教做劝善惩恶或移风易俗的奴隶。无论如何龌龊的戏剧和小说，只要用着什么“报”字为名，就都可当官演唱，毫无顾忌。做小说戏曲的人也要用“言之者无罪，闻之者足戒”为标语。因为文人作文是要有益于世道人心的，无益于世道人心的文字在中国是不能存在的！

五、艺术　中国虽是古国，可是艺术很不发达，因为艺术和实用是不相调和的。中国历史上的旧建筑物只有城垒等等，至于普通家屋，到现在还不及世界任何的文明国。佛教传入以后，带了许多的佛教艺术来，造像、塔、寺殿等，到中国后虽无远大进步，仍不失为中国艺术上的重要部分。中国对艺术皆用实利的眼光去看，替艺术品穿上一件实利的衣裳。秦汉以来金石上的吉祥语就是这心情的表现。再看中国画上的题句吧！画牡丹花的，要题什么“玉堂富贵”；画竹子的，要“华封三祝”。水墨龙画是可以避火的，钟馗像是可以避邪的，所以大家都喜欢挂在厅堂里。

中国的实利主义的潮流发源可谓很远，流域也很广泛，滔滔然几乎无孔不入。养子是为防老，娶妻是为生子，读书是为做官，行慈善是为了名声……除用“做什么是为什么”来做公式外，实在说也说不尽！中国对于事情非有利不做，而所谓利，又是眼前的、现世的、个人的利。凡事要用利来引诱才得发生兴趣，所谓“利之所在，人必趋之”。凡事要讲“用”，凡事要问“有什么用？”怪不得现在大家流行所谓“利用”的手段了！

中国人经商向来是名闻全球的。其实，中国人是天生的好商人，即不经商的官僚、兵卒、学者、教师，也都含有商人性质的。

这样传统的实利实用思想，如果不除去若干，中国是没有什么进步可说的！我们生活在地球上，要绝对地不管实用原是不可能的事，但不应只作实用实利的奴隶。世界的文明有许多或是由需要而成的，例如因为要避风雨就发明了房屋，因为要充饥就发明了饮食等。但我们究不应说房屋只要能避风雨就够，饮食只要能充饥就够的。中国人的实用实利主义，实足扑杀一切文明的进化。

又，文明之中，有大部分是发明者先无所为，到了后来却有大用大利的。瓦特用心研究蒸汽力时，何尝想造火车头？居利研究镭，何尝想造夜光表？化学学者在试验室里把试验管用心观察，发明了种种事情，何尝是为了开工场作富翁？发明电气的何尝料到可以驶电车？

人类有创造的冲动，种种文明都可以说是创造冲动的产物。中国人的创造冲动都被浅薄的实利实用主义压灭了！你看，孜孜于实用实利的中国人，有像瓦特、居利那样的文明的创造者发明者吗？旧有的文明有进步吗？火药是中国发明的，在中国不是只做鞭炮吗？罗盘是中国发明的，不是到现在只用来看风水吗？

惟其以实用实利为标准，结果愈无利可得，无用可言。因为对于一切的要求太低，当然不会发生较高的欲望来。例如中国人娶妻的目的在生子，那么就只要有生殖机关的女子就不妨作妻了！社会上实际情形确是如此。你看这要求何等和平客气，真是所谓“所欲不奢”了！

中国人因为几千年抱实利实用主义的缘故，一切都不进化。无纯粹的历史，无纯粹的宗教，无纯粹的艺术，无纯粹的文学，并且竟至于弄到可用的物品都没有了！国民日常所用的物品，有许多都要仰给外人，金钱也流到外人的手里去！

几千年来抱着实利实用主义的中国人啊！你们的“用”在哪里？你们的“利”在哪里？

文艺随笔

作家的妻

“你真是幸福的女人啊！”

“为什么？”

“嫁了那样的大作家，很愉快吧。”

“作家这东西，与其和他接近，远不如读他的著作来得有趣哩。”

这是阿支巴绥夫《嫉妒》中的一节，向日读了也不觉得什么。近来因了时与作家相会，认识了不少的作家，有时还得会见作家的夫人，每每令我记起这会话来。

小说的开端

小说的开端，是作家所最苦心的处所，凡是名作家，无有不于开端的文字加以惨淡经营的。

在日本的作家中，我近来所耽读的是岛崎藤村氏的作品。岛崎氏在文章上的造诣，实堪惊叹，他的开端的文字，尤为我所佩服，随举数例如:

莲华寺是兼营者寄宿舍的。

《破戒》的开端

桥本的家的厨房里，正在忙着做午饭。

《家》的开端

拿到钟表店里去修的八角形的挂钟，又在室内柱间，依旧发出走声来了。

《出发》的开端

什么说明都不加，开端就把阅者引入事情的深处，较之于凡手的最先叙景，或介绍主人公的来历等的作法，实在高明得多。

藤村是个自然主义作家，这种笔法，原也就是一般自然主义文学的格调，并不足异。但在藤村却似别有所自。藤村在其感想集《待着春》中，有一节就是说着这小说开端的文字的。

片上伸君的近著里有一卷《托尔斯泰传》。其中有托尔斯泰家人共读普西金的小说的一节。“恰好托尔斯泰进来了，偶然拿起书来一看，翻开着的恰是普西金的某散文的断片，开端写着：‘客人群集到村庄来了。’托尔斯泰见了说：‘开端要这样才好，普西金才是我们的教师，开始就把读者诱入事件的中心趣味。如果是别个作者，也许会先细写一个一个的客人，可是普西金却单刀直入地进入事件的中心了。’这时在旁有一个人说：‘那么请你也像这样写了试试如何？’托尔斯泰立刻走进自己的书斋里，把《安那卡莱尼那》的开端写好了。这书初稿的开端是：'阿勃隆斯希氏的家里，什么都骚乱了。'到了后来，才像现在的样子，上面又加了'凡幸福的家庭彼此相似，不幸的家庭，皆各别地不幸，'一行的前置。"

读了这，托尔斯泰所求的东西大概可窥见了吧。又可知道这并不是偶然的事了吧。爱托尔斯泰的不应只爱读他的著作，还应求他所求的东西。

"普西金才是我们的教师。"觉得这是托尔斯泰作风的良言。

看了这段记载，可恍然于藤村文章上的见解。他的作风的所以如此，实非无故。对于托尔斯泰，虽如此共鸣，总不肯在文章上加主观的解释，这就是藤村的所以为 realist 的地方吧。

读圣书

近来常有许多嗜文学的青年问我读什么书好？我不是胡适之，也不是梁启超，有系统的书目是开不出来的，照例地回答，只是问他：

"你读过基督的圣书没有？"

我不是基督教徒，却常劝青年读圣书，特别地对于想从事于文学的青年。这并不是故意与"打倒基督教"的口号反抗，也并不是在报上看了某大人物结婚用了基督教式，想学时髦，实在有别的理由。

第一、西洋文艺思潮里，基督教思想占有重要的位置，文艺作家所用的题材，都直接从圣书取得，思想也都与圣书有关，或是圣书某章的敷衍，或是反对圣书某章的。不略读过圣书的人，不能读弥尔东的《失乐园》，不能读王尔德的《莎乐美》，不能读托尔斯泰及道斯道伊夫斯奇的作品。

第二、西洋文学家文体有许多是摹仿圣书的，王尔德的《莎乐美》摹仿《雅歌》，尼采的《查拉托斯托拉》摹仿《箴言》。现在漂亮的青年喜读王尔德的《莎乐美》，喜读尼采的《查拉托斯托拉》，而不喜读其文字所从出的圣书，真是一件可惜的事。

食物的原料是吃不来的，要经过烹调才可口。圣书是原料，原不易读，但我们要沙里淘金地从原料里烹调出可口的东西来。

一九一九年的回顾

一九一九年，到今日为止，就要告终了！这一年的历史，在将来世界史上不知要占什么样的位置？这个问题就是历史家，恐怕一时也不容易下一个简单的猜测。世界史上最可纪念的事件大概要算“文艺复兴”“宗教改革”“法国革命”，……这几件。这种事件可以纪念的理由并不在它事件的本身，是在它所发生出来的各方面的影响，因为事件本身是有空间与时间的限制的，它的影响是可以不受时间与空间的限制，可以继续、变形随处发展的。一九一九年中所经过的事故，在政治、经济、社会、思想、生活各方面，都受着一种空前的刺激，而且这种刺激，无论哪一民族哪一国家，直接或间接的多少也都受着一点。这一年对将来的关系实在不小。有人说，“一九一九年的一年，可以抵从前的一个世纪。”据我的感想，觉得这句夸大的话还不能够形容这一年中的经过！

我们生在二十世纪，能够和世界上的人一同经过这多事的一九一九年，究竟还是“躬逢其盛”，还是“我生不辰”？姑且不要管它。我们且用我们的记忆，于一九一九年将要完了的时候作一瞥的回顾。

这一年的经过，从世界方面说：有大战和议、各国罢工、过激战争、劳动会议……等等，从中国说：有青岛问题、福建问题、西藏问题、抵制日货、学生罢课、商人罢市、白话出版物、国民大会、学生联合会、南北不和不战、教员罢课……等等，从浙江一省说：有议员加薪、学生罢课、提前放假、商人罢市、虎列拉、焚毁日货、国民大会……等等，实在可算得一个“多事之秋”！我也说不得许多，姑且限定范围，从中国方面说——姑且从中国的教育方面说：

一九一九年中国教育界空前的一桩事，就是“五四运动”。“五四运动”的影响，不但教育界受着，不过教育界是它的出发点，自然影响受得更大。从前的教育界的空气何等沉滞！何等黑暗！经过了“五四运动”以后，从前底“因袭”“成规”，都受了一种破产的处分，非另寻方法重立基础不可。虽然还有许多违背时事的教育者，“螳臂当车”地在那里要想仍旧用老规矩，来抵抗这磅礴的怒潮，但是我们总不能承认它是有效的事业。据我所晓得，大多数学校自本学年起，教授上管理上多少都有点改动，不过改动的程度和分量有点不同罢了。

有人说：“五四运动以后的学风，比较以前嚣张，旧法已经破坏，新精神还没有确立，教授上管理上新的效力完全不能收得，反生出从前未有的恶风来。这种现象，难道可以乐观么？”我想现在的教育界，平心讲来，也究竟还没有完全上正当的轨道。不过从本学年起，已经有了一个“动”字，“动”得好，固然最好没有了；“动”得不好，也不该就抱悲观：因为“动”总比以前的“不动”好得多。天下本来不应该有“完全无缺”的事，逐渐改动，就是渐与“完全无缺”接近的方法，固滞不动，那是没有药医的死症！我对于一九一九年的教育界，所最纪念的就是一个“动”字！

但是，“动”有“动”的方向和程度。一九一九年的教育界于“动”的方向和程度上面，还有未满人意和我们理想的地方，自然应当想法改

“动”。即使没有不满足的地方，也应该想法再“动”。这都是应该从一九二零年做起的事！所以我既然回顾了一九一九年的教育界，还要掉过头来迎接一九二零年的教育界！

家族制度与都会

近年以来，中国已入世界文明的旋涡，一切制度、习惯、思想、道德，从根本上都有点摇动起来。就中最成问题的就是家族制度。因为中国自国体改变以后，三纲当中已消灭了一纲，现在的制度、风俗、道德，完全立在家族制度上面；如果家族制度再一摇动，中国的旧文明、旧道德就要全体破产。这种现象自然很危险，至于好与不好，都是另外问题；因为这种现象自身有坚牢的根据，你就是说它不好，也没法反对。

对于家族制度的怀疑虽然是近代思潮的表现，但是尚有另外的原因。另外的原因是什么？就是都会。中国近来因交通的便利及中央集权，都会渐渐兴盛起来；工商突然进步，农业渐失势力。乡村的穷人大家趋集都会来谋生活；在乡村的富者也大家赶到都会里来寻他们的快乐。都会的人口逐渐增加，生活自然困难起来。但是都会所有的无非是住宅、工场、商店、戏馆、妓院……自然产物丝毫没有，完全要靠乡村供给的。乡村受了都会的影响，物价也自然腾贵，在乡村的人收入渐渐不够生活，自然也闯入都会里来谋较充裕的生活。种种原因使都会人口增加，都会就变成生存竞争的中心点。中国没有精确的统计，各都会的人口无从晓得；据西洋统计家说，伦敦一市的人口比苏格兰全土要多。中国虽然没有这样已甚的例，但是也可想象都会人口繁多了。

都会生活与家族制度根本上不能不生冲突，乡村有宗祠，都会没有宗祠，就是证据。本来住在都会里的人大概只有家庭，没有家族；在都会作客的人虽然在乡村仍有家族，但是因都会上职业样式的变迁，事实上也不能够维持他在乡村的家族制度。譬如经商的人，照向来的老规矩，一年可以回家一次或二次。这个假期虽然有限，但是几时回家，除商店繁忙期外，差不多自由的。近来新式的银行、公司渐渐增加，它的组织和旧式商店完全不同，不能在店宿食，不能长期告假，在这种地方营职的人自然不能不带家眷，在生活所在地营小家庭了。又如做教师的，在旧时私塾里面，先生坐馆的日子大约每年七个月到八个月——就叫做经七蒙八——几时放假，几时到馆，完全可以自由。先生家里如若有事，清明假早放几天或移迟几天，都不要紧的。改了学校以后，情形大不相同，每天却有空的时间，要缺课一日却不大能够；在这学校里奉职的人也只得“尽室偕行”了。其他各项职业，现在差不多都有这个倾向，大概可以推想而知。农业本来是与家族制度最相宜的，但是近来因耕种地缺乏及垦辟事业的发达，农民当中轻弃其乡的却也不少。这种都是事实上的问题，并非几句传袭的古训所能牢笼维系的！

因了上面所说的事实，“聚族而居”的家族制度已受了致命的损伤。将来交通实业如若再兴盛起来，都会吸收人口的势力还要增加，家族制度当然不能存在。我们应当趁这个时候预先创造别的新组织，来补充这个缺陷。空说保守是没有用的。希望做教育者稍为放大点眼光，将这种实际上的问题注意注意，不要一味地再将那些“命在旦夕”的家族观念，向将来要做都会生活的学生拚命注入，养成知行矛盾、反背时势的人！

刊浙江第一师范《校友会十日刊》第二号（1919 年 10 月 30 日）

知识阶级的运命

一

近来阶级意识猛然抬头，有种种的阶级的名称，其中一种叫做知识阶级。

知识阶级是什么？如果依照了唯物的社会主义论者的口吻来说，世间只有“勃尔乔”与“普洛列太里亚”两种阶级，别没有什么可谓知识阶级的了。我国古来分人为四种，叫做“士农工商”，知识阶级，似乎就是古来的所谓士。但古来的士，人数不多，向未成为一阶级。并且古代封建制度倒坏已久，现在要想依照士的地位来生活断不可能。任凭你讨老婆用“士婚礼”，父母死了用“士丧礼”，父亲根本不是大夫，你也没有世禄，将如何呢？

知识阶级的正体实近于幽灵，难以捉摸。说他是无产者呢，其中却有每小时十元、出入汽车的大学教授，展览会中一幅油画要售数千金（虽然大家买不起，从无销路）的画家，出洋回国挂博士招牌的学者。说他是资本家呢，其中又有月薪十元不足的小学教师，被人奴畜的公署书记，每几字售一个铜板的文丐。知识阶级之中实有表层中层与底层之别：同一教育者，大学教授（野鸡大学当然不在其内）是上层，小学教师是下层；同一文人，月收版税数千元或数百元的是上层，每千字售二三元的是下层。上层的近于资本家或正是资本家，下层的近于无产阶级或正是无产阶级。

就广义言，不管上层与下层都可谓之知识阶级；就狭义言，所谓知识阶级者实仅指下层的近于无产阶级或正是无产阶级的人们。因为在上层的人数不多，并不足形成一阶级的。

为划清范围计，姑且下一个知识阶级的定义如下：

所谓知识阶级者，是曾受相当教育，较一般俗人有学识趣味与一艺之长的人们。学校教员、牧师、画家、医师、新闻记者、公署职员、文士、工场技师，都是这类的人物；现在中学以上的学生，就是其候补者。

二

“儒冠误人”，知识阶级的失意原是古已有之的事。可是古来知识阶级究竟有过优越的地位。“万般皆下品，唯有读书高”，太远的事且不谈，二十年以前，秀才到法庭就无须下跪，可以不打屁股的。光绪中叶，“洋务”大兴，科举初废，替以学堂，略谙 ABCD，粗知加减乘除，就可睥睨一世自诩不凡，群众视留学生如神人，速成科出身的留学生升官发财，爬上资本家的地位者尽多。当时知识阶级（其实有许多是无知阶级）的被优遇，真是千载一时的了。“重赏之下，必有勇夫”，于是学校渐以林立，做父兄的不惜负了债卖了产令子弟求学，预备收一本万利之效；做子弟的亦鄙农工商而不为，鲫鱼也似地奔向中学或大学去。

官立学校容不下了，遂有许多教育商人出来开设许多商店式的中学或大学。三年以前，只上海一区就有大学三十八所，每逢星期，路上触目可见到着皮鞋洋服挂自来水笔的学生，懿欤盛矣！

但世间好事是无常的，知识阶级的所以受欢迎，实由于数目的稀少。金刚石原是贵重的东西，如果随处随时产出，就要不值世人一顾了。全国教育诚不能算已发达，中等以上的毕业生年年产数当不在少数，单就上海一隅说，专门或大学毕业生可得几千，全国合计，应有几万吧。这每年几万的知识阶级，他们到哪里去呢？有钱有势的不消说会出洋，出洋最初是到日本，十五年前流行的是到美国，现在则一致赴法兰西了。出洋诸君一切问题尚在成了博士以后，暂且搁在一边，当面所要考察的是无力镀金留在本国的诸君的问题。

不论是习农的习商的习工的或是习什么的，在中国现今，知识阶级的出路只有两条康庄大道，一是从政，一是教书。不信，但看事实！中国已有不少的农科毕业生了，试问全国有若干区的农场？已有不少的工科毕业生了，试问够得上近代工业的工厂有几处？至于商业，原是中国人素所自豪的行业，但试问公司银行店员是经理股东的亲戚本家多呢，还是商科毕业生多？于是乎知识阶级的诸君只好从政与教书了。从政比较要有手腕，教书比较要有实力，那么无手腕无实力的诸君怎样呢？

友人子恺的《漫画集》中曾有一幅叫做《毕业后》的，画有一西装少年叉手枯坐，壁间悬着大学毕业证书。这虽是近于刻毒的讽刺，但实际上这样画中人恐怕到处皆是吧。

民十三年上海邮局招考邮务员四十人，应试者逾四千人。我有一个朋友曾毕业于日本东京高师英语部的，亦居然去与试，取录是取录了，还须候补，这位朋友未及补缺，已于去年死了。去年之秋，上海某国立大学招考书记七人，而应试者至百六七十人之多。我曾从做该校教授的朋友某君处看到他们的试卷与相片履历，文章的过得去不消说，字体的工整，相貌的漂亮，都不愧为知识阶级，其履历有曾从法政专门毕业做过书记官的，有曾在某大学毕业的，有曾在师范学校毕业做过若干年的小学教师的。我那时不禁要叹惋说：“斯文扫地尽矣！”

三

找不着饭碗的知识阶级，其沉沦当然可悯，那么现有着位置的知识阶级，其状况可以乐观了吗？决不！决不！

先试就现在知识阶级的出路从政与教书来说吧。除了法政学校，学校概无做官的科目，知识阶级的从政原是牛头不对马嘴，饥不择食的事。大官当然是无望的，有奥援而最漂亮的够得上秘书或科长，其余的幸而八行书有效，也只好屈就为科员或雇员之类，姑不论“等因”“准此”工作的无趣味，政潮一动，饭碗亦随之动摇。年前各军政机关的政治部被解散时，几百几千的挂斜皮带的无枪阶级的青年立时风流云散，弄得不凑巧，有的还要枉受嫌疑，不能保其首领呢！教书比较地工作苦些，地位似也安稳些，但实际，教育随政潮而变动，结果这里一年，那里半年，也会使你像孔于似地“席不暇暖”，还有欠薪咧、风潮咧等类的麻烦。其他，如新闻记者，如书肆编辑，表面大虽都是难得的差强人意的职业，实际却极无聊。百元左右的薪水已算了不得，在都会生活中要养活一家很是拮据，结果书肆和报馆也许大赚了钱，而记者编辑先生们却只会一日一日地贫穷下去。

现在中国知识阶级的状况真是惨淡，实业的不发达，政治的不安定，结果各业凋敝，而首当其冲的就是那附随各业靠月薪过活的知识阶级。无职的谋职难，未结婚的求偶难，有子女的子女教育经费难，替子女谋职业难，难啊难啊，难矣哉，知识阶级的人们！

四

凡是一阶级，必有一阶级的阶级意识。知识阶级的阶级意识是什么？这是值得考察的。

有一次，我去赴朋友的招宴。那朋友是研究艺术的，同座的有一位他的亲戚，新由投机事业发财的商人。席间，那朋友与商人有一段对话。

“你发了财了，预备怎么样？”

“我恨得无钱苦，预备从此也享些福。”

“有了钱就可以享福了吗？”

“那自然，可以住好的，着好的，吃好的，要字画，要古董，都可立刻办到。你前次不是叹吴昌硕的画好，可惜买不起吗？”

“我劝你别妄想享福，还是专门去弄钱吧。”

“为什么我不能享福？”

“享福不是容易的事。譬如住，你大概所希望的只是七间三进的大厦吧，那种大厦并不一定好看。”

“那我会请工程师打样，还要布置一个好好的花园哩！”

“工程师所打的样子，究竟好不好，你要判别也不容易。即使那样子在建筑艺术上本是好的，也得有赏鉴能力的才会赏鉴。你方才说起吴昌硕的画，有钱的原可花几十块钱买一幅挂在屋子里。但在无赏鉴能力的人，无从知道他的妙处好处，只知道值几十块钱而已。那岂不是只要在壁上糊几张钞票就好了吗？”

那朋友这番话说得那新发财的商人俯首无言。我在旁听了暗暗称快，为之浮一大白。同时想到这就是知识阶级共通的阶级意识。

“长揖傲公卿”，“彼以其富，我以我仁，彼以其爵，我以我义”。知识阶级的睥睨富贵，自古已然。这血统直流到现在毫无改变。今日的知识阶级一方面因自己尚未入无产阶级，对于体力劳动者有着优越感，一方面又以自己的知识教养与资本家挑战。“守财奴”，“俗物”，是知识阶级用以攻击资本家的标语，“穷措大”，“寒酸”，是资本家用以还攻的标语。

五

这“金力”与“知力”的抗争，究竟孰胜孰负呢？在从前，原是胜负互见，而大众的同情却都注意于知力的一方。往昔的传说小说戏剧中，以这抗争作了题材而把胜利归诸知力而诅咒金力者很多。名作如《桃花扇》，通俗本如《珍珠塔》，都曾把万斛的同情注于知识阶级。

可是现在怎样？

现在是黄金万能的时代了。黄金原是自古高贵的东西，不过在从前物质文明未发达时，生活上的等差不如现今之甚，有钱的住楼房，无钱的住草舍，有钱的夏天摇有圆的纸扇，无钱的摇蒲扇，一样有住，一样得凉，虽相差而不甚远，所以穷人还有穷标可发。现在是有钱的住高大洋房，无钱的困水门汀了，有钱的坐汽车兜风，房子里装冷气管，无钱的汗流浃背地拉黄包车，连摇蒲扇的余暇都没有了。有钱者如彼，无钱者如此，见了钱怎不低头呢！知识阶级虽无钱，但尚未堕入无产的体力劳动者队里去，一方恐失足为体力劳动者，一方又妄思借了什么机会一跃而为准资本家，于是辗转挣扎，不得不终年在苦闷之中。他们要顾体面，要保持威严，体力不如劳动者，职业又不如劳动者的易得，真是进退维谷的可怜的动物。

因此知力对金力的争抗，阵容不得不改变了，所谓“士气”已逐渐消失。我那朋友对那新发财的商人的态度，原是知识阶级以知力屈服金力的千古秘传，可是在现在只是无谓的豪语而已。画家的画无论怎样名贵，有购买力的是富人，文学者的作品如不迎合社会一般心理，虽杰出亦徒然。所以在现在，一切知识阶级都已屈服于金力之下，一字不识的军阀可以使人执笔打四六文的电报，胸无半点丘壑的俗物，可以令人布置幽胜的庭园。文士与庭园意匠师，同时亦不得不殉了“金力”的要求，昧了良心把其主张和艺术观改换面目。

现在的理想人物，不是名流，不是学者，是富人。官僚的被尊敬，并不因其是官僚，实因其是未来的富人。知识阶级的上层的所谓博士之类，其所以受社会崇拜，并不因其学问渊博，实因其本是富人（穷人是断不会成博士的），或将来有成富人的希望。如果叫《桃花扇》、《珍珠塔》等的作者在现在再写起作品来，恐亦不会抹杀了事实，作一相情愿的老格套，把美丽的女主人公嫁给名流或穷措大了。不信，但看当世漂亮的小姐们的趋向！

六

知识阶级的地位已堕落至此，他们将何以自救呢？他们“武装起来”了吗？他们的武器是什么？

他们不如资本家的有金力，又不如劳动者的有暴力，他们的武器有二，一是笔，一是口。他们的战略只是宣传。“处士横议”，孟子也曾畏惧他们的战略，秦始皇至于用了全力来对付他们，似乎很是可怕的东西。但当时之所谓士者，性质单纯，不如现今知识阶级分子的复杂。当时的金力也不如今日之有威严。今日的知识阶级，欲其作一致的宣传，是不可能的，一方贴标语呼口号要打倒谁，一方却在反对地贴标语呼口号要拥护谁，正负相消，结果虽不等于零，效用也就无几。并且，知识阶级无论替任何阶级宣传，个人也许得一时的好处，对于其阶级本身往往不但无益而且有损。例如五四以后，知识阶级替劳动者宣传. 所谓“劳动运动”者就是。但其实，那不是“劳动运动”，是“运动劳动”。如果有一日劳动者真觉醒了，真正的“劳动运动”实现以后，知识阶级的地位怎样？不消说是愈不堪的。我并不劝人别作劳动运动，利害自利害，事实自事实，无法讳饰的。左倾的宣传得不到好处，那么作右倾的宣传如何？知识阶级已成了金力的奴隶，再作右倾的宣传，金力的暴威将愈咄咄逼来，当然更是不利于其阶级本身的了。

知识阶级有其阶级意识，确是一个阶级，而其战斗力的薄弱实是可惊。他们上层的大概右倾，下层的大概左倾，右倾的不必说，左倾的也无实力。他们决不能与任何阶级反抗，只好献媚于别阶级，把秋波向左送或向右送，以苟延其残喘而已。他们要待其子或孙堕入体力劳动者时才脱离这境界，但到那时，他们的阶级也已早不存在了。

七

如果有人问：知识阶级何以有此厄运？我回答说：这是他们的运命！不但中国如此，全世界都如此。法学士充当警察，是日本所常有的。

友人章克标君新近以其所译莫泊桑的《水上》见赠，其中有一处描写律师或公署的书记的苦况的，摘录数节于下：

> 啊！自由！自由！唯一的幸福，唯一的希望，唯一的梦幻，在一切可怜的存在中，在一切种类的个人中，在一切阶级的劳工中，在为了每日的生活而恶战苦斗的人们之中，这一类人是最可叹了，是最受不了天惠的了。

……

他们下过学问上的工夫，他们也懂得些法律，他们也许保有学士的头衔。

我曾经怎样地切爱过 Jules Valles 的奉献之词：

“献呈给一切受了拉丁希腊的教养而饿死的人。”

晓得那些可怜的人们的收入么？每年八百乃至一千五百法郎！

阴暗的辩护士办公室的佣人，广大的公署中的雇员，啊，你们每朝不得不在那可怕的牢狱之门上，读但丁的名句：

“舍去一切的希望，你们，进来的人啊！”

第一次进这门的时候，只有二十岁，留在这里，等到六十岁或在以上，这长期间的生活，毫无一点变动，全生涯始终一样，在一只堆满绿色纸夹的桌子，昏暗的桌子边过去了。他们进来是在前程远大的青年时代，出去的时候，老到近于要死了。我们一生中所造作的一切，追忆的材料，意外的事件，欢喜或悲哀的恋爱，冒险的旅行，一切自由生涯中所遭际的，这一类囚人都不知道的。

这虽是描写书记的，但对于大部分的知识阶级，如学校教师，如新闻记者，如书肆编辑，如官署僚友等，不是也可以照样移赠了吗？

现在或未来的知识阶级诸君啊，珍重！

刊《一般》第十七号（1928 年 5 月）

学馆

教育杂谈

夏丏尊精品选

《给青年的十二封信》

这十二封信是朱孟实先生从海外寄来，分期在我们同人杂志《一般》上登载过的。《一般》的目的原想以一般人为对象，从实际生活出发来介绍些学术思想。数年以来，同人都曾依了这目标分头努力。可是如今看来，最好的收获第一要算这十二封信。

这十二封信以中学程度的青年为对象，并未曾指定某一受信人的姓名，只要是中学程度的青年，就谁都是受信人，谁都应该读一读这十二封信。这十二封信实是作者远从海外送给国内青年的很好礼物。作者曾在国内担任中等教师有年。他那笃热的情感，温文的态度，丰富的学识，无一不使和他接近的青年感服。他的赴欧洲，目的也就在谋中等教育的改进。作者实是一个终身愿与青年为友的志士。信中首称“朋友”，末署“你的朋友光潜”，在深知作者的性行的我看来，这称呼是笼有真实的情感的，决不只是通常的习用套语。

各信以青年们所正在关心或应该关心的事项为话题。作者虽随了各话题抒述其意见，统观全体，却似乎也有个一贯的出发点可寻，就是劝青年眼光要深沉，要从根本上做功夫，要顾到自己，勿随了世俗图近利。作者用了这态度谈读书，谈作文，谈社会运动，谈恋爱，谈升学选科等等。无论在哪一封信上，字里行间都可看出这忠告来。就中如在《谈在露浮尔宫所得的一个感想》一信里，作者且郑重地自把这态度特别标出来了说："假如我的十二封信对于现代青年能发生毫末的影响，我尤其虔心默祝这封信所宣传的超效率的估定价值的标准能印入个个读者的心孔里去。因为我所知道的学生们学者们和革命家们，都太贪容易，太浮浅粗疏，太不能深入，太不能耐苦，太类似美国旅行家看孟洛里莎了。"

"超效率"！这话在急于近利的世人看来，也许要惊为太高蹈的论调了。但一味亟亟于效率，结果就会流于浅薄粗疏，无可救药。中国人在全世界是被推为最重实用的民族的，凡事向都怀一个极近视的目标：娶妻是为了生子，养儿是为了防老，行善是为了福报，读书是为了做官，不称入基督教的为基督教信者而称为"吃基督教的"，不称投身国事的军士为军人而称他为"吃粮的"，流弊所至，在中国什么都只是吃饭的工具，什么都实用。因之，就什么都浅薄。

试就学校教育的现状看吧！坏的呢，教师目的但在地位薪水，学生目的但在文凭资格；较好的呢，教师想把学生嵌入某种预定的铸型去，学生想怎样揣摩世尚毕业后去问世谋事。在真正的教育面前，总之都免不掉浅薄粗疏。效率原是要顾的，但只顾效率究竟是蠢事。青年为国家社会的生力军，如果不从根本上培养能力，凡事近视，贪浮浅的近利，一味袭蹈时下陋习，结果纵不至于"一蟹不如一蟹"，亦只是一蟹仍如一蟹而已。国家社会还有什么希望可说。

"太贪容易，太浮浅粗疏，太不能深入，太不能耐苦。"作者对于现代青年的毛病曾这样慨乎言之，征之现状不禁同感。作者去国已好几年了，依据消息，尚能分明地记得起青年的病象，则青年的受病之重也就可知。这十二封信啊，愿你对于现在的青年有些力量。

文学的力量

文学的有力量是事实。在几千年前，我们中国就知道拿文学来做移风易俗、改革社会的工具，这用现在的用语来说，就是所谓文艺政策。足见文学的力量，自古就已经大家承认的了。到了现在，因了印刷与交通的进步，识字者的增多，文学的力量愈益加增。我们可以说，文学的力量是非常之大的，只要看《黑奴吁天录》一书使黑奴得到解放，青年人读《少年维特的烦恼》有因而致自杀者，便可以明了。所以文学之有力量已是明白的事实，无须费词。今天所要讲的是以下三点：第一，文学的力量从何而来；第二，文学力量的特点；第三，文学对于读者发生力量需要什么条件。

一、文学的力量从何而来

我以为要讲文学的力量发生，应先讲文学的本身。文学的作品如诗歌小说之类，和“等因奉此”的公文，“天地元黄、宇宙洪荒”的千字文性质不同。文学的特性第一是“具象”。我们平常说话不一定是文学的，但如果用文学的方法来说，便成为文学的了。譬如我们说：“日子过得很快。”这句话语不足称为文学。如果我们要使它文学化，第一就应当使其能够使人感觉到，既是使其具象化。于是我们便说：“流光容易把人抛，红了樱桃，绿了芭蕉。”这样便成为文学的说法了。为什么？因为后边的一句是具象化的：“抛”，“红”，“绿”，“樱桃”，“芭蕉”，都是可用感觉机关来捉摸的事象，比“日子过得很快”的说法有声有色得多。再好像我们听见人家说某某地方打仗，死了很多人。这句话当然使我们感动，但若我们果然亲身到了那个地方，眼睛看见累累的尸身，狰狞可怖，那我们所得的印象一定更深了。可见愈具象的事情愈能使人感动。文学的力量也是同样发生的。通常说，中国人胆子小，爱面子，爱虚荣，因为了这些劣根性，于是中国人到处吃亏。但是只讲我们中国人有这些不良的品性，我们听了感动甚少。经鲁迅氏在《阿Q正传》中，假了名叫阿Q的一个人，加以一番具体的描写，便深刻多了。

文学的力量是从“具象”来的，不具象就没有力量。

文学的特性，第二是情绪的。这情绪也是使文学有力的一个条件。大凡告诉人家一件事情使他去做，有好几种的方法，或是用知识，或是诉之于情感。知识能够使人知道“如此这般”，但是很不容易使人实行。如果用情感就不同了。我们用情感使人做一件事，若是能使对方动情，对方自然便去做了。所谓“情不自禁”者，就是指这现象的话。文学的作品并不告诉人家如何如何，只把客观的事实具象的写下来，使人自己对之发生一种情绪，取得其预期的效果。

以上是讲文学本身发生力量的缘由。次之，文学的力量还可以从文学作者发生。文学作者的敏感，也是使文学有力量的原因。所谓文学作者，便是那些感情和观察力比较常人来得敏捷的写作的人：普通人看不见的，他们能够看见；普通人感觉不到的，他们感觉得到；普通人想不到的，他们也想得到。因为文学作者对于社会、对于事物的观感，比常人特别强，所以社会有变动时，先觉者往往是文学作者。世间事件所含奥秘，一般人往往不能见到，经文学作者提醒以后，方才注意及之。譬如讲到妇女解放问题，最初发动的是文学作者易卜生，他的名剧《娜拉》便是妇女解放的先声。美洲的黑奴解放，普通人都归功于《黑奴吁天录》一书。因为人生很微细的地方，文学作者都能看得到，因而把他的敏感观察得到的东西发挥创作，自然会使人佩服，对读者有力量了。

所以，文学的力量的来源，可以分做两部分，第一从文学本质而来的，由于具象，由于情绪；第二是从文学作者方面来的，便是由于作者的敏感。

二、文学力量的特点

文学的力量是感染的力量，不是教训。教训的力量是带有强迫性的，文学的力量是没有强迫性的，是自由的。近来常有一种作品，带着浓厚的教训性，露骨地显露着某种的教训。这些作品往往缺乏具象与真实的情绪，与其说是文学作品，不如说是口号的改装。口号是一种号令，具有强烈的强迫性，真正的文学的力量，性质决非如此。文学并非全没教训，但是文学所含的教训乃系诉之于情感。文学对于世界，显然是负有使命的。文学之收教训的结果，所赖的不是强制力，而是感染力。良师对于子弟，益友对于知己，当施行教训的时候，常极力避用教训的方式，而用感化的方法，结果往往得到更大的功效。文学的力量亦正如此。

三、文学对读者发生力量的条件

文学的力量是不普遍的。文学需要着读者，某作家做了一本小说，如果国内读的人有了一万万，这一万万人也许都受了这本小说的感动，而还有三万万人没读这本小说的，是无法直接感动的。并且，一种文学作品并非对于任何读者都能发生效力。文学作品要对于读者发生效力，其主要条件是作者和读者之间的“共鸣”。作品对于读者有共鸣作用的便有力量，没有共鸣作用便无力量。这共鸣作用因空间时间而不同，因人的思想环境有别而各异。譬如讲失恋故事的作品，在我这个未曾尝过恋爱滋味的人读了，是不甚会发生共鸣的；西洋小说里面讲基督教的部分，在不懂基督教的人看来是不会发生兴趣的。一个作品里所表现的东西常有一般的与特殊的两种，大概描写一般的人性的东西，容易使多数人感动，对多数人发生有力量；至于叙写特殊的境遇的东西，如失恋的痛苦、孤儿的悲哀之类的东西，非孤儿和未曾尝过恋爱的滋味的人看了，感动要比较少。《红楼梦》是一部著名的小说，写林黛玉有许多动人的地方，但是这书在一百年前的闺秀眼中，和在现今的“摩登”小姐眼中，情形便不一样，她们的感受一定不大相同。某种作品有某种读者，《啼笑因缘》的读者和《阿Q正传》的读者，根本上是不同的人。

把上面的话归纳起来，就是：文学是有力量的。文学的力量由具象、情绪和作者的敏感而来；文学的力量，其性质是感染的，不是强迫的；文学作品对于读者发生力量，要以共鸣作用为条件。

受教育与受教材

自从我在《中学生》创刊号上写了那篇《你须知道自己》以后，就接到了不少的青年的来信。有的自陈家庭苦况，有的问我中学毕业后的方针，有的痛诉所入学校的不良，问题非常繁多，欲一一答复，代谋解决，究不可能。没法，只好就诸信中寻出一个比较共同的问题，来写些个人的意见当作总答。

我在创刊号那篇文字里，曾劝中学生诸君破除徒以读书为荣的“士”的封建观念，养成实力。这次所接到的来信中，差不多都提及到这实力养成的问题。关于这，我实感到有答复的责任。至于答复得好与不好，且不去管他。先试就实力二字加以限制。我的谈话的对手是中学生，所谓实力，当然不是什么财力，权力，武力，也并不是学士或博士的专门学力，乃是普通一般的身心上的能力。例如健康力，想象力，判断力，记忆力，思考力，忍耐力，鉴赏力，道德力，读书力、发表力、社交力等就是。

这种能力，虽是很空洞，很抽象，却是人生一切事业的基础。犹如数学公式中的X，诸君学过数学，当然知道X的性质。X本身并无一定价值，却是一切价值的总摄，只要那公式是对的，无论用什么数目代入X中去都会对。上面的各身心能力，本身原不能换饭吃，成学者，或有功于革命，但如果没有这诸能力，究竟吃不成什么饭，成不了什么学者，或有什么贡献于任何革命事业的。

这身心诸能力，原也可从自然环境或职业部分地获得，例如滨海的住民常善泅泳，当兵的自会富于忍耐力。但人为的有组织的养成机关，不得不推学校教育。所谓教育，就是能力给与的设计。学校就是为施行这设计的而特造的人为的环境。

专门以上的学校为欲使学生直接应世，倾向常偏重于专门的知识技术的传授。专门以下的学校所传授的，不是可以直接应世的知识技术，其任务宁偏重于身心诸能力的养成，愈是低级的学校愈如此。所谓课程也者，无非施行教育作用的一种材料而已。专门以上的课程收得了也许就可应世，就可换饭吃，至于专门以下的学校课程，收得了仍是不能应世，换不来饭吃的。不信，让我举例来说：诸君花了不少的学费，费了不少的光阴，好容易了解了几何中西摩松线的定理或代数中的二项式，记得了蒲公英、鲸鱼的属类与性状，假如初中毕业时成绩第一。但试问这西摩松线的定理和二项式的解答和关于蒲公英、鲸鱼的知识，写出来零折地卖给谁去？怕连一个大钱也不值吧。又假定诸君每日清晨在早操班上“一二三四”地操，一日都不缺课，操得非常纯熟，教师奖誉，体育成绩优等。试问这“一二三四”的举动，他日应起世来，能够和卖拳头的江湖朋友一样收得若干铜子吗？以上不过随举数例，其实诸君所学习着的各科无不皆然。

诸君读到这里也许又要感到幻灭了，且慢且慢，西摩松线二项式和蒲公英鲸鱼的知识，虽不能卖钱，但因此而表现的推理力记忆力等等是终身有用的。又，幸而能升学进而求更高深的科学，这些知识当作基础也是有用的。“一二三四”操得好，虽不能变铜子，但由此锻就的好体格，和敏捷、忍耐、有规则等的品性，是将来干任何职业都必要的。“功德不虚”，诸君用几分功，究竟有几分益处在，断不至于落空。

由此可知，中等学校教育的课程，只是一种施行教育的材料，从诸君方面说，是借了这些材料去收得发展身心能力的。诸君在中学校里，目的应是受教育，不应是受教材。重视书册，求教师多发讲义，囫囵吞枣似地但知受教材，不知受教育，究是“买椟还珠”的愚笨办法。诸君读了我上面的话，如果以为是对的，那么希望诸君注意二事。

第一，要自觉地从各科目摄取身心上的诸能力。我上面所说的话，原只是普通教育上的老生常谈，并非什么新说，照理，教师们都该知道了的。他们应该注意到此，应该利用了教材替诸君养成实力，不应留声机器似地，徒把教本上的事项来一页一页地切卖给诸君。但现在的学校实在太乱杂了，一年之中可换三四个校长，前学期姓张的先生来教诸君的地理，后来归姓胡的教，这学期又换了姓王的。在这样杂乱无序的情形之下，说不定诸君的教师之中没有不胜任的分子。又，教育是教师与学生合作的事，教师虽施着正当的教育，学生如果无接受的热心，也不会有好结果，故诸君须有养成身心诸能力的自觉才好。一个代数方程式，同级的人都能解，你如果解不出，这事本身关系原不大。但在一方面说，就是你的记忆力或思考力不及人，不到水平线，这却是大事。冬天早操屡次赶不上，这事本身原不算得什么有碍，但由此而显现着的你的这惰性，如果不改革，却是足为你终身之累的，无论你将来干什么。

第二，对各科目要普遍地学习。近来中学生之间，常用因淡薄的实用观念或个人的解好，把学习的科目偏重或鄙弃的事。有的想初中毕业后去考邮局电报局，就专用功英语，有的想成文人，就终日读小说。无论哪一校，数学都被认为最干燥无味，大家对了都要皱眉的科目。体育科，则除了几个选手人员外，差不多无人过问，认为可有可无。图画、音乐等科，也被认为无足重轻的东西。这种倾向由能力养成上看来，真是大大的错误。因了学科的性质，有的须多用些功，有的可少用些功，原是合理的。又，现制中学的高中已行分科制，学生为了将来所认定的方向，学习要偏重些某方面，也是对的。我所指摘的只是普通一般的中学生的对于学科的偏向，尤其是对于初中部的学生。你想毕业后去考邮局或电报局并不是坏事，但除了英语的知识以外，多带些知识趣味去，就是说，在记忆力忍耐力等以外，多养成些别的能力去，不更好吗？你想成文人也好，但多方面的能力修养，将来不会使你的文人资格更完满吗？

中学原只是普通教育，其中的学科都是些人类文化的大略的纲目，换言之，只是一个常识，在综合地养成身心的能力上看来，不消说是好材料。次之，在有升学希望的人，当作预备知识也自有其意义。至于要想单独地拿了一种去换职业，究竟是毫无把握的。将来情形变更也许不能这样断言，至少在现制度是如此。任你怎样地去偏重，结果所偏重的依然无用，而在别的方面却失去了能力养成的普遍的机会，只是自己的损失而已。

一家商店，常有一种东西是值得买，而其余是不值得买的。例如杭州西湖上的菜馆里，醋溜鱼是好的，而挂炉烤鸭就不好，虽然门口也挂着“挂炉烤鸭”的牌子，我们如果要吃醋溜鱼，就到杭州西湖边上去，如果要吃烤鸭，那么上北京菜馆去，不然就会找错了门路。学校犹如商店，在中学校里所可吸收的是普通的身心能力，不是可以直接应世的教材。如果要买应世实用的教材，那么将来进专门大学去，或是现在就进甲种实业去，急于考邮局电报局的，还是进英文夜校去。

中学校的性质如此，是借了教材给与能力的。诸君在中学校里，试自己问问：“我在这里受教育呢？还是在这里受教材？”

怎样对付教训

暑假已完，新学年就此开始，诸君将出家门，即有亲爱的父母向诸君作种种叮嘱，“保重身体”咧，“爱惜金钱”咧，“勿管闲事”咧，“努力用功”咧……这么一大套。才进校门，在开学式中又有校长训话，教师训话，来宾训话，又是“革命勿忘读书，读书勿忘革命”咧，“打倒帝国主义”咧，“以学救国”咧，“陶冶品性”咧，“锻炼身体”咧，“谨守校规”咧……那么一大套。

不管诸君要听不要听，总之现在是诸君整段地要受教训的时期，各种各样的教训由父母师长各方面袭来，要求诸君承受遵守。诸君如果把这种教训左耳朵进右耳朵出，随听随忘，那也就罢了，倘若想切实奉行，就有许多问题可以发生。我原不敢说诸君之中没有马马虎虎把父母师长的教训视如马耳东风的人，却信这种人极其少数，大多数的中学生诸君都是诚笃要好的青年，对于父母师长的教训，只要力所能及，都想服膺实行的。对于这等好青年，我敢来贡献些关于教训的意见。

第一须辨别教训的真伪。

教训会有伪的吗？尽有尽有！有一篇短篇小说（忘其作者与篇名）中，写着下面这样的故事：

甲乙两个工场主同时在其工场中提倡节俭；A是甲工场的工人，B是乙工场的工人。

A听了甲工场主的节俭谈，很是信服，切实奉行。最初戒除烟酒，妻病了也不给她多方治疗，结果成了鳏夫。为节俭计，不但不续娶，且把住房也退掉，独自住在小客栈里。后来觉得日食三餐太浪费，乃改为二餐，最后且减到一餐。物价虽日趋腾贵，他却仍能应付，而且还能把收入的一部分去储蓄在工场里。也曾屡次以物价腾贵的理由去向主人要求加薪，主人总不答允。主人的理由是：他费用有限，现有工资已尽够他的生活。

有一天，他去访在乙工场做工的B，一则想看看B的生活方法，二则想对B夸说夸说自己的节俭之德。

B的样儿使他吃了一惊。B在数年前是个比他不如的光蛋，现在居然已有妻与子，且住着不坏的房子了。他问B何以能如此，B的回答是："我因为没有钱，才入工场作工。主人教我节俭，但是你想，穷光蛋一个大都没有，从何节俭起啊！后来物价逐渐腾贵，我和大家向主人要求加薪，乘机就娶了妻，妻不久就生了子。一人的所得不足养活三口，于是又只好强求主人再加薪水。有了妻子，不能再住客栈或寄宿舍，才于最近自己租了这所房子。可是生活费又感到不足了，尚拟向主人再请求加薪呢。"

B虽这样诉说着生活的艰辛，可是脸色却比他有血色得多。B的妻抱其肥胖的小孩，时时举目来向他的黄瘦的脸看。他见了B的一家的光景，不禁回想起妻未死时的情形来。

诸君读了上面所记的小说梗概，作何感想？就一般说，节俭原是一种美德，节俭的教训原是应该倾听的。可是上述梗概中的甲工场主所提倡的节俭，却是一种掠夺的策略，他们所提出的节俭的教训，完全是欺骗的虚伪的东西。诸君目前尚不是工人，不消说这样的欺骗的教训暂时是不会临到头上来的，但如果诸君的校长或教师不替诸君本身着想，专以保持自己的地位饭碗为目的，或专为办事省麻烦起见，向诸君哓哓地提倡服从之德，教诸君谨守他们的所谓校规，则如何？合理的校规原是应守的，但校规的所以应守，理由应在有益于学生自己和学校全体，不应专为校长或教师的私人便利，去作愚蠢的奴隶。前学期的校长姓王，教师是甲乙丙丁，这学期的校长姓张，教师是A B C D，在现今把学校视作传舍的教育情形之下，作校长或教师的未必对于学生都能互相诚信，“谨守校规”的教训也自然不大容易有效。但我敢奉劝诸君，合理的校规是应守的，只是要为自己和全体而守，不为校长或教师私人的便利而守。当校长或教师发出“谨守校规”的教训的时候，须认清其动机的公私。为了校长及少数教师想出风头，把学生作了牺牲，无谓地奖励不合理的运动竞技或跳舞演剧的把戏，近来多着呢！

对于教训须辨认其动机的公私，不管三七廿一地盲从了去奉行，结果就会被欺。但是有种教训，在施教训的人热心为诸君设想，并无自私的处所，而其实仍是虚伪的东西。这种出于热心而实虚伪的教训，实际上很多，举一例来说：诸君出家门时，父母叮嘱你们“努力用功”。“努力用功”是一条教训。这条教训出于诸君的父母之口，其中笼着无限的对于诸君的热情和希望，可谓决不含有什么策略的嫌疑的了。可是这真诚的父母的教训，因了说法竟可以成为虚伪的东西的。

自古至今，为父母的既叫儿子读书，没有不希望儿子能上进，能努力用功的。韩愈有一首教子的诗题目叫做《符读书城南》的，中有一段云：

“……两家各生子，提孩巧相如。少长聚嬉戏，不殊同队鱼。年至十二三，头角稍相疏。二十渐乖张，清沟映污渠。三十骨骼成，乃一龙一猪。飞黄腾达去，不能顾蟾蜍。一为马前卒，鞭背生虫蛆。一为公与相，潭潭府中君。问之何因尔，学与不学欤。……”

这段文字，如果依照今日的情形改说起来，大意是说：“有两房人家各生了一个孩子，幼时知识相同，常在一块儿游耍，后来一个努力读书，一个不努力读书，结果一个成了车夫，受人鞭挞，一个做了大官，住在高大的房子里，何等写意。”诸君的父母叮嘱诸君“努力用功”究出何种动机，原不敢断言，但普通的父母对于儿子都无不希望儿子能“飞黄腾达”，以为要“飞黄腾达”就非教儿子“努力用功”不可。韩愈是个有见解的名人，尚且如此教子，普通的父母当然不消再说了。

如果诸君的父母确由此见解对诸君发“努力用功”的教训，那么我敢奉告诸君，这教训是虚伪的。“飞黄腾达”是否应该，且不去管他，要想用了“努力用功”去求“飞黄腾达”，殊不可靠。实际社会的现象不但并不如此，有时竟成相反。试看！现今住高大洋房的，坐汽车的，作大官的，是否都是曾“努力用功”的人？拉黄包车的是否都是当时国民小学中的劣等生？“努力用功”原是应该的，原是应有的好教训，但如果这教训的动机由于想“飞黄腾达”，那结果就成了一句骗人的虚伪之谈。在韩愈的时代，这种教训也许尚有几分可靠，原说不定，但观于韩愈自己读了许多书还要“送穷”（他有一篇《送穷文》），韩愈以前的杜甫有“纨袴不饿死，儒冠多误身”（《奉赠韦左丞丈二十二韵》）的话，足见当时多读书的未必就享幸福，韩愈对于儿子已无心地陷入虚伪的地步了。至于今日，情形自更不同，住洋房，坐汽车，过阔生活的，多数是些别字连篇或竟一字不识的投机商人，次之是不廉洁的官吏（因为他们如果仅靠官俸决不能过如此的阔生活），他们的所以能为官吏也别有原因，并非因为他们学问比别人都好。大学毕了业不一定就有出路，中学毕业生更无路可走，没钱的甚至要想在小学读书而不能。今日的实际情形如此，如果做父母的还要用了韩愈的老调，以“飞黄腾达”的动机，向儿子发“努力用功”的教训，直是作梦。做儿子的如果毫不思辨，闭了眼睛奉行，便是呆伯，结果父母与儿子都难免失望。

那么“努力用功”是不对的吗？诸君的父母不该教诸君“努力用功”，诸君不该“努力用功”了吗？决不，决不！我不但不反对“努力用功”的教训，而且进一步地主张诸君应“努力用功”。我所想纠正的是“努力用功”的教训的动机，想把“努力用功”的教训摆在合理的基础之上。诸君幼年狼藉米饭时，父母常以雷殛的话相戒的吧。诸君那时年幼无知，因怕雷殛，也就不敢任意把米饭狼藉。后来诸君有了关于电气的常识，知道雷殛与狼藉饭粒的事毫不发生因果的关系了，那么，就可任意把米饭抛弃了吗？我想诸君决不至如此。幼时的不敢狼藉米饭理由是怕雷殛，后来的不敢狼藉米饭，理由另是一种：米饭是农人劳动的产物，可以活人，不应无故暴殄。后者的理由比前者合理，“不该狼藉米饭”的教训要摆在这合理的理由上，基础才稳固。为想“飞黄腾达”而“努力用功”，这教训按之社会实况，等于“怕雷殛”而“不狼藉米饭”，禁不得一驳就倒的。“努力用功”的教训，须于“飞黄腾达”以外，别求可靠的合理的理由才牢固，才不虚伪。所谓可靠的合理的理由，诸君的父母如果能发见，再好没有，万一不能发见，那么非诸君自己去发见不可，决不该把虚伪的教训只管愚守下去。

教训本身原无所谓真伪，教训的真伪完全在发教训者的动机的公私，和理由的合理与否。校长教师也许会为私人的便利发种种教训，父母为爱子的至情所驱，因了朴素见解也许会发种种靠不住的教训，诸君自己却不可不加以注意考察，审别真伪，把外来的种种教训转而置于合理的正确的基础上，然后去加以切实奉行才对。诸君应“谨守校规”，但须为自己的利益（不仅是除名不除名留级不留级等类的问题）和学校全体而守校规，不应为校长教师作私人便利的方便而守校规。诸君应“努力用功”，但“努力用功”的理由须在“飞黄腾达”以外另去找寻，为发达自己身心各部分的能力，获得水平线以上的知识技能而“努力用功”。总而言之，教训有真有伪，诸君所应奉行的是真的教训，不是伪的教训。

第二，须注意教训的彼此矛盾。

教训的来处不一，所关系的方向亦不一，对于一事，往往有的教训是这样，有的教训是那样，彼此矛盾，使人无所适从的。例如同是关于身体，父母教诸君“保重身体”，学校教诸君“锻炼身体”，父母爱怜诸君，所谓“保重身体”者，其内容大概是教诸君当心冷暖，不可过劳之类，而学校的所谓“锻炼身体”却是要诸君能耐寒暑，或故意要诸君多去劳动。“公要馄饨婆要面”，诸君也许会感到矛盾，左右为难了吧。又如父母教诸君“勿管闲事”，而党义教师却教诸君“打倒帝国主义”，国语教师教诸君在自修时间中多读国文书本，体育教师却教诸君每日要多运动，诸如此类的事例，举不胜举，诸君现正切身受着，当比我知道得多，无待详说。

先就“保重身体”与“锻炼身体”说，二者因了解释，可以彼此统一，毫无矛盾。人生在世不但有种种事须应付，而且境遇的变动也是意料中的事，断不能一生长沉浸在姑息的父母之爱中。为应付未来计，为发达能力计，都非把身体好好锻炼不可。如果如此解释，那么适度的锻炼即所以“保重身体”，同时如果真正要“保重身体”，也就非“锻炼身体”不可了。“勿管闲事”与“打倒帝国主义”亦可因了解释使减除其矛盾性。凡对于某一事自己感到责任的，必是已有相当的实行能力的人。毫没有实行某事能力的人决不会对于某事感到非做不可的责任，除非是狂人。我们不责乞丐出慈善捐款，乞丐对于物质的慈善事业，当然也不会感到何等的责任。党义教师教诸君“打倒帝国主义”，倘只是一句照例的空洞的口号，别无可行的实际方案，或有了方案而非诸君能力所及的，诸君对之当然不会发生何等责任，结果无非成了一个“言者谆谆听者藐藐”的局面，与“勿管闲事”的诸君的父母的教训，毫无冲突之处可说。如果党义教师的“打倒帝国主义”的教训确有方案步骤，而这方案步骤切合诸君程度，确为诸君能力所及，那么诸君对于“打倒帝国主义”非感到责任不可，既对于“打倒帝国主义”感到责任，那就“打倒帝国主义”对于诸君不是“闲事”了。父母为家庭小观念所囿，教诸君“勿管闲事”，也许就是暗暗地教诸君不要去做“打倒帝国主义”等类的事。但诸君既明白自己的责任，知道“打倒帝国主义”是应做而且能做的事，不是“闲事”，内心已无矛盾，尽可于应行时尽力去行的了。贤明的父母决不会禁止子女去干力所能及的有意义的各种运动的。国语教师教诸君在课外多读国文书本，体育教师教诸君每日多运动，将如何呢？其实，各科教师都有把自己所授的科目格外重视的偏见，不但国语体育二者如此。对于这种教师的矛盾的要求，应以“整个的程度的水平线”为标准，自定取舍，中学是普通教育，诸君的精力有限，如果偏重了一方面，结果必致欠缺了别方面，对于前途殊非好事。诸君对于各科须牺牲自己的嗜好与偏见，普遍修习。在终日埋头用功的人，体育教师的“多从事运动”是好教训，在各科成绩都过得去而国语能力特差的人，国语教师的“课外多读国文书本”是好教训。各科教师所发之教训原不免彼此矛盾，若能依了“整个的程度的水平线”为标准，自定取舍，奉行上就不会有什么困难了。

“自学”和“自己教育”

我为了职务的关系，有机会读到各地青年的来信和文稿。这些文字坦白地表示着诸位青年的生活，经验，思想，情感。一位在中等学校里担任职务的教师，他所详细知道的只限于他那个学校里的学生。可是我，对于各地青年都有相当的接触。虽然彼此不曾见过面，不能说出谁高谁矮，谁胖谁瘦，然而我看见了诸位青年的内心，诸位期望着什么，烦愁着什么，我大略有点儿理会。比起学校里的教师来，我所理会的范围宽广得多了。这是我的厚幸。我不能辜负这种厚幸，愿意根据我所理会到的和诸位随便谈谈。

从一部分的来件中间，我知道有不少青年怀着将要失学的忧惧，又有不少青年怀着已经失了学的愤慨。那些文字中间的悒郁的叙述，使人看了只好叹气。开学日子就在面前了，可是应缴的费用全没有着落，父亲或是母亲舍不得“功亏一篑”，青年自己当然更不愿意中途废学。于是在相对愁叹之外，不惜去找寻渺茫难必的希望，牺牲微薄仅存的财物。或者是走了几十里地，张家凑两块钱，李家借三块钱，合成一笔数目。

或者是押了田地，当了衣服，情愿付出两三分四五分的高利，以便有面目去见学校里的会计员。在带了这笔可怜款项离开家庭的时候，父亲或是母亲往往说："这一学期算是勉强对付过去了，但是下一学期呢！"多么沉痛的话啊！至于连这样勉强对付办法都找不到的人家，青年当然只好就此躲在家里。想找一点事情做做，东碰不成，西碰不就。哪怕小商店的学徒，小工厂的练习生也行。然而小商店正在那里"招盘"，小工厂正在那里"裁员减薪"。于是每吃一餐饭，父亲叹着气，母亲皱着眉，青年自己更是绞肠刮肚似的难过，无论吃的是咸汤白饭，或是窝窝头，都是在吃父亲母亲的血汗呀！像上面所说那样的叙述，我看见得非常之多，文学好一点坏一点没有关系，总之宣露出现在青年的一段苦闷。是谁使青年受到这样的苦闷呢？笼统地说，自然会指出"不良的社会"来。我们很容易想象一个理想的社会，在这个理想的社会里，受教育是一般人绝对的权利，不用花一个钱，甚至为着生活上必需的消费，公家还得给受教育者津贴一点钱。而现在的社会恰正相反，须要付得出钱才可以享受受教育的权利。那么给它加上一个"不良的"的形容词，的确不算冤枉。但是这样判定之后，苦闷并不能就此解除。理想的社会又不会在今天或是明天无条件地忽然实现。在现在的社会里，要受教育就得付钱，不然学校就将开不起来，这是事实。事实是一垛坚固的墙壁，谁碰上去，谁的额角上准会起一个大疙瘩。这就是说，如果付钱成为问题的话，那么上面所说的苦闷是不可避免的。你去请教无论什么人，总不会给你一个满意的答复，因为无论什么人的一两句话，不能够变更当前的事实。不过要注意，上面所说的学和受教育乃是指在学校里边学，以受学校教育而言。这只是狭义的学，狭义的受教育。按照广义说起来，学和受教育是"终身以之"的事情，离开了学校还可以学，还可以受教育，而且必须再学，必须再受教育。威尔斯等在《生命之科学》一书里说得好："教育的目标是要使各个人成为善良的变通自在的艺人（因为环境在变迁，所以要变通自在），成为在那一般的规画中自觉能演一角的善良的公民，成为能发挥其全力的气象峥嵘、思虑周到、和蔼可亲的人格者。终其生都要有能受教育的适应性。旧式的那种阴晦的观念，以为人当在青年期之前把一切应该学的东西都学好，而以后只是用其所学，和多数的动物一样，那种观念是在从人的思想中消逝了。”可是我觉得，一班给“失学”两字威胁着而感到苦闷的青年还没有抛开那种阴晦的观念。住在学校里边叫做学，离开学校叫做“失学”，好像离开了学校，一切应该学的东西就无法学好了，其实哪里是这么一回事，所谓“自学”或是“自己教育”，非但是可能的，而且是必须的。即使住在学校里边，也不能只像一只张开着口的布袋，专等教师们把一切应该学的东西一样一样装进来，也必须应用自己的智慧和能力，思索这一样，练习那一样，才可以成为适应环境的“变通自在的艺人”。而思索这一样，练习那一样，就是“自学”或是“自己教育”呀。离开了学校，没有教师的指点，没有种种相当的设备，就方便上说自然差一点，然而有一个“自己”在这里，就是极大的凭藉。自己来学！自己来教育自己！只要永久努力，绝不懈怠，一切应该学的东西还是可以学得好好的。这样看起来，如果能把那种阴晦的观念抛开，建立“自学”或是“自己教育”的信念，那么遇到付钱成为问题的时候，固然不免苦闷，但是这决非顶大的苦闷。本来以为“就此完了”，所以认为顶大的苦闷。而在实际上，只要自己相信并不“就此完了”，那就不会“就此完了”，所以决非顶大的苦闷。

以上并不是勉强慰藉的话，而是对于学和受教育的一种正当观念。这种观念，无论在校不在校的人都是必需的。不过对于不在校的人尤其有用处，它能给你扫去障在面前的愁云惨雾，引导你走上自强不息的大路。我知道有人要说：你不看见现在社会的实际情形吗？现在凡是新式的事业机关招收从业员，限定的资格起码要中学毕业生。工厂学徒哩，公司练习生哩，甚至大旅馆中同于仆役的“侍应生”哩，上海地方专以伴人游乐为事的“女向导员”哩，没有中学毕业程度的都够不上去应试。所以读不完中等学校，就等于被摈在从业的希望的门外。一般青年因为将要失学而忧惧，因为已经失了学而愤慨，原由在此。一般父母宁愿忍受最大的牺牲，而不肯让儿女“功亏一篑”，待要真个无法可想，那就流泪叹气，以为家庭的命运已经临到绝望的悬崖，原由也在此。

这种实际情形，我也知道得很清楚。按照理想说，岂但新式的事业，最好是无论什么事业，从业员的资格都起码要中学毕业生，这样，事业上的效率一定会比现在大得多。不过到了这样情形的时候，进学校将纯是权利而不担什么义务了。现在进学校多少带一点“投资”的意味，既然担着付钱的义务，总希望将来能有连本带利的丰富的收获。我知道，这样想头不止是多数父母的见解，更有许多青年也在或明或暗地意识着。这并不足以嗤笑，在现在这样的社会里，自然要产生这样的想头。而照大家的眼光看来，要得到丰富的收获，惟有在新式事业中取得一个从业员的位置。同时，惟有新式事业需要有了相当的知识和训练的从业员，其他事业现在还没有这种需要。所以在新式的事业机关招收从业员的章程里，才有“资格——中学毕业生”这一条。所以每逢新式的事业机关招考的时候，前往投考的常常是那么拥挤，出乎主持人的意料之外。但是有一点可以注意：在招收从业员的章程的资格项下，往往不单写着“中学毕业生”，而再附加着“或有同等程度者”这样的语句。这说明了什么呢？第一，从这上面可以看出现在学校教育并不能和新式事业完全相应。新式事业所需要的是干练适用的从业员，但是根据平时的经验，觉得拿得出毕业文凭来的不一定干练适用，所以宁愿把挑选的范围放宽，在“有同等程度者”中间也来挑选一下。第二，从这上边可以看出有了一张毕业文凭的，其被录取的机会并不特别多。他不但有同样有了一张毕业文凭的和他竞争，并且有“有同等程度者”和他竞争。这当儿，取得必胜之权的凭藉不是一张文凭，而是货真价实的知识和训练。在“自学”或是“自己教育”上努力得愈多的人，他的被录取的机会也愈多。

就失学的人说来，这里就闪着一道希望的光。只管沉溺在苦闷之中，那惟有一直颓唐下去，结果把自己毁了完事。不如振作起来，在“自学”或是“自己教育”上努力。直到真个“有同等程度”的时候，直到真个有货真价实的知识和训练的时候，其并没有被摈在从业的希望的门外，不是和有了一张毕业文凭的人一样吗？

除了新式事业以外，还有许多的事业，如耕种，如贩卖，如小工艺的制作，细说起来，门类也就不少。这些事业，如果真没有办法参加进去做，我也说不出什么话。我不能从事实上没有办法之中说出办法来。但是，如果有一点办法可以参加进去的话，我以为这些事业都不妨做。在一些教训青年的书里，说到“择业”的时候往往有一套理论。事业要应合自己的兴趣哩，事业要发展自己的专长哩，还有其他的项目。其实这些都是好听的空话。一个人择业定要按照这许多项目，结果只好一辈子无业可做。事实上惟有碰到什么就做什么，只要那种事业不是害人的，例如当汉奸卖国，贩运毒品毒害人家。在碰到了一种事业的时候，你就专心一志去做，你能够抱着“自学”或是“自己教育”的信念，即使没兴趣的也会寻出兴趣来，即使不专长的也会练出专长来。同时你不必以此自限，这就是说，在你那事业所需要的知识和训练之外，更可以作其他的研修。这并不是游心外骛的意思。专力本业是当前献身的正轨，而别作研修是自己长育的良法，二者兼顾，一个人才会终身处在发展的程度之中。一朝研修有了相当的成就，而恰又碰到了另外一种事业可以应用这种成就的，你自然不妨放弃了从前的事业去做另外的事业。那时候你还是专心一志地做，和做从前的事业一样。请想想，如果所有从业的青年都像这样子，社会上的各种事业不将大大地改换面目，显出突飞猛进的气象吗？其时任何事业都像新式事业那样有着光明的前途，就从业员的收获说，也不至于会怎样不丰富。

以上的话，我以为不但对于给“失学”两字威胁着的青年有些用处，就是在校的或是从业的青年也可以从这里得到少许启示。诸位要相信，事实虽然是一垛坚固的墙壁，但在不超越事实的情形之下，觅取进展的途径，其权柄大部分还操在诸君自己的手里。能够“自学”或是“自己教育”的，在他前面等候着的往往不是苦闷而是成功！

学斋随想录

吾人于专门职业以外，当有多方之趣味。军人只知军人之事，商人只知商人之事，彼此谈话至无共通适当之材料，其苦何堪？为将来之教师者宜注意及之。酱之只有酱气者，必非善酱；肉之只有肉气者，必非善肉；教师之只有教师气者，必非善教师也。

福有重至，祸不单行。富者安坐而资入，购物多而价自贱。贫者辛苦所得，反为捐税等所夺。优等生受教师之奖励，勤勉益力。劣等生受教师之呵责，志气愈消。天下不平之事孰甚于斯？耶稣有言曰：有者被赐，无有者并须夺其所有。

斯世无限之烦恼，可藉美以求暂时之解脱。见佳景美画，闻幽乐良曲，有遑忆名利恩怨者否？

人之虚伪心竟到处跋扈，普通学生之作文亦全篇谎言。尝见某小学学生之《西湖游记》，大用携酒赋诗等修饰，阅之几欲喷饭。其师以雅驯，密密加圈。实则现在一般之文学，几无不用“白发三千丈”的笔法。

循此以往，文字将失信用，在现世将彼此误解，于后世将不足征信。矫此颓风者，舍吾辈而谁？

教育的背景

不论绘画戏剧小说，凡是一种艺术，大概都应当有背景。背景就是将事物的情况烘托显现出来，叫人不但看见事物，并且在事物以外，受着别种感动刺激的一种周围的景象。事物的好坏，不是单独可以判定的用法，必须摆入一种背景的当中，方才可以认得它的真相，了解它的意义。所以在艺术上，这个背景很有重要的位置。

中国人一向不大讲究背景：画地是白的；戏剧里面的开门关门，光是用手装一个样子；车子只有两扇旗子，骑马也只有一支马鞭就算了。近来虽已经加了布景，但是不管戏情，用来用去，总是这几种老样式，也可算不讲究背景的证据了。至于古来的诗词，却颇多用背景的。用了背景，就添出许多的情趣。譬如“风萧萧兮易水寒，壮士一去兮不复还”，这可算得最悲壮的文字了。但是离开了第一句，便失却它悲壮的意味，因为第一句就是第二句的背景的缘故。其余如“暝色入高楼，有人楼上愁”，“落日照大旗，马鸣风萧萧”等许多好文章，也都可以用这个道理来说明它的好处。

从此看来，背景差不多可算艺术的生命了。教育从一种意说也是一种艺术，主张这一说的人近来很多。就是当初将教育组成为一种科学的海尔把尔脱也有这个意见：也应当有背景。没有背景的艺术不能叫做艺术。没有背景的教育也不能叫作教育。

什么叫做教育的背景？这个问题可分几层解释。第一、我们所行的教育是人的教育，当然应当用人来做背景。人究竟是个什么？这原是最古的疑问，到现在还没有十分解决。原来人有两种方面：一种是动物的方面，就是肉的方面；一种是理性的方面，就是灵的方面。古今东西的哲人都从这两方面来解释人。因为注重的地方不同，就生出种种的意见来了。西洋史上显然有这两个潮流：希腊及罗马初期的人注重肉的方面；基督教徒注重灵的方面，就是前一潮流的反动。这两种主张彼此冲突，结果就变了宗教战争。文艺复兴以后到十九世纪，就是主肉主义全盛的时代，近来学者大概主张灵肉一致了。这个灵肉一致，在我们中国却是已经有过的思想。孔子所谓“从心所欲不逾矩”，就是灵肉一致的状态。

这个人字的解释将来不知还要如何变迁，现在的理想大概是灵肉一致了。所以我们看人不可看得太高，也不可看得太低。进化论一派的学者说人不过为生物的一种，这样看人未免太低。但是用一般所说的人为万物之灵，可以支配一切的看法来看人，也未免看得太高。这两种都不是人的真相。人原本是两面兼有的：一面有肉欲的本能，一面还有理性的本能；一面有利己的倾向，一面还有利他的倾向；一面有服从的运命，一面还有自由的要求。这两方面使他调和一致，不生冲突，这就是近代人的理想。近代伦理学上主张自我实现，教育上主张调和发达，也无非想满足这个要求。“不管学生将来入何等职业，先使他成功一个人。”卢骚这句话说在百年以前，到现在还是真理。现在普通教育中所列的科目，都是养成人的材料，不是教育之目的物，也不是学问。地理是从面的方面解释人生的，历史是从直的方面解释人生的，数学是锻炼人的头脑的，理科是说明人的周围及人与自然界之关系的，语言文字是了解人与人的思想的，体操是锻炼人的身体意志的，其他像手工农业等，虽似乎有点带着职业的色彩，但是在普通教育中，仍是注重陶冶品性的一面。总之，现在普通教育上所列的科目，除了以人为背景以外，完全是毫无意义的。若当作教育之目的物看，当作学问看，那就大错了。

我们中国办学已经二十年光景，这个道理好像大家还没有了解。社会上大概批评学校里的课程无用。有几种父兄竟要求学校说："我的子弟只要叫他学些国文算学。体操手工没有什么用场，不必叫他学。"普通学校里的学生也有专欢喜国文的，也有专欢喜数学的，也有专欢喜史地的。遇着洒扫劳动的作业，大家就都不耐烦。这种都是将材料当做目的物看，当做学问看，不当它养成人的方便看的缘故。不但社会和学生不晓得这个道理，就是教育者，不晓得这个道理的也很多。现在大多的教育者，无非将体操当作体操教，将算术当作算术教，将手工当作手工教罢了。课程自课程，人自人，这种无背景的教育，就是再办几十年也没有什么效果。所以教育上第一件是要以人为背景。人是教育第一种的背景了。无论何物，不能离开空间与时间的两大关系，这个空间时间，在人就是境遇和时代了。不论英雄豪杰，都逃不了境遇和时代的支配。印度地处热带，山川动植物皆极伟大，自然界恍如扑倒人生，所以有佛教思想。中欧气候温和，山川柔媚，所以有自由思想。批评家看见绘画诗文，就是无名的，也能大略辨别它是哪代的制作。这都是人不能离开境遇和时代的证据。所以教育上，第二应当以境遇和时代为背景。

从前斯巴达以战争立国，奖励敏捷，教育上至提倡盗窃。这虽是已甚的例，足见时代和境遇所要求的知识，才是有用的知识。现在是何等时代，我们现在是何等境遇，这都是教育家所应当考求的问题。教育家虽然不能促进时代，改良境遇，断不可违背大势而误人子弟。已经这个时候了，还要去讲春秋的大义，冕旒的制度，教人读《李斯论》、《封建论》的文章，出《岳飞论》、《始皇论》的题目，学少林、天台派的拳棒，使学生变成半三不四的人物，学了几年，一切现在的制度，生活上应有的常识，仍旧茫然。这不是现在教育界的罪恶么？八股时代有一句讥诮读书人的话，说道“八股通世故不通”，现在的教育界能逃避这个讥诮么？

一国有一国的历史，自然不能样样模仿他人，但是一般的趋势，也应该张开眼来看看。一味的保守因袭，便有不合时宜、阻止进步的流弊。旧材料并非不可用，就是用这个材料的态度，很宜注意。一切历史上事实，无非人文进化的过程。这个过程，并无可宝贵的价值。若用了这些材料来说明现在的文化的来历，使人了解所以有新文化的道理和新文化的价值，自然是应该的事。若食古不化，拘泥了这个过程，这就是于现在生活无关系的，这种教育就是无背景的教育了。时势既到了今，不能再回到古去。历史上虽然也有复活的事实，但所谓复活者，并不是与前次一式一样，毫无变易的。譬如以前衣服流行大的，后来流行小的，近来又渐渐地流行大的了。近来的大的与以前的大的，究竟式样不同，以前的大，却不失为现在的大的过程。但若是要想拿来混充新的，这是万不能够的事。现在教育家只求博古，不屑通今，所以教育界中完全是尊古卑今的状态。十几岁的学生一动着笔便是古者如何，今则如何，居然也有“江河日下，世风不古”的一种遗老的口吻。这虽是他们思想枯窘聊以塞责的口头禅，也可算是教育不合时势的流毒了。所以要主张以境遇时代为教育的背景。

上面两种背景以外，还有第三种的背景，就是教育者的人格。现在的学校教育是学店的教育，教育者与被教育者的中间但有知识的授受，毫无人格上的接触；简直一句话，教育者是卖知识的人，被教育者是买知识的人罢了。机械的大家卖来卖去，试问这种知识有什么用处？真正的教育需完成被教育者的人格，知识不过人格一部分，不是人格的全体。

现在学校教育何尝无管理训练，但是这个管理训练与教授绝对的无关系。教育者大概平日只负教授的责任，遇着管理训练的时候，便带起一副假面具，与平时绝对成两样的态度了。这种管理训练除了以记过除名为后盾以外，完全不能发生效力。而且愈发生效力，结果愈不好，因为于人格无关系的缘故。

人格恰如一种魔力，从人格发出来的行动，自然使人受着强大的感化。同是一句话，因说话者人格的不同，效力亦往往不同。这就是有人格的背景与否的分别。空城计只好让诸葛亮摆的，换了别个便失败了；诸葛亮也只好摆一次的，摆第二次便不灵了。

“以言教者讼，以身教者从”，教育者必须有相当的人格，被教育者方能心悦诚服。只靠规则是靠不住的。我说这句话的意思，并不是凡是教育者必须贤人圣人。理想的人物本是不可多得的，我并不要求教育者皆有完美之人格。原来学校所行的教育，都不过是一种端绪，一切教科，无非是基本的事项，不是全体。所以教育者于人格方面，也只求能表示基本的端绪够了。这个人格的基本端绪，比了教科的基本端绪成就虽难，但是不能说这是无理的要求。

这三种是教育的背景，教育离开了这三种，就无意义。试问现在的教育用什么做背景？有没有背景？

《李息翁临古法书》跋

右为弘一和尚出家前临古习作。和尚当湖人，俗姓李，名与字皆屡更，其最为世所知者名曰息，字曰叔同。才华盖代，文学演剧音乐书画靡不精。而书名尤藉甚，胎息六朝，别具一格。虽片纸，人亦视如瑰宝。居常鸡鸣而起，执笔临池。碑版过眼便能神似。所窥涉者甚广，尤致力于《天发神谶》《张猛龙》及魏齐诸造像，摹写皆不下百余通焉。与余交久，乐为余作书，以余之酷嗜其书也。比入山，尽以习作付余。伊人远矣，十余年来什袭珍玩，遐想旧游，辄为怅惘。近以因缘，复得亲近。偶出旧藏，共话前尘，乃以选印公世为请，且求亲为题序。每体少者一纸，多者数纸。所收盖不及千之一也。

我之于书

二十年来，我生活费中至少十分之一二是消耗在书上的。我的房子里比较贵重的东西就是书。我向无对于任何一问题作高深研究的野心，因之所买的书范围较广，宗教，艺术，文学，社会，哲学，历史，生物，各方面差不多都有一点。最多的是各国文学名著的译本，与本国古来的诗文集，别的门类只是些概论等类的入门书而已。

我不喜欢向别人或图书馆借书，借来的书，在我好像过不来瘾似的，必要是自己买的才满足。这也可谓是一种占有的欲望。买到了几册新书，一册一册地加盖藏书印记，我最感到快悦的是这时候。

书籍到了我的手里以后，我的习惯是先看序文，次看目录。页数不多的往往立刻通读，篇幅大的，只把正文任择一二章节略加翻阅，就插在书架上。除小说外，我少有全体读完的大部的书，只凭了购入当时的记忆，知道某册书是何种性质，其中大概有些什么可取的材料而已。什么书在什么时候再去读再去翻，连我自已也无把握，完全要看一个时期一个时期的兴趣。关于这事，我常自比为古时的皇帝，而把插在架上的书，譬诸列屋而居的宫女。

我虽爱买书，而对于书却不甚爱惜。读书的时候，常在书上把我所认为要紧的处所标出。线装书大概用笔加圈，洋装书竟用红铅笔划粗粗的线。经我看过的书，统体干净的很少。据说，任何爱吃糖果的人，只要叫他到糖果铺中去做事，见了糖果就会生厌。自我入书店以后，对于书的贪念，也已消除了不少了。可是仍不免要故态复萌，想买这种，想买那种。这大概因为糖果要用嘴去吃，往往摆存毫无意义，而书则可以买了不看，任其只管插在架上的缘故吧。

春日化学谈

一、关于日光

每年到了三月，偏在南方低低地逼近了地平线运行着的太阳，渐渐升高了地位回归向北方来，万物也就从沉睡状态中苏醒了。春的恩惠，一言以蔽之，结果归着于太阳的赐惠加多。太阳不但给与我们以光明与温热，还给与我们以食物与能。

我们的食物中，有植物性的谷类和蔬果与动物性的乳、肉和卵。动物不能在自己体内制造食物，植物却有在体内制造自身所需要的养分的能力。这植物所制造的，就是动物当作食物赖以维持生命的东西。

我们只要耕田下种，施以适当的栽培，就不难获得食物。这食物从何处来，怎样造成的呢？不消说是由被根所吸收的土中的水分与无机成分，和被叶所吸收的空气里的炭酸气中的炭素造成的。将这些化学成分制成食物，是植物的叶绿素的功用，有叶绿素的叶子无异是食物的合成工场。说虽如此，仅是叶绿素还不够，根本的力量要推太阳。这些化学成分非加以日光的能，才会行合成作用，叶绿素只不过是捕集日光的能，巧妙地加以利用而已。这时日光的能变形了，在合成的物质之中潜伏着。植物为食物之根本，日光为植物合成工程上必不可缺的要素，可以说，我们是靠日光而生活着的。

空气中的炭酸气不多，只百分之零点零三光景。植物仅吸了这一点，合成上所需要的炭素已尽能供给了。因为叶吸收炭酸气的速度非常快速，最易吸收炭酸气的普通常推苛性钾的浓溶液，叶的吸收力可与相比。有些植物的叶，每一平方米的表面一小时可合成一克的淀粉。植物这样地合成醣类（淀粉、糖等），合成脂肪，合成蛋白质，这三者都是人类必要的食物的主成分。此外如维他命之类，亦非动物所能制造，全是直接或间接由植物摄取而来的东西。植物的所以能供给这种重要成分，不消说又要归功于日光的能。人类可不依赖植物的有无机盐、水和氧。但素菜类含着丰富的无机盐，人类事实上仍多量取之于植物。

世间任何事物没有能就不会活动。例如电车利用了电能，把它转变为机械能而行驶，蒸汽机关与内燃机关利用了煤或汽油的能，把它的热能转变为机械能而旋转。人类和别的动物是从食物获得运动的能的。植物的叶制造我们的食物时，所吸收的日光的能转变为化学的能，潜伏于新化合物之中。这食物一入人体里，被消化吸收了达到细胞，原来潜伏着的化学的能重新再变形而出现了。变形的场所就是细胞，一部分变形为热能。使我们有一定的温度，一部分变形为机械能，使我们全身会活动。我们的一切动作与活动，都是食物中潜伏的化学的能的变形使然，而这化学的能本来就是日光中光线的能。这样说来，我们的温热与活动，可以说就是日光的化身了。不但人类如此，一切生物所营的生活现象，直接或间接都与日光的能有密切的关系。

那个灼热的太阳，原是一个有六千度高热的大火球，其中当然没有我们通常所称的“生命”。可是地上的一切生命却都是它给与的。

二、关于植物

把土中的空气分析了看，其中有着炭酸气。这炭酸气的分量，在冬季是百分之零点五以下，一到春季就激增起来，三月中是百分之二，四五月最高，约百分之三以上，从七八月起又逐渐减少。又，大气中炭酸气的量在春季亦见增加。这原因有二：一是由于植物的根在土中所行的呼吸旺盛，二是由于冬季入土的落叶因热而开始腐败分解，发出炭酸气来。腐败起于细菌的繁殖，炭酸气的发生结果可以说即是细菌的呼吸作用。土中除使落叶腐败的菌类外，尚有许多菌类，都在旺盛地呼吸着。

种子通常呈假死状态,在寒冷而干燥着的时候差不多是没有呼吸的。说虽如此，普通任何干燥的种子仍含着百分之三点五至十三的水分，在平常的温度中亦营着呼吸，会放出炭酸气来。一公斤的大麦在一小时可出零点零四公斤的炭酸气，如果把其水分增至百分之三十三，一小时可出八十三公斤的炭酸气。

呼吸可以生热，从空中取入氧素把体内的炭化合物燃了起来，结果就排出炭酸气。我们把木质就火燃烧，就发生热与炭酸气。生物的体内也很平顺地营着这种作用。只要遇到水分和温热，种子随时都能发芽。我们常见橘子的种子在橘子中发芽,新收获的麦穗因雨亦可有发芽的事。充分干燥的种子能长久保持其生命，据说有人从印度五千年前的古墓里得了一粒麦种，播种下土居然发芽，结了九个穗。那麦是和现代的麦异其种类的。

种子得了水分与温热，种子中所贮的淀粉就因糖化酵素转化为糖分去养胚。种子中的淀粉粒，在显微镜下的形状因植物的种类而不同，但其性质却是同样的。化学的成分是（$C_6H_{10}O_5$）n，种子发芽的时候，原有的淀粉粒同糖化酵素的作用渐渐变为葡萄糖而流去消失，葡萄糖的化学成分等于把淀粉分割成若干（n）个，加入一个水（H_2O）进去，就是 $C_6H_{12}O_6$，我们平常嚼饭的时候常觉到甜味，因这时唾液中的糖化酵素已在把淀粉转化为葡萄糖了。

植物的芽，不论是从种子发生的或春来新换的，都与种子同样需要日光和水分，只是养分的贮藏的场所和种子不同罢了。芽的养分贮藏在茎或根里。芽不能像种子地永生着，把植物置在冬季同样的低温度之中使不发芽，究能维持生命到几年？这事至今尚未有人实验过。种子如果充分干燥，即到零下二百度仍能不死，至于芽，普通在零下一百度即死。不消说，这时的芽是无法使它干燥的，就高温度说，种子能耐到六七十度，而芽则至四五十度即死。含水的淀粉在六六度时即成糊状，可是干燥的淀粉虽热至百七十度，亦可不起何等的变化。

新芽得着日光，获得了叶绿素，营其奇妙不可思议的化学作用，从水（H_2O）与炭酸气（CO_2）造成甲醛（CH_2O），再由甲醛合成糖类、淀粉、脂肪或蛋白质。用光来将水与炭酸气造出甲醛，这已是人工所能办的了，但像植物的自由制造糖或淀粉，脂肪或蛋白质，在今日尚为人智所不及。

三、关于动物

普通在冬眠中的动物差不多没有呼吸，也没有血液循环。有毒的蛇在冬眠中，即使咬人也无危险。春天到来，冬眠的各种动物才觉醒。最先觉醒的是蛙类，有些蛙类会在还冰冻着的池沼中产细长如丝的卵。动物从冬眠觉醒转来的时候，因为长久不吃东西的缘故，常用猛烈的行动去找寻食物。

动物活动的原动力不消说是食物。食物的所以会使动物活动，实是酵素的功劳。动物体中，不论唾液、胃液、胆汁，都含有酵素，能以微妙的作用把食物来消化摄取。此外，那些营内分泌的各种内脏里，也各有特种的酵素，发挥各种各样的机能。动物在一方面能从各种东西摄取必要的养分，在他方面能把自己身体的旧组织废去改换新组织，也都是酵素的作用。

酵素种类甚多，它的构成元素今日已经知道，至于其组列的形状如何尚未明白。酵素自身并不会起任何作用，一与他物相遇就能使起变化。每种酵素各有其特殊的对象物，唾液中名叫 Ptualin 的酵素只能变淀粉为麦芽糖，对于脂肪或蛋白质是不起任何作用的。胃液中名叫 Pepsin 的酵素，只对于蛋白质有作用；胆汁中名叫 Lipose 的酵素，只能分解脂肪。酵素和生物相似，在温度三十八度时作用最活泼，热到八十度就丧失其作用。又，如果遇到了毒物，作用也就会死殁的。

“桃花流水鳜鱼肥”。不但鳜鱼，一切动物在产卵的时季，脂肪旺盛，滋味都较平时鲜美。可是，在产卵期内，动物往往有毒，不可不知。吃河豚的往往丧失性命，秋季食蟹亦常有中毒的事。动物在产卵期中，卵与卵巢等大概有毒，很适合于保存种族。不但动物，有些植物在嫩芽或根里也有毒，像马铃薯就是一个例。

四、关于微生物

草木逢春发芽开花，叫我们欢悦，可是植物之中有逢春不发芽开花，生活在我们看不见的地方，为我们尽力，如酵母就是。酵母是下等植物的一种，在显微镜下看去，呈圆形或椭圆形，大批集群着时候，发糟粕或酒类的气味。这菌类和普通植物不同，不在地上繁殖，要在培养液中才能旺盛地繁殖。酵母的种类不少，现在试单就酿酒时所必要的 Saccharomyces 属的酵母来说吧。酵母的培养液中，须加糖类、氨、磷酸钾等，主要成分为麦芽（令大麦发芽为曲），酵母繁殖时在其圆形或椭圆形的母细胞上先生细小的突起，渐渐长大，长大到与母细胞同样的时候，即分立而成独立的细胞。细胞的分裂，在摄氏四度须二十小时，在十三至十五度须十小时半，在二十三度须六小时半。酵母发芽所需要的温度最低可至零度，最高是四十度左右。

酒在太古时代已被发明，可是酵母的发见却在十九世纪。因了德法诸学者的研究，才知道酒的发酵主体是一种酵母。现在更进一步，知道酿酒酵母中含有名叫 Zymase 的酵素，这酵素对糖液发生了作用，才起酒精发酵。

酒对于人类于陶醉的快乐以外，曾给与以种种道德上身体上的恶影响，可是酵母是无罪的。因了时代的进展与实际的需要，酿酒酵母为我们尽力的方面正多，可以说是我们的恩人呢。

石炭总有干竭的一日，液体燃料的石油汽油也是有限的东西，无法用人工来增加。能用人工制造的燃料，现在只有酒精。酒精的原料甚多，如马铃薯、山薯、高粱、玉蜀黍、谷类都是。把这类含有淀粉的东西加入酸类，先使淀粉化糖，再加酵母发酵，就可取得酒精。这种酒精的原料本是我们重要的食粮，如果能利用废物或更廉价的原料来制造酒精，那么酵母对于人类的功绩将愈显出了。

酵母本身含有着蛋白质、磷、维他命 B 等，把它直接充作食物，也是很有价值的。历来曾有过许多考案，想把微生物转化为食粮。所困难的就是制造酵母先须用淀粉和糖类，这些原料本身就是贵重的食粮，并且酵母在培养上也有种种复杂的问题，这理想的实现，恐只好待之于将来了。

中国书业的新途径

全国事业经过八年的战祸，无一不受到巨大的创伤。胜利以后，亟待复兴。但所谓复兴者，不只是恢复原状而已，要较原状有所改进才对。笔者侧身书业，敢就本业发抒私见，供同业先进与全国关心文化事业之业外人士采择。

书业以传达文化，供给精神食粮为职志。书店之业务可分为二部，一是将有价值的著述印制成为书籍，这叫做出版；二是将所印制成的书籍流通开去，供人阅读，这叫做发行。就出版方面说，著述可收外稿，原不必一一由书店自己编辑。但一书店有一书店的目标，为便利计，皆设有编辑所。排印书籍原为印刷所之事，本无须由书店自己兼营。但书店为呼应便利计，大都附办印刷所。就发行方面说，书店所制成的书籍原可与别种商品一样，除门售外，批发给贩卖商销行到外埠去，不一定要在外埠自设分店。但书店为了要防止放帐上的危险及其他种种原因，皆于总店以外在重要城市另设分店。故向例一家书店机构很是庞大。总店本身要具有编辑所、印刷所、发行所三部；总店以外，还要具有许多分店才算骨胳完整，规模粗具。

书店的机构庞大如是，非有巨大资本不能应付。可是按之实际，书店的资本薄弱得很。在战前，全国最大的书店如商务印书馆资本只五百万元，中华书局是四百万元，其他的各书店只不过数十万元而已。以如是薄弱的资本，要想转动其全部机构来实现文化上的使命，当然力有未逮。于是只好缩短阵线，大家把眼光集中于销路比较可靠而成本不大的书籍上。第一是中小学的教本，次之是不要稿费或版税的旧书翻印，行有余力，然后轮到别的新书。各家所出版之书籍既互相重复，发行上竞争自然激烈，或用巨幅广告来号召，或违背同业定章，抑低折扣滥放客帐来倾销，结果发行费用非常浩大，利润随而减少。

这种情形于书店当然不利，而整个文化界也受到不良的影响。因为书店财力有限，所出版的十之八九只是些中小学教本与旧书，自无力来介绍日新月异的学术思想，也无暇顾及社会各方面的需要。譬如说，关于新兵器的书，关于台湾、澎湖的书，关于内蒙、西藏、新疆的书，现在很需要，可是书店里不大多见。中国是以农立国的，可是任何农学部门都找不到一部像样得用的书。此外如音乐、绘画、雕刻、建筑、医药、航空、造船等门类，也都为了太冷僻太专门的缘故，不被书店所顾及。即使有人撰写好了稿子去委托出版，也大概会遭到拒绝。笔者有一位研究音乐的朋友，现为国立音乐院教授，他费了多年的光阴与气力写好了两部书，一部叫对位法，一部叫音乐史，自以为很有价值，想出版，遍询书店都不要。中国虽有许多家书店，而书籍的种类不多。除教本外，一般书籍的销数也有限，每一本书，销数好的不过几千，坏的只几百或几十。因为书店营业的目光偏在教本，无暇顾及一般的所谓“杂书”，并且推销上全靠门市与自设的几处分店，无力把书籍伸入全国各地去的缘故。若与他国相较，中国所出版的书籍在品种上和销行数量上都有落后之观。

以上所指摘的是书店过去的情形。今后是否将再这样继续下去呢？原来机构已大受损伤，有的已失去了印刷所，有的已解散了编辑所，至于各地的分店大都也已毁去了十之七八，如果要一一恢复旧观，恐各家书店都无此财力。试看仅仅几种国定教本，以七家书店来联合承印，犹嫌资金不足，要向政府贷款，书店财力之薄弱可知。第二，书店向以教本为主要营业，今则教本已改为国定，为教育前途计，我们也希望其永为国定。国定教本理宜由国家规定办法，让大家承印。从前由七家书店与教部订立契约，联合承印，是战争时期不得已的办法。此后情形改变，当然未必能够继续下去，在教科书以外，应该决定营业的方针。

情势如此，书业若重循故辙，前途将遭遇许多障碍。为今之计，亟宜另觅一条新途径。新途径是什么？即将原来机构改组，把出版机关与发行机关分立。其办法大致如下：

一、以上海现有书店为发起人，在上海组织联合书店（假定之名）股份有限公司，资本十亿元（假定之数），任各方投资。

二、联合书店不出版书籍，但以发行为业务，在全国各省市各县设立分店，其普遍应如邮局。

三、现有各书店各自动改称为出版社。出版社专营出版事业，其资本可大可小。各出版社以所出版之书籍批发与联合书店发行，不自设总店门市部与各地分店。

四、联合书店营业以现款交易为原则，于收到各出版社所出之书籍时，即按批发折扣，以定价几分之几付给现款，余额按期结清。

这只是个大纲，详细办法与实际上的技术问题，无暇在本文中叙说。书业若如此改组，在出版与发行二方面有许多好处：

一、发行效力大可增加，假定一部新书每县销行十册，全国二千余县合计可销行二万册。印数既多，造货成本自廉，可使读者减轻负担。

二、推广费及管理费可以减少，无滥放回头及吃倒帐等流弊。

三、资金周转灵活。

四、任何著作者可纠合同志或独力以小资本经营出版社，依各自的兴趣刊行各门类的书籍，不必一定再委托书店出版。书籍的种类将因此大大增多。其委托书店出版者，亦可于成书时即取得版税。

五、营业统一，无垄断可言。书籍之销行与否，全视其内容与定价如何。各出版家将专在书籍的内容上成本上互相竞争，促成文化的向上。

仅就上面所举的几点来看，好处已经很多。为各家书店减轻原来笨重的负荷计，今后的发展计，为整个文化界的利益计，这条途径似乎平坦可行，是值得采取的。

也许有人要顾虑，以为书店发行部既化零为整，各家发行部的从业员将有失业之忧了。这层是不足虑的。联合书店将遍设各地，犹如邮局，所需要的人员比现在不知要多若干倍，原来的从业员决无过剩之理。也许还有人要顾虑，以为联合书店规模巨大，整个出版界或将为此一机关所操纵，对出版界前途不无影响。这亦不足为虑。联合书店本身不出版书籍，出版之事仍操在出版家手中。联合书店所得的只是百分之几的批发折扣，不致夺尽出版家的利益。联合书店资本既大，其股票势必在股票市场流通，艳羡联合书店的利润者尽可购买其股票，取得股东乃至董事监察人之资格。

在抗战八年中，他业多有大发其财者，书业不但不发财，且损失极大，可告无罪于国家社会。胜利以后，书业被一班敏感者认为大有希望的事业。他们以为西南西北各省教育远较战前发达，且台湾、东北重新收复，营业范围可大加开拓，别种商品将来都有舶来外货与之竞争，而书籍则不致遭逢外来劲敌。不错，书业的前程确是远大的，问题就在书业自身怎样去迎合这远大的前程。

笔者怀此意见已久，平日言谈所及，知同业中亦不乏共鸣之士，整个正在着手复兴。改弦易辙，奋发向上，今正其时。笔者此文就算是一个公开的提议。

先使白话文成话

五四以来的白话文，因为提倡者都是些本来惯写文言文的人们，他们都是知识阶级，所写的文字又都是关于思想学术的，和大众根本就未曾有过关系，名叫白话文，其实只是把原来的“之乎者也” 换了“的了吗呢”，硬装入蓝青官话的腔调的东西罢了。凡事先入为主，白话文创造不久就造成了那么的一个腔壳，到今日还停滞在这腔壳里。当时提倡白话文的人们有一句标语叫“明白如话”。真的，只是“如话” 而已，还不到“就是话” 的程度。换句话说，白话文竟是“不成话”的劳什子。

白话文最大的缺点就是语汇的贫乏。古文有古文的语汇，方言有方言的语汇，白话文既非古文，又不是方言，只是一种蓝青官话。从来古文中所用的辞类大半被删去了，各地方言中特有的辞类也完全被淘汰了，结果，所留存的只是彼此通用的若干辞类。于是写小说时一不小心，农妇也高喊“革命”，婢女也满嘴“恋爱”了。编成戏曲的说白可以使台下人听了莫名其妙。

举一例说，现在白话文里所用的“父亲”“母亲”二语，就很可笑。

实际上我们大家都叫“爸爸”，叫“爷”，叫“爹”，叫“娘”，叫“妈”，或叫“姆妈”，决不叫“父亲”“母亲”的。可是白话文里却要用“父亲”“母亲”的称呼，甚至于连给六七岁小孩读的初小教科书里，也用“父亲”“母亲”字样。“爷娘妻子走相送”，唐人诗中已叫“爷娘”了，我们现在倒叫起“父亲”“母亲”来，这不是怪事吗?

要改进白话文，要使白话文与大众发生交涉，第一步先要使它成话。

现在的白话文，简直太不成话了，用词应尽量采取大众所使用的话语，在可能的范围以内尽量吸收方言。凡是大众使用着的话语，不论是方言或是新造语，都自有它的特别情味，往往不能用别的近似语来代替。例如:“揩油”在上海一带已成为大众使用的话语，自有它的特别的情味，我们如果嫌它土俗，用“作弊”“舞弊”等话来张冠李戴，就隔膜了。方言只要有人使用，地方性就会减少。如“象煞有介事”一语，因使用的人多，已有普遍性了。此后的辞典里，应一方面删除古来的死语，一方面多搜列方言。

放弃现成的大众使用着的话语不用，故意要用近似的语言来翻译一次，再写入文中去，这就是从来文言文的毛病。白话文对于这点虽经痛改，可惜还没有改革得彻底，结果所表达的情意还不十分亲切有味。我有一个朋友，未曾讨老婆，别人给他做媒的时候，他总要问：“那女子是否同乡人？”他不愿和外省的女子结婚。理由是：如果老婆不是同乡人，家庭情话彼此都须用蓝青官话来对付，趣味是很少的。这话很妙。现在的白话文，作者与读者间等于一对方言不通的情侣，彼此用了蓝青官话来作喁喁的情话，多隔膜，多难耐啊!

刊《文言、白话、大众语论战集》（1934年9月）

阅读什么

中学生诸君：我在这回播音所担任的是中学国语科的节目。国语科有好几个方面，我想对诸君讲的是些关于阅读方面的话。预备分两次讲，一次讲“阅读什么”，一次讲“怎样阅读”。今天先讲“阅读什么”。

让我在未讲到正文以前，先发一句荒唐的议论。我以为书这东西是有消灭的一天的。书只是供给知识的一种工具，供给知识其实并不一定要靠书。试想，人类的历史不知已有多少年，书的历史比较起来是很短很短的。太古的时代并没有书，可是人类也竟能生活下来，他们的知识原不及近代人，却也不能说全没有知识。足见书不是知识的唯一的来源，要得知识并不一定要靠书的了。古代的事，我们只好凭想象来说，或者有些不可靠，再看现在的情形吧。今天的讲演是用无线电播送给诸君听的，假定听的有一万人，如果我讲得好，有益于诸君，那效力就等于一万个人各读了一册“读书法” 或“读书指导” 等类的书了。我们现在除无线电话以外还有电影可以利用，历史上的事件，科学上的制造，如果用电影来演出，功效等于读历史书和科学书。假定有这么一天，无线电话和电影发达得很进步普遍，放送的材料有人好好编制，适于各种人的需要，那么书的用处会逐渐消灭，因为这些利器已可代替书了。我们因了想象知道太古时代没有书，将来也可不必有书，书的需要可以说是一种过渡时代的现象。

今天所讲的题目是“阅读什么”，方才这番议论好像有些荒唐，文不对题。其实我的意思只是想借此破除许多读书的错误观念。我也承认书本在今日还是有用的，我们生存在今日，要求知识，最普通、最经济的方法还是读书。可是一向传下来的读书观念，很有许多是错误的。有些人把读书认为高尚的风雅事情，把书本当作玩好品古董品，好像书这东西是与实际生活无关，读书是实际生活以外的消遣工作。有些人把书认为唯一的求学的工具，以为所谓求知识就是读书的别名，书本以外没有知识的来路。这两种观念都是错误的，犯前一种错误的以一般人为多，犯后一种错误的大概是青年人，尤其是日日手捏书本的中学生诸君。

我以为书只是求知识的工具之一，我们为了要生活，要使生活的技能充实，就得求知识。所谓知识，决不是什么装饰品，只是用来应付生活，改进生活的技能。譬如说，我们因为要在自然界中生存，要知道利用自然界理解自然界的情形，才去学习物理、化学和算学等科目；我们因为要在这世界上做人，才去学习世界情形，修习世界史和世界地理等科目；我们因为要做现在的中国人民，才去学习本国历史、地理、公民等科目。学习的方法可有各式各样，有时须用实验的方法，有时须用观察的方法，有时须用演习的方法，并不一定都依靠书。只因为书是文字写成的，文字是最便利的东西，可把世间一切的事情，一切的道理都记载出来，印成了书，随时随地可以翻看，所以书就成了求知识的重要的工具，值得大众来阅读了。

以上是我对于书的估价，下面就要讲到今天的题目“阅读什么”了。

青年人应该读些什么书？这是一个从古以来的大问题，对于这问题从古就有许多人发表过许多议论，近十年来这问题也着实热闹，有好几位先生替青年开过书目单，其中比较有名的是梁启超先生和胡适之先生所开的单子。诸君之中想必有许多人见过这些单子的。我今天不想再替诸君另开单子，只想大略地告诉诸君几个着手的方向。

我想把读书和生活两件事联成一气、打成一片来说，在我的见解，读书并不是风雅的勾当，是改进生活、丰富生活的手段，书籍并不是茶余酒后的消遣品，乃是培养生活上知识技能的工具。一个人该读些什么书，看些什么书，要依了他自己的生活来决定、来选择。我主张把阅读的范围，分成三个：（一）是关于自己的职务的，（二）是参考用的，（三）是关于趣味或修养的。举例子来说，做内科医生的，第一应该阅读的是关于内科的书籍杂志，这是关于自己职务的阅读，属于第一类。次之是和自己的职务无直接关系，可以作研究上的参考，使自己的专门知识更丰富确切的书，如因疟疾的研究，而注意到蚊子的种类，便去翻某种生物学书；因了疟蚊的分布，便去翻阅某种地理书；因了某种药物的性质，便去查检某种的植物书，矿物书；因了某一词儿的怀疑，便去翻查某种辞典，这是参考的阅读，属于第二类。再次之这位医生除了医生的职务以外，当然还有趣味或修养的生活，在趣味方面他如果是喜欢下围棋的，不妨看看关于围棋的书，如果是喜欢摄影的，不妨看看关于摄影的书，如果是喜欢文艺的，不妨看看诗歌、小说一类的书，在修养方面，他如果是有志于品性的修炼的，自然会去看名人传记或经典格言等类的书，如果是觉得自己身体非锻炼不可的，自然会去看游泳、运动等类的书。这是趣味或修养方面的阅读，属于第三类。第一类关于职务的书是各人不相同的，银行家所该阅读的书和工程师不同，农业家所该阅读的书和音乐家不同。第二类的参考书，是因了专门业务的研究随时连类牵涉到的，也不能划出一定的种数。至于第三类的关于趣味或修养的书，更该让各个人自由分别选定。总而言之，读书和生活应该有密切的关联。

上面我把阅读的范围分为三个：（一）是关于个人职务的，（二）是参考的，（三）关于趣味或修养的。下面我将根据了这几个原则对中学生诸君讲“阅读什么”的问题。

先讲关于职务的阅读。诸君的职务是什么呢？诸君是中学生，职务就在学习中学校的各种功课。诸君将来也许会做官吏、做律师、开商店、做教师，各有各的职务吧，现在却都在中学校受着中等教育，把中学校所规定的各种功课，好好学习，就是诸君的职务了。诸君在职务上该阅读的书不是别的，就是学校规定的各种教科书。诸君对于我这番话也许会认为无聊吧，也许有人说，我们每日捧了教科书上课堂、下课堂，本来天天在和教科书作伴侣，何必再要你来嘈杂呢？可是，我说这番话，自信态度是诚恳的。不瞒诸君说，我也曾当过许多年的中学教师，据我所晓得的情形，中学生里面能够好好地阅读教科书的人并不十分多。有些中学生喜欢读小说，随便看杂志，把教科书丢在一边，有些中学生爱读英文或国文，看到理化算学的书就头痛。这显然是一种偏向的坏现象。一般的中学生虽没有这种偏向的情形，也似乎未能充分地利用教科书。教科书专为学习而编，所记载的只是各种学科的大纲，原并不是什么了不得的著作，但对于学习还是有价值的工具。学习一种功课，应该以教科书为基础，再从各方面加以扩充，加以比较、观察、实验、证明等种种切实的工夫，并非胡乱阅读几遍就可了事。举例来说，国语科的读书，通常是用几篇选文编成的，假定一册国文读本共有三十篇文章，你光是把这三十篇文章读过几遍，还是不够，你应该依据了这些文章作种种进一步的学习，如文法上的习惯咧、修辞上的方式咧、断句和分段的式样咧，诸如此类的事项，你都须依据了这些文章来学习，收得扼要的知识才行。仅仅记牢了文章中所记的几个故事或几种议论，不能算学过国语一科的。再举一个例来说，算学教科书里有许多习题，你得一个一个地演习，这些习题，一方面是定理或原则的实际上的应用，一方面是使你对于已经学过的定理或原则更加明了的。例如四则问题有种种花样，龟鹤算咧、时计算咧、父子年岁算咧，你如果只演习了一个个的习题，而不能发见这些习题中的共通的关系或法则，也不好称为已学会了四则。依照这条件来说，阅读教科书并非容易简单的工作了。中学科目有十几门，每门的教科书先该平均地好好阅读，因为学习这些科目是诸君现在的职务。

次之讲到参考书。如果诸君之中有人问我，关于某一科应看些什么参考书？我老实无法回答。我以为参考书的需要因特种的题目而发生，是临时的，不能预先决定。干脆地说，对于第一种职务的书籍阅读得马马虎虎的人，根本没有阅读参考书的必要。要参考，先得有题目，如果心里并无想查究的题目，随便拿一本书来东翻西翻，是毫无意味的傻事，等于在不想查生字的时候去胡乱翻字典。就国语科举例来说，诸君在国语教科书里读到一篇陶潜的《桃花源记》，如果有不曾明白的词儿，得翻辞典，这时辞典（假定是《辞源》）就成了参考书。这篇文章是晋朝人做的，如果诸君觉得和别时代人所写的情味有些两样，要想知道晋代文的情形，就会去翻中国文学史（假定是谢无量编的《中国文学史》），这时文学史就成了诸君的参考书。这篇文章里所写的是一种乌托邦思想，诸君平日因了师友的指教，知道英国有一位名叫马列斯的社会思想家写过一本《理想乡消息》和陶潜所写的性质相近，拿来比较，这时，《理想乡消息》就成了诸君的参考书。这篇文章是属于记叙一类的，诸君如果想明白记叙文的格式，去翻看《记叙文作法》（假定是孙俍工编的），这时《记叙文作法》就成了诸君的参考书。还有，这篇文章的作者叫陶潜，诸君如果想知道他的为人，去翻《晋书·陶潜传》或《陶集》，这时《晋书》或《陶集》就成了诸君的参考书。这许多参考书是因为有了题目才发生的，没有题目，参考无从做起，学校图书室虽藏着许多的书，诸君自己虽买有许多的书，也毫无用处。国语科如此，别的科目也一样。诸君上历史课听教师讲英国的工业革命一课，如果对于这件历史上的事迹发生了兴趣或问题，就自然会请问教师得到许多的参考书，图书馆里藏着的《英国史》，各种经济书类，以及近来杂志上所发表过的和这事有关系的单篇文字，都成了诸君的参考书了。所以，我以为参考书不能预先开单子，只能照了所想参考的题目临时来决定。在到图书馆去寻参考书以前，我们应该先问自己，我所想参考的题目是什么？有了题目，不知道找什么书好，这是可以问教师、问朋友、查书目的，最怕的是连题目都没有。

上面所讲的是关于参考书的话。再其次要讲第三种关于趣味修养的书了。这类的书可以说是和学校功课无关的，不妨全然照了自己的嗜好和需要来选择。一个人的趣味是会变更的，一时喜欢绘画的人，也许不久会喜欢音乐，喜欢文学的人，也许后来会喜欢宗教。至于修养，方面更广，变动的情形更多。在某时候觉得自己身心上的缺点在甲方面，该补充矫正。过了些时，也许会觉得自己身心上的缺点在乙方面，该补充矫正了。这种自然的变更，原不该勉强拘束，最好在某一时期，勿把目标更动。这一星期读陶诗，下一星期读西洋绘画史，趣味就无法涵养了。这一星期读曾国藩家书，下一星期读程、朱语录，修养就难得效果了。所以，我以为这类的书，在同一时期中，种数不必多，选择却要精。选定一二种，须定了时期来好好地读。假定这学期定好了某一种趣味上的书，某一种修养上的书，不妨只管读去，正课以外，有闲暇就读，星期日读，每日功课完毕后读，旅行的时候在车上船上读，逛公园的时候坐在草地上读。如果读到学期完了，还不厌倦，下学期依旧再读，读到厌倦了为止。诸君听了我这番话，也许会骇异吧。我自问不敢欺骗诸君，诸君读这类书，目的不在会考通过，也不在毕业迟早，完全为了自己受用，一种书读一年，读半年，全是诸位的自由，但求有益于自己就是，用不着计较时间的长短。把自己欢喜读的书永久地读，是有意义的。赵普读《论语》，是有名的历史故事，日本有一位文学家名叫坪内逍遥的，新近才死，他活了近八十岁，却读了五十多年的莎士比亚剧本。

我的话已完了。现在来一个结束。我以为：书是供给知识的一种工具，读书是改进生活、丰富生活的手段，该读些什么书要依了生活来决定选择。首先该阅读的是关于职务的书，第二是参考书，第三是关于趣味修养的书。中学生先该把教科书好好地阅读，因为中学生的职务就在学习中学校课程。参考书可因了所要参考的题目去决定，最要紧的是发现题目。至于趣味修养的书可自由选择，种数不必多，选择要精，读到厌倦了才更换。

本文是向全国中学生作的广播稿

刊《中学生》第六十一期（1936年1月）

怎样阅读

前天我曾对中学生诸君讲过一次话，题目是《阅读什么》今天所讲的，可以说是前回的连续题目，是《怎样阅读》。前回讲“阅读什么”，是阅读的种类，今天讲“怎样阅读”，是阅读的方法。

“怎样阅读”和“阅读什么”一样，也是一个老问题，从来已有许多人对于这问题说过种种的话。我今天所讲的也并无前人所没有发表过的新意见、新方法，今天的话是对中学生诸君讲的，我只希望我的话能适合于中学生诸君就是了。

我在前回讲“阅读什么”的时候，曾经把阅读的范围划成三个方面：第一是职务上的书，第二是参考的书，第三是趣味修养的书。中学生的职务在学习，中学校的课程，中学校的各科教科书属于第一类；学习功课的时候须有别的书籍作参考，这些参考书属于第二类；在课外选择些合乎自己个人趣味或有关修养的书来阅读；这是第三类。今天讲“怎样阅读”，也仍想依据了这三个方面来说。

先讲第一类关于诸君职务的书，就是教科书。摆在诸君案头的教科书有两种性质可分，一种是有严密的系统的，一种是没有严密的系统的。如算学、理化、地理、历史、植物、动物等科的书，都有一定的章节，一定的前后次序，这是有系统的。如国文读本，如英文读本，就定不出严密的系统，一篇韩愈的《原道》可以收在初中国文第一册，也可以收在高中国文第二册，一篇佛兰克林的传记，可以摆在初中英文第三册，也可以摆在高中英文第二册。诸君如果是对于自己所用着的教科书留心的，想来早已知道这情形。这情形并不是偶然的，可以说和学科的性质有关。有严密的系统的是属于一般的所谓科学，像国文、英文之类是专以语言文字为对象的，除文法、修辞教科书外，一般所谓读本、教本，都是用来作模范作练习的工具的东西。所以本身就没有严密的系统了。教科书既然有这两种分别，阅读的方法就也应该有不同的地方。

如果把阅读分开来说，一般科学的教科书应该偏重于阅，语言文字的教科书应该偏重在读。一般科学的教科书虽也用了文字写着，但我们学习的目标并不在文字上，譬如说，我们学地理、学化学，所当注意的是地理、化学书上所记着的事项本身，这些事项除图表外原用文字记着，但我们不必专从文字上记忆揣摩，只要从文字去求得内容就够了。至于语言文字的学科就不同，我们在国文教科书里读到一篇文章——假定是韩愈的《画记》，这时我们不但该知道韩愈这个人，理解这篇《画记》的内容，还该有别的目标，如文章的结构、词句的式样、描写表现的方法等等，都得加以研究。如果读韩愈的《画记》，只知道当时曾有过这样的画，韩愈曾写过这样的一篇文章，那就等于不曾把这篇文章当作国文功课学习过。我们又在英文教科书里读华盛顿砍樱桃树的故事，目的并不在想知道华盛顿为什么砍樱桃树，砍了樱桃树后来怎样，乃是要把这故事当作学习英文的材料，收得英文上种种的法则。所以阅读两个字不妨分开来用，一般科学的教科书应懂它的内容，不必从文字上去瞎费力，只要好好地阅就行，像国文、英文两门是语言文字的功课，应在形式上多用力，只阅不够，该好好地读。

不论是阅或是读，对于教科书该毫不放松，因为这是正式功课，是诸君职务上的工作。有疑难，得去翻字典；有问题，得去查书。这就是所谓参考了。参考书是为用功的人预备的，因为要参考先得有参考的项目或问题，这些项目或问题，要阅读认真的人才会从各方面发生。这理由我在前回已经讲过，诸君听过的想尚还能记忆，不多说了。现在让我来说些阅读参考书的时候该注意的事情。

第一，我劝诸君暂时认定参考的范围，不要把自己所要参考的项目或问题抛荒。我们查字典，大概把所要查的字或典故查出了就满足，不会再分心在字典上的。可是如果是字典以外的参考书，一不小心，往往有辗转跑远的事情。举例来说，你读《桃花源记》，为了“乌托邦思想”的一个项目，去把马列斯的《理想乡消息》来作参考书读，是对的，但你得暂时记住，你所要参考的是“乌托邦思想”，不是别的项目。你不要因读了马列斯的这部《理想乡消息》就把心分到很远的地方去。马列斯是主张美术的，是社会思想家，你如果不留意，也许会把所读的《桃花源记》忘掉，在社会思想咧、美术咧等等的念头上打圈子，从甲方面转到乙方面，再从乙方面转到丙方面，结果会弄得头脑杂乱无章。我们和朋友谈话的时候，常有把话头远远地扯开去，忘记方才所谈的是什么的。这和因为看参考书把本来的题目抛荒，情形很相像。懂得谈话方法的人，碰到这种情形常会提醒对手把话说回来，回到所要谈的事情上去。看参考书的时候，也该有同样的注意，和自己所想参考的题目无直接关系的方面，不该去多分心。

第二，是劝诸君乘参考之便，留意一般书籍的性质和内容大略。除了查检字典和翻阅杂志上的单篇文字以外，所谓参考书者，普通都是一部一部的独立的书籍。一部书有一部书的性质、内容和组织式样，你为了参考，既有机会去见到某一部书，乘便把这一部书的情形知道一些，是并不费事的。诸君在中学里有种种规定要做的工作，课外读书的时间很少，有些书在常识上、将来应用上却非知道不可，例如，我们在中学校里不读《二十五史》、《十三经》，但《二十五史》、《十三经》是怎样的东西，却是该知道的常识。我们不做基督教徒，不必读圣书，但《新约》和《旧约》的大略内容，却是该知道的常识。如果你读历史课，对于“汉武帝扩展疆土”的题目，想知道得详细一点，去翻《史记》或是《汉书》，这时候你大概会先翻目录吧；你翻目录，一定会见至“本纪”“列传”“表”“志”或“书”等等的名目，这就是《史记》或《汉书》的组织构造。你读了里面的《汉武帝本纪》一篇，或全篇里的几段，再把这些目录看过，在你就算是对于《史记》或《汉书》发生过关系，《史记》《汉书》是怎样的书，你可懂得大概了。再举一个例来说，你从植物学或动物学教师口头听到“进化论”的话，你如果想对这题目多知道些详细情形，你可到图书馆去找书来看。假定你找到了一本陈兼善著的《进化论纲要》，你可先阅序文，看这部书是讲什么方面的，再查目录，看里面有些什么项目。你目前所参考的也许只是其中的一节或一章，但这全书的概括知识，于你是很有用处的。你能随时留心，一年之中，可以收得许多书籍的概括的大略知识，久而久之，你就知道哪些书里有些什么东西，要查哪些事项，该去找什么书，翻检起来，非常便利。

以上所说的是关于参考书的话。参考书因参考的题目随时决定，阅读参考书的时候，要顾到自己所参考的题目，勿使题目抛荒，还要把那部书的序文、目录留心一下，记个大略情形，预备将来的翻检便利。

以下应该讲的是趣味修养的书，这类的书，我在上回曾经讲过，种数不必多，选择要精。一种书可以只管读，读到厌倦才止。这类的书，也该尽量地利用参考书。例如：你现在正读着杜甫的诗集，那么有时候你得翻翻杜甫的传记、年谱以及别人诗话中对于杜诗的评语等等的书。你如果正读着王阳明的《传习录》，你得翻翻王阳明的集子、他的传记以及后人关于程、朱、陆、王的论争的著作。把自己正在读着的书做中心，再用别的书来做帮助，这样，才能使你读着的书更明白，更切实有味，不至于犯浅陋的毛病。

上面所讲的是三种书的阅读方法。关于阅读两个字的本身，尚有几点想说说。我方才曾把教科书分为两种性质，一种是属于一般的科学的，有严密的系统，一种是属于语言文字的，没有严密的系统。我又曾说过，属于一般科学的该偏重在阅，属于语言文字的，只阅不够，该偏重在读。现在让我再进一步来说，凡是书都是用语言文字写成的，照普通的情形看来，一部书可以含有两种性质：书本身有着内容，内容上自有系统可寻，性质属于一般科学；书是用语言文字写着的，从形式上去推究，就属于语言文字了。一部《史记》，从其内容说是历史，但是也可以选出一篇来当作国文科教材。诸君所用的算学教科书，当然是属于科学一类的，但就语言文字看，也未始不可为写作上的参考模范。算学书里的文章，朴实正确，秩序非常完整，实是学术文的好模样。这样看来，任何书籍都可有两种说法，如果就内容说，只阅可以了，如果当作语言文字来看，那么非读不可。

这次播音，教育部托我担任的是中学国语科的讲话，我把我的讲话限在阅读方面。我所讲的只是一般的阅读情形，并未曾专就国语一科讲话。诸君听了也许会说我的讲话不合教育部所定的范围条件吧。我得声明，我不承认有许多独立存在的所谓国语科的书籍，书籍之中除了极少数的文法、修辞等类以外，都可以是不属于国语科的。我们能说《论语》、《孟子》、《庄子》、《左传》是国语吗？能说《红楼梦》、《水浒》、《三国演义》是国语吗？可是如果从形式上着眼，当作语言文字来研究，那就没有一种不是国语科的材料，不但《论语》、《孟子》、《庄子》、《左传》是国语，《红楼梦》、《水浒》、《三国演义》是国语，诸君的物理教科书、植物教科书也是国语，甚至于张三的卖田契、李四的家信也是国语了。我以为所谓国语科，就是学习语言文字的一种功课；把本来用语言文字写着的东西，当作语言文字来研究，来学习，就是国语科的任务。所以我只讲一般的阅读，不把国语科特别提出。这层要请诸位注意。

把任何的书，从语言文字上着眼去学习研究，这种阅读，可以说是属于国语科的工作。阅读通常可分为两种，一是略读，一是精读。略读的目的在理解，在收得内容；精读的目的在揣摩，在鉴赏。我以为要研究语言文字的法则，该注重于精读。分量不必多，要精细地读，好比临帖，我们临某种帖，目的在笔意相合，写字得它的神气，并不在乎抄录它的文字。假定这部帖里共有一千个字，我们与其每日瞎抄一遍，全体写一千个字，倒不如拣选十个或二十个有变化的有趣味的字，每字好好地临几遍，来得有效。诸君读小说，假定是茅盾的《子夜》， 如果当作语言文字的学习的话，所当注意的不该但是书里的故事，对于书里面的人物描写、叙事的方法、结构照应以及用辞、造句等等该大加注意，诸君读诗歌，假定是徐志摩的诗集，如果当语言文字学习的话，不但该注意诗里的大意，还该留心它的造句、用韵、音节以及表现、着想、对仗、风格等等的方面。语言文字上的变化技巧，其实并不十分多的，只要能留心，在小部分里也大概可以看得出来。假定一部书有五百页，每一页有一千个字，如果第一页你能看得懂，那么我敢保证，你是能把全书看懂的。因为全书所有的语言文字上的法则在第一页一千字里面大概都已出现。举例来说，文法上的法则，像动词的用法、接续词的用法、形容词的用法、助词的用法，以及几种句子的结合法，都已出现在第一页了。我劝诸君能在精读上多用力。

为了时间关系，我的话就将结束。我所讲的话，乱杂疏漏的地方自己觉得很多，请诸君代去求教师替我修正。关于中学国语科的阅读，我几年前曾发表过好些意见，所说的话和这回大有些不同。记得有两篇文章，一篇叫做《关于国文的学习》，载在《中学各科学习法》（《开明青年丛书》之一）里，还有一篇叫《国文科课外应读些什么》，载在《读书的艺术》（《中学生杂志丛刊》之一）里，诸君如未曾看到过的，请自己去看看，或者对于我这回的讲话，可以得到一些补充。我这无聊的讲话，费了诸君许多课外的时间，对不起得很。

本文是向全国中学生作的广播稿

刊《中学生》第六十一期（1936 年 1 月）

学习国文的着眼点

上

中学生诸君：这回我承教育部的委托，来担任关于国文科的讲演。讲演的题目叫做《学习国文的着眼点》。打算分两次讲，今天先来一个大纲，下次再讲具体的方法。

为了要使听众明了起见，开始先把我的意见扼要地提出。我主张学习国文该着眼在文字的形式方面。就是说，诸君学习国文的时候，该在文字的形式方面去努力。

所谓形式，是对内容说的。诸君学过算学，知道算学上的式子吧，“1 + 2 = 3” 这个式子可以应用于种种不同的情形，譬如说一个梨子加两个梨子等于三个梨子，一只狗加两只狗等于三只狗，无论什么都适用。这里面，“1 + 2 = 3”是形式，“梨子”或“狗”是内容。算式上还有用“X”的，那更妙了，算式中凡是用着“X” 的地方，不拘把什么数字代进去都适合，这时候“1”“2”“3”等等的数字是内容，“X”是形式了。

让我们回头来从国文科方面讲，文字是记载事物发挥情意的东西，它的内容是事物和情意，形式就是一个个的词句以及整篇的文字。文字的内容是各各不同的，同是传记，因所传的人物而不同，同是评论，有关于政治的，有关于学术的，有关于经济的，同是书信，有讨论学问的，接洽事务的，可以说一篇文字有一篇文字的内容，无论别人所写或自己所写，每篇文字决不会有相同的内容的。内容虽然各不相同，形式上却有相同的地方，就整篇的文字说，有所谓章法段落结构等等的法则，就每一句说，有所谓句子的构成及彼此结合的方式，就每句中所用的词儿说，也有各种的方法和习惯。此外因了文字的体裁，各有一定共通的样式，例如，书信有书信的样式，章程有章程的样式，记事文有记事文的样式，论说文有论说文的样式。这种都是形式上的情形，和文字的内容差不多无关。我以为在国文科里所应该学习的就是这些方面。

国文科是语言文字的学科，和别的科目性质不同，这只要把诸君案头上教科书拿来比较，就可明白。别的科目的教科书如动物、植物、历史、地理、算术、代数，都是分章节的，全书共分几章，每章之中又分几个小节，前一章和后一章，前一节和后一节，都有自然的顺序，系统非常完整，可是国文科的教科书就不是这样了。诸君所读的国文教材，大部分是所谓选文，这些选文是一篇一篇的东西，有的是前人写的，有的是现代人写的，前面是《史记》里的一节，接上去的也许可以是《红楼梦》或《水浒传》的一节，前面是古人写的书信，接上去的也许会是现代人的小说。这种材料的排列，谈不到什么秩序和系统，至于内容，更是杂乱得很。别的科目的内容是以我们所需要的知识为范围排列着的，植物教科书告诉我们关于植物的一般常识，历史教科书告诉我们人类社会活动进步的经过，地理教科书告诉我们地面上的种种现象和人类的关系，都有一定的内容可说。但是国文教科书的内容是什么呢？却说不出来。原来国文科的内容什么都可以充数，忠臣孝子的事迹固然可以做国文的内容，苍蝇蚊子的事情也可以做国文的内容，诸君试把已经读过的文字回忆一下，就可发见内容上的杂乱的情形。国文科的内容不但杂乱，而且有许多不是我们所需要的。譬如说：现在已是飞机炸弹的时代了，我们所需要的是最新的战争知识，而在国文教科书里所选到的还是单刀匹马式的《三国志演义》或《资治通鉴》里的一节。我们已是二十世纪的共和国公民了，从前封建时代的片面的道德观念已不适用，可是我们所读的文字，还有不少以宗祧贞烈等为内容的。我们是青年人，青年人所需要的是活泼勇猛的精神，可是国文教科书里尽有不少中年人或老年人所写的颓唐感伤的作品，甚至于还有在思想上、态度上已经明白落伍了的东西。国文科的教材如果从内容上看来，真是杂乱而且不适合的。有些教育者见到了这一层，于是依照了内容的价值来编国文教科书，他们预先定下了几个内容项目，以为青年应该孝父母，爱国家，应该交友有信，应该办事有恒，于是选几篇孝子的传记排在一组，选几篇忠臣烈士的故事排在一组，这样一直排下去。这办法无异叫国文科变成了修身科或公民科，我觉得也未必就对。给青年读的文字当然要选择内容好的，但内容的价值，在国文科究竟不是真正的目的。

我的意思，国文科是语言文字的学科，除了文法修辞等部分以外，并无固定的内容的。只要是白纸上写有黑字的东西，当作文字来阅读来玩味的时候，什么都是国文科的材料。国文科的学习工作，不在从内容上去深究探讨，倒在从文字的形式上去获得理解和发表的能力。凡是文字，都是作者的表现。不管所表现的是一桩事情，一种道理，一件东西或一片情感，总之逃不了是表现。我们学习国文所当注重的，并不是事情、道理、东西或感情的本身，应该是各种表现方式和法则。诸君读英文的时候，曾经读过“龟兔竞走”的故事吧。诸君读这故事，如果把注意力为内容所牵住，只记得兔最初怎样自负，怎样疏忽，怎样睡熟，龟怎样努力，怎样胜过了兔等等一大串，而忘却了本课里的所有的生字难句，及别种文字上的方式，那么结果就等于只听到了“龟兔竞走”的故事，并没有学到英文。国文和英文一样，同是语言文字的科目，凡是文字语言，本身都附带有内容，文字语言本来就是为了要表现某种内容才发生的，世间决不会有毫无内容的文字语言。不过在国文科里，我们所要学习的是文字语言上的种种格式和方法，至于文字语言所含的内容，倒并不是十分重要的东西。我们自己写作的时候，原也需要内容，这内容要自己从生活上得来，国文教科书上所有的内容，既乱杂，又陈腐，反正是不适用、不够用的。我们的目的是要从古人或别人的文字里学会了记叙的方法，来随便叙述自己所要叙述的事物；从古人或别人的文字里学会了议论的方法，来随便议论自己所想议论的事情。

学习国文，应该着眼在文字的形式上，不应该着眼在内容上，这理由上面已经说了许多，想来诸君已可明白了。有一件事要请大家注意，就是文字的内容是有吸引人的力量的东西，我们和文字相接触的时候，容易偏重内容忽略形式。老实说，一般的文字语言的法则，在小学教科书里差不多已完全出现了，诸君在未进中学以前，曾经读过六年的国语，教科书共有十二册。这十二册教科书照理应该把一般的文字语言的法则包括无遗。可是据我所知道的情形看来，似乎从小学出来的人都未能把这些法则完全取得。这是不足怪的，文字语言具有内容形式两个方面，要想离开内容去注意它的形式，多少需要有冷静的头脑。小学国语教科书的内容更不同，总算是依照了儿童生活情形编造的，内容的吸引力更大，更容易叫读的人忽略形式方面。用实在的例来说，依年代想来，诸君在小学里学国语，第一课恐怕是“狗，大狗，小狗，大狗叫，小狗跳”吧。这寥寥几个字，如果从文字的形式上着眼去玩味，有单语和句子的分别，有形容词和名词的结合法，有押韵法，有对偶法，有字面重叠法，但是试问诸君当时读这课书，曾经顾着到这些吗？那时先生学着狗来叫给诸君听，跳给诸君看，又在黑板上画大狗画小狗，对诸君讲狗的故事，诸君心里又想起家里的小花或是间壁人家的来富，整个的兴趣都被内容吸引去了，哪里还有工夫来顾到文字形式上的种种方面。据我的推测，诸君之中大多数的人，在小学里学习国语，经过情形就是如此的。不但小学时代如此，诸君之中有些人在中学里读国文的情形恐怕还是如此。诸君读到一篇烈士的传记，心里会觉得兴奋吧。读到一篇悲情的小说，眼里会为了流泪吧。读到一篇干燥无味的科学记载，会感到厌倦吧。这种现象在普通读书的时候是应该的，不足为怪，如果在学习文字的时候，要大大地自己留意。对于一篇文字或是兴奋，或是流泪，或是厌倦，都不要紧，但得在兴奋、流泪或厌倦之后，用冷静的头脑去再读再看，从文字的种种方面去追求，去发掘。因为你在学习国文，你的目的不在兴奋，不在流泪，不在厌倦，在学习文字呀。

竟有许多青年，在中学已经毕业，文字还写不通的，其原因不消说就在平时学习国文未得要领。文字的所以不通，并不是缺乏内容，十之八九毛病在文字的形式上。这显然是一向不曾在文字的形式上留意的缘故。他们每日在国文教室里对了国文教科书或油印的选文，只知道听教师讲典故，讲作者的故事，典故是讲不完的，故事是听不完的，一篇一篇的作品也是读不完的。学习国文，目的就在学得用文字来表现的方法，他们只着眼于别人所表现着的内容本身，不去留心表现的文字形式，结果当然是劳而无功的。

从前的读书人学文字，把大半的工夫花在揣摩和诵读方面。当时可读的东西没有现在的多，普通人所读的只是几部经书和几篇限定的文章。说到内容，真是狭陋得很。所写的文字也只有极单调的一套，如“且夫天下之人……往往然也”之类。他们的文字虽然单调，在形式上倒是通的，只是内容空虚顽固得可笑而已。近来学生的文字，毛病适得其反，内容的范围已扩张得多了，缺点往往在形式上。这是值得大大地加以注意的。

我的话完了，今天说了不少的话，最重要的只有一句，就是说，学习国文应该着眼在文字的形式方面。至于具体的学习方法，留到下一回再讲。

下

中学生诸君：前两天，我曾有过一回讲演，题目叫做《学习国文的着眼点》，大意是说，学习国文应该从文字的形式上着眼。今天所讲的是前回的连续，前回只讲了一番大意，今天要讲到具体的方法。

学习国文的方法，从古到今不知道已有多少人说过，我今天所讲的不消说都是些“老生常谈”，请勿见笑。我是主张学习国文应该着眼在文字的形式的，我所讲的方法也是关于形式方面的事情。打算分三层来说，（一）是关于词儿的，（二）是关于句子的，（三）是关于表现方法的。

先说关于词儿所当注意的事情，第一是词儿的辨别要清楚，中国的文字是一个个的方块字，本身并无语尾变化，完全由方块的单字拼合起来造出种种的功用。中国文字寻常所用的不过一二千个字，初看去似乎只要晓得了这一二千个字，就可看得懂一切的文字了，其实这是大错的，中国常用的文字数目虽有限，可是拼合成功的词儿数目却很多，例如“轻”“重”两个字，是小学生都认识的，但“轻”字“重”字和别的单字拼合起来，可以造成许多词儿，如“轻率”“轻浮”“轻狂”“轻易”“轻蔑”“轻松”“轻便”都是用“轻”字拼成的词儿，“重要”“重实”“严重”“厚重”“沉重”“郑重”“尊重”都是用“重”字拼成的词儿，此外还可有各种各样的拼合法。这些词儿当然和原来的“轻”字“重”

字有关联，可是每个词儿意思情味并不一样，老实说每个都是生字。你在读文字的时候必会和许许多多的词儿相接触，你在写文字的时候必要运用许许多多的词儿，词儿的注意，是很要紧的。中国从前的字典只有一个个的单字，近来已有辞典，不仅仅以单字为本位，把常用的词儿都收进去了。每一个词儿的意义似乎可用辞典来查考，但是你必须留意，辞典对于词儿的解释，是用比较意思相象的同义语来凑数的，譬如说“轻狂” 和“轻薄” 两个词儿，明明是有区别的，可是你如果去翻辞典，就会见“不稳重”或“不庄重”等类的共通的解释。这并不是辞典不好，实在是无可奈何的事，一个词儿的意义是多方面的，辞典当然不能一一列举，只能把大意用别的同义语来表示了。词儿不但有意义，还有情味，词儿的情味，完全要靠自己去领略，辞典是无法帮忙的。犹之吃东西，甜、酸、苦、辣是尝得出而说不出的。文字语言是社会的产物，词儿因了许多人的使用，各有着特别的情味，这情味如不领略到，即使表面的意义懂得了，仍不能算已了解了这词儿。再举例来说，“现代” 和“摩登”，意思是差不多的，可是情味大大不同。“现代学生”“现代女子”并不就是“摩登学生”“摩登女子” 的意思。这因为“摩登”二字在多数人的心目中已变更了意义，“现代” 二字不能表出它的情味了。又如“贼出关门” 和“亡羊补牢”这两句成语，都是事后补救的譬喻，意思也差不多，但使用在文字语言里，情意也有区别，“贼出关门”表示补救已来不及，“亡羊补牢”表示尚来得及补救。这因为“亡羊补牢”一向就和“未为晚也”联在一处，而“贼出关门” 却是说人家失窃以后的情形的缘故。对于词儿，不但要知道它的解释，还要懂得它的情味。你在读文字的时候，如果不用这步工夫，那么你不但对于所读的文字不能十分了解，将来自己写起文字来也难免要犯用词不当的毛病。

上面所讲的是词儿的解释和情味两方面。关于词儿，另外还有一个方面值得注意，就是词儿在句子中的用法，这普通叫词性，是文法上的项目。我在前面曾经讲过，中国文字本身是一个个的方块字，一个词儿用作名词、动词、形容词、副词，有时候都可以的。譬如“上下”一个词儿，就有各种不同的用法，这里有几句句子：“上下和睦”“上下其手”“张三李四成绩不相上下”“上下房间都住满了人”，这几句句子里都有“上下”的词儿，可是文法上的词性各不相同。“上下”是两个单字合成的词儿尚且有这些变化，至于单字的词儿变化更多了。这些变化，在普通的辞典里是找不着的，你须得在读文字的时候随处留意。你已记得梅花兰花的“花”字了，如果在读文字的时候碰到花钱的“花”字，花言巧语的“花”字，或是眼睛昏花的“花”字，都应该记牢，如果再碰到别的用法的“花”字，也应该记牢，因为这些都是“花”字的用法。你如果只知道梅花兰花的“花”，不知道别的“花”，就不能算完全认识了“花”的一个词儿。

关于词儿，可说的方面还不少，上面所举出的三项，就是词儿的意义，情味，在句子中的用法，是比较重要的，学习的时候应该着眼在这些方面。

以下要讲到句子了。关于句子，第一所当着眼的是句子的样式。自古以来用文字写成的东西，不知有多少，即就诸君所读过的来说，也已很可观了。这些文字，虽然各不相同，若就一句句的句子看来，我认为样式是并不多的。我曾经有一个志愿，想把中国文字的句式来作归纳的统计，办法是取比较可做依据的书，文言文的如“四书”“五经”，白话的如《红楼梦》《水浒》，句句地圈断，剪碎，按照形式相同的排比起来，譬如说“子曰”“曾子曰”“孟子曰”和“贾宝玉道”“林黛玉道”“武松道”归成一类，“不亦悦乎”“不亦乐乎”“不亦快哉”归成一类，“穆穆文王”“赫赫泰山”“区区这些礼物”归成一类，“烹而食之”“顾而乐之”“垂涕泣而道之”归成一类，这样归纳起来，据我推测，句子的种类是很有限的。确数不敢说，至多不会超过一百种的式样。诸君如不信，不妨去试试。读文字，听谈话，能够留心句式，找出若干有限的格式来，不但在理解上可以省却力气，而且在发表上也可以得到许多便利。诸君读文言传记，开端常会碰到“××，××人”或“××者××人也”吧，这是两个式样，如果有时候碰到“一丈，十尺”或“人者仁也”不妨把它归纳起来当作一类的格式记在肚子里。诸君和朋友谈话，如果听到“天会下雨吧”，“我要着皮鞋了”，就把它归纳起来当作一类格式来记住。

这样把句子依了式样来归并，可以从繁复杂乱的文字里看出简单的方法来，在学习上是非常切实有用的。此外尚有一点要注意，句子的式样是就句子独立着的情形讲的。一篇文字由一句句的句子结合而成，句子和句子的关系并不简单。平常所认定的句子的式样，和别的辞句连在一处的时候，也许可以把性质全然变更。譬如说“山高水长”这句句式和“桃红柳绿”咧，“日暖风和”咧，是同样的。但如果就上面加成分上去，改为“先生之风山高水长”的时候，情形就不同了。光是从“山高水长”看来，高的是山，长的是水，至于在“先生之风山高水长”里面，高的不是山，是先生之风，长的不是水，也是先生之风，意思是说“先生之风像山一般地高，水一般地长”了。这种情形，日常语言里也常可碰到，譬如，“今天天气很好”，“我和你逛公园去吧”，这是两句独立完整的句子，如果连结起来，上一句就成了下一句的条件，资格不相等了。一句句子放在整篇的文字里和上文下文可以有种种的关系，连接的式样很多，方才所举的只不过一二个例子而已。读文字的时候对于每一句句子不但要单独的认识它，还要和上下文联结了认识它，自己写作文字的时候，对于每一句句子不但要单独地看来通得过，还要合着上下文看来通得过。尽有一些人，在读文字的时候，逐句懂得，而贯串起来倒不清楚，写出文字来，逐句看去似乎没有毛病，而连续下去却莫名其妙，这都是未曾把句子和句子的关系弄明白的缘故。

上面已讲过词儿和句子，以下再讲表现的方法。文字语言原是表现思想感情的工具，我们心里有一种意思或是感情，用文字写出来或口里讲出来，这就是表现。表现有各种各样的方法，同是一种意思或感情，可有许多表现的方式，同是一句话，可有各种各样的说法。譬如说“张三非常喜欢喝酒”，这话可以改变方式来说，例如“张三是个酒徒”咧，“张三是酒不离口”咧，“酒是张三的第二生命”咧，意思都差不多，此外不消说还可有许多的表现法。“晚上睡得着”一句话可以用作“安心”的表现；骂人“没用”，有时可以用“饭桶”来表现，有时可以用反对的说法，说他是“宝贝”或“能干”。意思只是一个，表现的方面却不止一个，在许多方法之中究竟哪一种好，这是要看情形怎样，无法预定的。读文字的时候最好能随时顾到，看作者所用的是哪一种表现法，用得有没有效果？自己写作文字，对于自己所想表现的意思，也须尽量考虑，选择最适当的表现法。

文字语言的一切技巧，可以说就是表现的技巧。写一件事情、一种东西或是一种感情，用什么文体来写，先写什么，后写什么，写得简单或是写得详细，诸如此类，都是表现技巧上的问题。所以值得大大地注意。

我在上面已就了词儿、句子、表现法三方面，分别说明应该注意的事情，这些都是文字的形式上应该着眼的。诸君学习文字，我觉得这些就是值得努力的地方。

末了，我劝诸君能够用些读的工夫。从前的读书人，学习文字唯一的方法就是读。自有学校教育以来，对于文字往往只用眼睛看，用口来读的人已不多了。其实读是很有效的方法，方才所举的关于词儿、句子、表现法等类的事项，大半是可在读的时候发见领略的。我认为诸君应该选择几篇可读的文字来反复熟读，白话文也可以用谈话或演说的调子来读。读的篇数不必多，材料要精，读的程度要到能背诵。读得熟了，才能发见本篇前后的照应，才能和别篇文字作种种的比较。因为文字读得会背诵以后，离开了书本可随时记起，就随时会有所发见，学习研究的机会也就愈多了。不但别人写的文字要读，自己写文字的时候也要读，从来名家都用过就草稿自读自改的苦功。

关于国文的学习，可讲的方面很多。时间有限，今天所讲的只是这些。我对于中学国文教学，曾发表过许多意见，有两部书，一部叫《文心》；一部叫《国文百八课》，都是我和叶圣陶先生合写的，诸君如未曾看到过，不妨参考参考。

本文是向全国中学生作的广播稿

刊《中学生》第六十八期（1936年10月）

关于《倪焕之》

圣陶以从《教育杂志》上拆订的《倪焕之》见示，叫我为之校读并写些什么在上面。

圣陶的小说，我所读过的原不甚多，但至少三分之一是过目了的。记得大部是短篇，题材最多的关于儿童及家庭的琐事。这次却居然以如此的广大的事象为题材写如此的长篇了。在作者的文艺生活上，《倪焕之》实是划一时代的东西。

题材的琐屑与广大，在纯粹的艺术的见地看来，原是不成问题的事，艺术的生命不在题材的大小而在表现的确度上。文艺彻头彻尾是表现的事，最要紧的是时代与空气的表现。经过“五四”“五卅”一直到这次的革命，这十数年是中国历史上空前的大时代，我们游泳于这大时代的空气之中，甜酸苦辣，虽因人时不同，而且和实际的甜酸苦辣的味觉一样是说不明白的东西，一种特别的情味是受到了的，谁也无法避免这命定的时代空气的口味。照理在文艺作品上随处都能尝得出这情味来，文艺作品至少也要如此才觉得亲切有味。可是合乎这资格的文艺创作却不多见。所见到的只是千篇一律的恋爱谈，或宣传品式的纯概念的革命论而已。在这样的国内文艺界里，突然见了全力描写时代的《倪焕之》，真足使人眼光为之一新。故《倪焕之》不但在作者的文艺生活上是划一时代的东西，在国内的文坛上也可以说是划一时代的东西。

《倪焕之》中所描的，是五四前后到最近革命十余年间中流社会知识阶级思想行动变迁的径路，其中重要的有革命的倪焕之、王乐山，有土豪劣绅的蒋士镳，有不管闲事的金树伯，有怯弱的空想家蒋冰如，女性则有小姐太太式的金佩璋与崭新的密司殷。作者叫这许多人来在舞台上扮演十余年来的世态人情，复于其旁放射各时期特有的彩光，于其背后悬上各时期特有的背景，于是十余年来中国的教育界的状况，乡村都会的情形，家庭的风波，革命前后的动摇，遂如实在纸上现出，一切都逼真，一切都活跃有生气。使我们读了但觉得其中的人物都是旧识者，或竟是自己；其中的行动言语都是会闻到见到过的，或竟是自己的行动言语。

评价一篇小说，不该因了题材来定区别。因《倪焕之》中写教育的事，说它是教育小说，原不妥当。至于因主人公倪焕之的革命见解不彻底，就说这小说无价值，更不妥当。作家所描写的是事实，责任但在表现的确否。事实如此，有什么话可说呢？作者似深知道了这些，在《倪焕之》中，通常的所谓事实的有价值与无价值，不会歧视，至少在笔端是不分高下的。试看，他描写乡村间的灯会的情况，用力不亚于描写南京路上的惨案，和革命当时的盛况。倪焕之虽取着革命的题材，而不流于浅薄的宣传的作物者，其故在此。

只要与作者相识的，谁都知道他是一个中心热烈而表面冷静默然寡言笑的人吧。中心热烈，表面冷静，这貌似矛盾的二性格是文艺创作上重要素地，因为要热烈才会有创作的动因，要冷静才能看得清一切。《倪焕之》的成功，大半是作者性格使然，就是这性格的流露。“文如其人”，这句话原是对的。

关于《倪焕之》，茅盾君曾写过长篇的评论，我的话也原可就此告结束了。不过，作者曾要求我指出作中的疵病，而且要求得很诚切。我为作者的虚心所动，于第一回阅读时，在文字上也曾不客气地贡献过一二小意见，作者皆欣然承诺，在改排时修改过了。此外，茅盾君所指摘的各节也是我所同感的。这回就重排的清样重读，觉得尚有可商量的地方，率性提了出来，供作者和读者的参考。

如前所说，文艺彻头彻尾是表现的事。所谓表现者，意思就是要具体地描写，一切抽象的叙述和疏说，是不但无益于表现而反足使表现的全体受害的。作者在作品中，随处有可令人佩服的描写，很收着表现的效果。随举数例来看：

> 焕之抢着铺叠被褥。被褥新浆洗，带着太阳光的甘味，嗅到时立刻想起为这些事辛劳的母亲，当晚一定要写封信给她。
>
> 在初明的昏黄的电灯光下，他们两个各自把着一个酒壶，谈了一阵，便端起酒杯呷一口。话题当然脱不了近局，攻战的情势，民众的向背，在叙述中间夹杂着议论地谈说着。随后焕之讲到了在这地方努力的人，感情渐趋兴奋；虽然声音并不高，却个个字挟着活跃的力，像平静的小溪涧中，喷溢着一股滚烫的沸泉。

前者写游子初到任地的光景，后者写革命军快到时党人与其旧友在酒楼上谈话的情形，都很具体地有生气。诸如此类的例一拾即是。读者可以随处自己发见这类有效果的描写。无论在作者的作品之中，无论在当代文坛上作品之中，《倪焕之》恐怕要推为描写力最旺盛的一篇了吧。

但如果许我吹毛求疵的话，则有数处仍流于空泛的疏说的。例如写倪焕之感到幻灭了每日跑酒肆的时候：

> 这就皈依到酒的座下来。酒，欢快的人因了它更增欢快，寻常的人因了它得到消遣；而琐闷的人也可以因了它接近安慰与奋兴的道路。

这种文字，我以为是等于蛇足的东西，不十分会有表现的效果的。最甚的是第二十章。这章述五四后思想界的大势，几乎全是抽象的疏说，觉得于全体甚不调和。不知作者以为何如？

我的指摘只是我个人的僻见，即使作者和读者都承认，也只是表现的技巧上的小问题。至于《倪焕之》，是决不会因此减损其价值的。《倪焕之》实不愧茅盾君所称的“扛鼎”的工作。

致文学青年

××君：

承你认我为朋友，屡次以所写的诗与小说见示，这回又以终身职业的方向和我商量。我虽爱好文学，但自惭于文学毫无研究，对于你屡次寄来的写作，除于业务余暇披读，遇有意见时复你数行外，并不曾有什么贡献你过，你有时有信来，我也不能一一作复。可是这次却似乎非复你不可了。

你来书说："此次暑假在××中学毕业后，拟不升学，专心研究文学，靠文学生活。"壮哉此志！但我以为你的预定的方针大有须商量的地方。如果许我老实不客气地说，这是一种青年的空想，是所谓"一相情愿"的事。你怀抱着如此壮志，对于我这话也许会感到头上浇冷水似的不快吧，但你既认我为朋友，把终身方向和我商量，我不能违了自己的良心，把要说的话藏匿起来，别用恭维的口吻来向你敷衍，讨好一时。

你爱好文学，有志写作，这是好的。你的趣味，至少比一般纨绔子弟的学漂亮，打牌，抽烟，嫖妓等等的趣味要好得多，文学实不曾害了你。你说高中毕业后拟不再升大学，只要你毕业后，肯降身去就别的职业，而又有职业可就，我也赞成。现在的大学教育，本身空虚得很。学费，膳费，书籍费，恋爱费（这是我近来新从某大学生口中听到的名辞），等等耗费很大，不升大学，也就罢了，人这东西，本来不必一定要手执大学文凭的。爱好文学，有志写作，不升大学，我都觉得没有什么不可，惟对于你的想靠文学生活的方针，却大大地不以为然。靠文学生活，换句话说，就是卖字吃饭。（从来曾有人靠书法吃饭的叫做“卖大字”，现在卖文为活的人可以说是“卖小字”的。）卖字吃饭的职业（除钞胥外）古来未曾有过。因文字上有与众不同的技俩，因而得官或被任为幕府或清客之类的事例，原很多很多，但直接靠文学过活的职业家，在从前却难找出例子来。杜甫、李白不曾直接卖过诗，左思作赋，洛阳纸贵，当时洛阳的纸店老板也许得了好处，左思自己是半文不曾到手的。至于近代，似乎有靠文学吃饭的人了。可是按之实际，这样职业者极少极少，且最初都别有职业，生活资粮都靠职业维持，文学生活只是副业之一而已。这种人一壁从事职业，或在学校教书，或入书店、报馆为编辑人，一壁则钻研文学，翻译或写作。他们时常发表，等到在文学方面因了稿费或版税可以维持生活了，这才辞去职业，来专门从事文学。举例说罢，鲁迅氏最初教书，后来一壁教书一壁在教育部做事，数年前才脱去其他职务，他的创作，大半在教书与做事时成就的。周作人氏至今还在教书。再说外国，俄国高尔基经过各种劳苦的生涯，他做过制图所的徒弟，做过船上的仆欧，做过肩贩者，挑夫柴霍甫做过多年的医生，易卜生做过七年的药铺伙计，威尔斯以前是新闻记者。从青年就以文学家自命想挂起卖字招牌来维持生活的人，文学史中差不多找不出一个。

你爱好文学，我不反对。你想依文学为生活，在将来也许可能，你不妨以此为理想。至于现在就想不作别事，挂了卖字招牌，自认为职业的文人，我觉得很是危险。卖文是一种“商行为”，在这行为之下，文字就成了一种的商品。文字既是商品，当然也有牌子新老，货色优劣之别，也有市面景气与不景气之分。并且，文学的商品与别的商品性质又有不同，文字的成色原也有相当测度的标准，可是究不若其他商品的正确。文字的销路的好坏，多少还要看世人口胃的合否。如果有人和你订约，叫你写什么种类的东西，或翻译什么书，那是所谓定货，且不去管他。至于你自己写成的尔西，小说也好，诗也好，剧本也好，并非就能换得生活资料的。想以此为活，实在是靠不住的事。

你的写作，我已见过不少，就文字论原是很有希望的，但我不敢断定你将来一定能靠文学来生活自己，至少不敢保障你在中学毕业所就能靠卖字吃饭养家。最好的方法是暂时不要以文学专门者自居，别谋职业，一壁继续钻研文学，有所写作，则于自娱以外，不妨试行投稿。要把文学当作终身的事业，切勿轻率地以文学为终身的职业。鄙见如此，不知你以为何如？

其实何曾突然

日本在满洲经营已久，陆续投资至十五亿余元之多，当然是不肯白费心力的。此次对华出兵，日本报纸上已喧传得很久很久，而上海各报登载这消息却在沈阳的日军开炮以后。大家都说“日本突然占领我满洲”，其实何曾突然。

现在已是资本帝国主义的时代了，日本所要的是满洲的膏血，不是满洲的躯壳。日本吸去满洲的膏血已不少，还想多吸，独吸，故有此横暴行动。结果也许因了与别国的利益冲突，引起世界大战吧。

满洲事件，一方面是中国的大事，一方面是世界的大事。中国对于此次大事，除了“逆来顺受”、“政治手腕”、“和平抵抗”等等的所谓口号以外，不知最后准备着什么？我虽是中国人，殊难悬揣，即使悬揣了也不会有什么把握。问题的如何解决，要看世界方面的情形怎样了。但须声明，我的所谓世界方面的情形者，不是什么“公理”之类的东西，乃是着着实实的露骨的资本主义的利害关系。

“中”与“无”

我在数年前，曾因了一时的感想，作过一篇题曰《误用的折中和并存》的文字（见《东方杂志》十九卷十号），对于国人凡事调和不求彻底的因袭的根性有所指摘，对于误解的“中”的观念有所攻击，但却未曾说及“中”字的正解。近来读书冥想所及，觉得“中”可与老子的“无”作关联的说明的。不揣浅陋，发为此文。

先把我的结论来说了吧：“中”与“无”是同义而异名的东西，是一物的两面。“中”就是“无”，“无”就是“中”。

“中”字在我国典籍上最初见于《易》的“时中”。《论语》有“允执其中”，说是尧舜禹相传的话，可是《尚书》里却不见有此。《洪范》说“极”而不说“中”，“极”义似“中”。其“无偏无党，王道荡荡，无党无偏，王道平平，无反无侧，王道正直”几句，似乎亦就是“中”字的解释。把“中”字说得最丁宁反复者，不用说要推子思的《中庸》了。

尧舜禹的是否历史上实有的人物，《洪范》的真伪，以及《中庸》的是否为子思所作，老子的所谓“无”是否印度思想，这样烦琐的考证学上的议论，这里预备一概不管。姑承认“中”与“无”是中国古代的两种的思想，如果不承认，那么说世界上曾有过这两种思想也可以。因为我所要说的只是这两种思想的异同,并不想涉及其史的关系。并且“中”的观念也不是中国独有的。

事实上，“中”字在佛教的典籍里比儒书用得更多。我们只要略翻佛乘，就随处可见到“中”字。天台宗的所谓“空”“假”“中”三谛，法相于教相判释上以中道为最后之佛说，所谓第三时教，就是中道，都用着“中”字。至于龙树的《中论》，那是专论“中”字的书了。“中”是甚么？世人往往以妥协调和为“中”，这大错特错。“中”决不是打对折的意思，决不是微温的态度，决不是任何数目、程度或方向的中央部分。“中”的观念，非把它作为一元的，非把它提高到绝对的地位，竟是无法解释的东西。

“中”是具否定的性质的，“未”“不”“空”等都与“中”相近似。“中”的解释，至少要乞灵于这类的否定辞。换句话说，“中”就是“无”。以下试就典籍来略加论证。

先就《中庸》说，《中庸》谓“喜怒哀乐之未发谓之中”，所谓“未”，已是否定的了。朱子把“中”解作“不偏不倚，无过不及”，这和《洪范》的“无偏无党”“无党无偏”“无反无侧”几乎是同样的话，也都用着否定辞。孔子称舜“执其两端，用其中于民”，赞之曰：“无为而治者其舜也与！”又《中庸》用“诚”字来说明“中”字，而同时说：“诚者不勉而中，不思而得。”试看，“中”字与否定辞的关系何等密切啊！

不但《中庸》如此，《论语》亦然。“时中”二字见于《易》孔子是“圣之时”者，又是主张中庸的，当然是能体得中道的人了。而他说：“予欲无言。”子贡问：“子如不言，则小子何述焉？”他说：“天何言哉？四时行焉，百物生焉。天何言哉？”这和说了几千卷的经的释迦，自谓“一字不说”，几乎是同样的风光了。至于《论语》中所载的尧舜禹相传的心法“允执其中”，表面上虽没有否定语气，但实则和“无”是同义语，是一观念的两面。世间种种的名相，原为分别起见，对它而有的，既“中”了，就除此以外别无所有，也就等于“无”，当然用不着再立别的名称了。

老子是“无”字的创说者。他在《道德经》里反复说“无”，“无”就是他的根本思想，但也偶然有“中”字出现。如云“多言数穷，不如守中”，“守中”就是沉默，就是不说，就是“无”。老子的所谓“无”不是什么都没有，乃是什么都没有。他说：“无为而无不为”。“无”就是“自然”之意，随顺自然，不妄用己见，虽为等于不为。前面所说的孔子的“予欲无言”和释迦的所谓“一字不说”，都是和老子的“无”同样意味的话。《中庸》开端说“天命之谓性，率性之谓道”，“率性”就是自然。自然了，就无为而无不为。老子说：“不自见故明，不自是故彰”，《中庸》也说：“不见而章，不动而变，无为而成”，可谓一鼻孔出气的说法了。

就以上所举的例证来看，说“中”就是“无”，“无”就是“中”，似乎已不是牵强附会的事了吧。“中”的有否定性，到佛乘上更明白，“中”的否定性也因佛家的说法才更彻底更明显。

龙树《中论》反复论“中”，他在“中”字上加了“八不”二字，叫做“八不中道”。所谓“八不”者，乃“不生亦不灭，不常亦不断，不一亦不异，不来亦不去”。这是两边否定，所谓“是非双遣”，比之于儒的“不偏”“不倚”“无过”“无不及”和老的“不言之教”“无为”之但否定一边者，不是更彻底了吗？不但《中论》如此，凡是佛典上的究竟语，无不带彻底的否定口气。佛家口里只有“否”，没有“是”，所谓“离四句，绝百非”。如《维摩诘经观阿閦佛品》，维摩诘述其观如来的风光云：“不一相，不异相，不自相，不他相，非无相，非取相，……不此，不彼，不以此，不以彼，……无晦无明，无名无相，无强无弱，非净非秽，不在方不离方，非有为非无为，无示无说，不施不悭，不戒不犯，不忍不恚，不进不怠，不定不乱，不智不愚，不诚不欺，不来不去，不出不入，一切言语道断。”满纸但见“非”“不”“无”等字，这也不是，那也不是，横也不是，竖也不是，所谓真理者毕竟只是个“无所得”的“空”的东西。

“中”是否定的，“中”就是“无”。为什么根本原理的“中”是否定的，而不是肯定的呢？推原其故，实不能不归咎于我们人类的言语的粗笨。言语原是我们所自豪的大发明，人类的所以自诩为万物之灵，最重要的一种资格就是能造言语。可是这人类所自命为了不得的巧妙的言语，在究竟原理上竟是个无灵的东西。

言语原是一种符号，人类为了要达到传授思想感情的目的，不得不用言语来作手段。但像有人自己招供“难以言语形容”的样子，这所用的手段往往不能达预定的目的；不，有时还会因了手段抛荒目的。大概世间所谓争论者，就是从言语的不完全而生的无谓的把戏。言语的功用在分别，分别是相对的。如说大，就有中、小或非大来作它的对辞；说草，就有木、花或非草来作它的对辞。至于绝对的东西，无论如何不是言语所能表示的。把生物与无生物包括了名之为物；试问：再把物与非物包括了，名之为什么？

绝对的东西是“言语道断”的，无法立名，不得已只好权用比较近似的名称来代替。所用的名称是相对的，二元的，而其所寄托的内容是一元的，绝对的，张冠李戴，好比汽水瓶里装了醋，很是名实不符。恐怕人执名误义弄出真方假药的毛病来，于是只好自己说了，自己再来否定。

“中”是个绝对的观念。叫作“中”，原是权用的名称。名称是相对的，于是只好用否定的字来限制解释。“中”在根本上不是“偏”“倚”“过”“不及”等的对辞，世人误解作折衷调和固然错了，朱子解作“不偏不倚，无过不及”，也未彻底。“中”不是“偏”，亦不是“不偏”；不是“倚”，亦不是“不倚”；不是“过”，亦不是“不过”；不是“不及”，亦不是“非不及”。龙树《中论》云：“因缘所生法，我说即是空，亦名为假名，亦是中道义。”“中”“空”“假”是圆融一致的。这是他们有名的“三谛圆融”的教理。

同样，“无”亦不是“有”的对辞，彻底地说，“无”是应该并“无”而“无”之的。庄子就已有“无无”的话了。儒家释“中”，老子说“无”，都只否定一面，确不及佛家的双方否定“是非双遣”来得彻底。

在究竟的绝对的上说，好像沉默胜过雄辩的样子，否定的力大于肯定。“中”与“无”是同义而异名的东西，可是在字面上看来，“无”字比“中”字要胜得多。因为“无”字本身已是否定的，不像“中”字的再须别用“不”“非”“无”等否定辞来作限制的解释了。老在学说上比儒痛快，也许就在直接用了这否定性质的“无”字。神秀的“身是菩提树，心如明镜台，时时勤拂拭，勿使惹尘埃”，所以不及惠能的“菩提本非树，明镜亦无台。原来无一物，何处惹尘埃”者，不是因为神秀是肯定，而惠能却以否定出之的缘故吗？

否定！否定！否定之义大矣哉！我说到这里不觉记起易卜生的话来了，曰：“一切或无”；又不觉记起尼采的话来了，曰“善恶的彼岸”。宁可被人消我牵强附会，我想，这样说：“一切”就是“无”。“一切或无”，是否完一边的见解；“善恶的彼岸”，是“是非双遣”。前者近于儒老的表出法，后者近于佛家的表出法。

读《清明前后》

不见茅盾氏已九年了。胜利以后，消息传来，说他的近作剧本《清明前后》在重庆上演，轰动一时，而十月十六日中央广播电台也设特别节目来介绍这剧本，说内容有毒素，叫看过的人自己反省一下，不要受愚，没有看过的不要去看。我被这些消息引起了趣味，纵不能亲眼看到舞台上的演出，至少想把剧本读一下。这期望抱得许久。等到上海版发行，就去买来，花了半日工夫把它一气读完。故事并不复杂。本年清明前后，重庆发生了一件于国家不大名誉的事件，就是所谓黄金案。作者就以这哄动山城的事件为背景，来描写若干人物的行动。据他在《后记》中自己说明，是把当时某一天报上的新闻剪下来排列成一个记录，然后依据了这记录来动笔的。其中有青年失踪或被捕的事，有灾民涌到重庆来的事，工厂将倒闭的情形，小公务人员因挪用公款，买黄金投机被罚办的情形，一般薪水阶级因物价上涨而挣扎受苦的情形，高利贷盛行的情形，闻人要人在各方面活跃的情形，官界商界互相勾结的情形。作者把这许多形形色色的事件写成一部剧本，将主题放在工业的现状与出路上面，叫工业家林永清夫妇做了剧中的男女主人公，暴露出本年清明前后重庆的政治经济及社会民生各方面的状况。如果说这剧本有毒素的话，那么就在暴露一点上，此外似乎并没有什么。

剧本的主题是工业的现状与出路。而作者对于出路，只在末幕用寥寥几句话表出，认为“政治不民主，工业就没有出路”，其全部气力，倒倾注于现状的描写上。更新铁工厂主总经理林永清，于“八一三”战时依照政府国策辛辛苦苦把全部工厂设备与工人搬到重庆，经营了许多年，结果落了亏空，借重利债款至二千万元之多。为要苟延工厂的命脉，不惜牺牲了平生洁白的工业志愿，竟想向某财阀借一笔新借款来试作黄金投机，结果偷鸡不着蚀了一把米。这里所表现的是金融资本压倒实业资本的情形。中国有金融资本家而没有实业资本家，工业的不能繁荣，关键全在于此。战前这样，战时越加这样。中国资本家不肯让资本呆在一处，他们有时虽也将资金投在实业机关中，但只是借款，不愿作为股本。他们宁愿买黄金、外汇、公债、地产、货物或热门股票，因为这些东西日日有市面，可以获利了就脱手，把资金卷而怀之，不像工厂中的机器、设备、原料、制品与未成品等，脱手不易，搬动困难。用十万万元的资金来办工厂，可以有出品，可以养活几百个职工，然而他们不肯这样做。他们宁愿保持流动资金，借此来盘放做买卖，一间写字间，一只电话，用几个亲戚和人办理业务，无罢工的威胁，政府无从向他们收捐税，多么自由、干脆。他们的放款都是高利短期，六个月一比，或三个月一比。在战时甚至一日一比，即所谓“几角钱过夜”的就是。工业界为了要发展事业，需要流动资金是必然的。为了求得流动资金之故，办工业者不得不分心于人事关系上，不得不屈伏于拥资者的苛刻条件。结果把全部工厂的管理权交到金融资本家手中去。金融资本家在中国一向是经济界的骄子。此中情形，作者看得很明白，过去的作品如《子夜》中所写的是战时的状况。比较起来，后者酷虐的情形愈明显愈加凶罢了。

剧本中有一个特点，每幕于登场人物的姓名下都附有一段详细叙述，好像一篇小传。作者在《后记》中说：“正像人家把散文分行写了便以为是诗一样，我把小说的对话部分加强了便亦自以为是剧本了。而‘说明’之多，亦充分指出了我之没有办法。”作者写小说是老手，写剧本还是初试，本剧是他的处女作。他这句话是老老实实的自白，并非自谦之词。他自嫌“说明”太多，替每个登场人物叙述身世，当然也是“说明”之一种。我觉得对于读者，这种小传式的叙述大有用处，我于阅读时曾得到许多帮助。那素性刚强而有决断的女主人公赵自芳，怎样会变成胸襟狭仄、敏感而神经质的人；精明强干的林永清，怎样会销损志气，落到诱惑的陷阱中去；一向老实谨慎的李维勤，怎样会在某种诱惑之下去冒险，走错了路；他的妻唐文君，素性容易和人亲近，怎样在残酷的磨折之下变成了孤僻畏葸而忧郁的性格；富有热情的黄梦英，怎样会把热情潜藏起来，用笑声来发挥玩世的态度，睥睨一切：小传中都有理由可寻。环境决定性格，看了剧中几个好人在目前的现实环境之中被转变的情形，真堪浩叹。

剧中对话句句经过锤炼，无一句草率。有几处似乎因为锤炼得太过度，反使读者不易理会，至少上演时会叫观众听了不懂。例如第四幕中严干臣宅宴会时，黄梦英把本可赢钱的一副纸牌丢弃了，反自认为输与财阀金淡庵，跑出客厅来与其所尊敬的陈克明教授（黄梦英的爱人乔张之师）谈话里有一段道：（删去动作与表情的说明）

> 黄：嗳，陈教授，有一句古老话，赌钱的时候，一个人会露出本相来。您觉得这句话怎样……也许您有点儿诧异吧，刚才那副牌明明是我赢的，干么我反倒自认为输了？
>
> 陈：有一点。然而程度上还不及那个方科长。

黄：哦，怎么，那个——方科长之类猜到了该是我赢的牌么？

陈：不是猜到。您把您的牌给我看的时候，他就站在我背后。可是梦英，我记得也还有一句古老话：不义之财，取之不伤廉。

黄：那么，陈先生，照您看来，我这一手，难道有什么深刻的意义么？……没有。好玩儿罢了。

这几行是容易看懂听懂的，没有什么。试再看下面：

陈：梦英！你不应当对我这样不坦白？……梦英！我好像到了一个阴森森的山谷，夕阳的最后一抹红光还留在最高的山峰上，可是乌黑的云阵也从四面八方围拢来了！……我有预感，一个可怕的大风暴，就要封锁了那山谷，我好像已经听见了呼呼的风声，隆隆的雷响！……我还想起了不多几天前我得的一个梦：从汪洋大海，万顷碧波中，飞出来了一条龙，对，一条龙，飞到半空，忽然跌下，掉在泥潭里，不能翻身，蚊子苍蝇都来嘲笑它，泥鳅也来戏弄它，而它呢，除非一天天变小，变得跟泥鳅一般，就只有牺牲了性命。梦英！我当真替它担心！

黄：陈先生，您那个梦，不能成为事实！——您自然也不会不了解，有一种人，自己没有病！倒是天天在那里发愁，看见了真有病的人反以为没关系。另外有一种人可巧完全相反。——他不担心自己。因为自己的健康如何，他知道的更清楚些。

陈：可是，您也不要忘记那句格言：旁观者清。

黄：教授，您是一位很现实的人，请您忘记了什么龙，——对，龙是困在泥潭中，可是，只要它还没变小，还有一口气，龙之所以为龙，也还不可知呢。陈教授，让我请您记起一个人！一个青年，大眼睛的青年，血气太旺，心太好的一个年青人！

陈：啊！乔张！有了下落么？三天四天前有人告诉我——可是，梦英，您没有得到恶劣的消息吧？

黄：不太坏，也不太好。要是只从一边儿想啊，甚至可以说，有这么七分希望。然而，乔张要是知道了如何取得这七分的希望，他一定要不理我了。

陈：〔指室内〕是不是他——

黄：当然他这妄想，搁在心里，并不是一朝一夕的事了。可是为了乔张，倒给他一个正面表示的机会。刚才他对我说，下落，已经打听到了，办法，也不是没有，不过，万事俱全，单要一样药引子——

陈：哼，乘机要挟，太无耻了！

黄：陈教授，你没有听见过说竟想用龙肉来做药引子吧。即使是困在泥潭里的一条龙呵！陈教授，您现在也许要说，即使像刚才那副牌这样的不义之财，我干脆一脚踢开，也是十二分应该的吧？

这段对话非常含蓄，富有暗示性，细心的读者可以从这里面得到种种的事情，黄梦英为了营救失踪或被捕的乔张，怎样在交际场中厮混，虚与委蛇，金淡庵追逐她至怎样程度，而陈克明教授怎样爱护期待她，怎样替她担心，作者都用譬喻来表达。锤炼之工，真可佩服。但在舞台上演出时，一般并未读过登场人物的小传的观众，听了这些暗示性譬喻式的对话，是否能懂得其所以然，就大大地是一个疑问了。我以为，这部剧本，是一部好的读物，犹之乎一部好的小说。观众在看剧以前，最好先把剧本阅读一过。

本剧是作者的处女作，以剧的技巧论，当只有可指摘之处，至于主旨的正确与反映现实的手腕，是值得敬服的。作者今年五十岁，叶圣陶氏作七律一首为寿，腹联二句是：

待旦何时嗟子夜

驻春有愿惜清明

把《子夜》与本剧相对。《子夜》是作者小说中的大作，我们也希望作者从五十岁来划一个时期，于小说以外兼写剧本，有更完成的巨著出现。

读诗偶感

数年前，经朱佩弦君的介绍，求到了黄晦闻（节）氏的字幅。黄氏是当代的诗家，我求他写字的目的，在想请他写些旧作，不料他所写的却不是自己的诗，是黄山谷的《戏赠米元章二首》。那诗如下：

万里风帆水着天，麝煤鼠尾过年年。
沧江静夜虹贯月，定是米家书画船。

我有元晖古印章，印章不忍与诸郎。
虎儿笔力能扛鼎，教字元晖继阿章。

字是写得很苍劲古朴的，把它装裱好了挂在客堂间里，无事的时候，一个人看着读着玩。字看看倒有味，诗句读读却感到无意味，不久就厌倦了把它收藏起来，换上别的画幅。

近来，听说黄氏逝世了，偶然念及，再把那张字幅拿出来挂上，重新来看着读着玩。黄氏的字仍是有味的，而山谷的诗句仍感到无意味。于是我就去追求这诗对我无意味的原因。第一步把平日读过的诗来背诵，发见我所记得的诗里面，有许多也是对我意味很少或竟是无意味的，再去把唐宋人的集子来随便翻，觉得对我无意味的东西竟着实不少。

文艺作品的有意味与无意味，理由当然不很简单，说法也许可以各人不同吧。我现在所觉到的，只是一点，就是：对我的生活可以发生交涉的有意味，否则就无意味。让我随便举出一首认为有意味的诗来，如李白的静夜思：

> 床前明月光，疑是地上霜。
> 举头望明月，低头思故乡。

这首诗从小就记熟，觉得有意味，至今年纪大了，仍觉得有意味。第一，这里面没有用着一定的人名，任何人都可以做这首诗的主人公。“疑”，谁“疑”呢？你疑也好，我疑也好，他疑也好，“举头”“望”“低头”“思”，这些动作，任凭张三李四来做都可以。诗句虽是千年以前的李白做的，至今任何人在类似的情景之下，都可以当作自己的创作来念。心中所感到的滋味，和作者李白当时所感到的可以差不多。第二，这里面用着不说煞的含蓄说法，只说“思故乡”，不加“恋念”“悲哀”等等的限定语。为父母而思故乡也好，为恋人而思故乡也好，为战乱而思故乡也好，什么都可以。犹之数学公式中的X，任凭你代入什么数字去，都可适用。如果前人的文学作品可以当遗产的话，这类的作品，的确可以叫做遗产的了。再回头来读山谷的那两首诗：第一首是写米元章的船中书画生活的，米元章工书画，当时做着名叫“发运司”的官，长期在江淮间船上过活，船里带着许多书画，自称“米家书画船”。第二首是说要将自己所郑重珍藏的晋人谢元晖的印章赠与米元章的儿子虎儿

（名友仁），说虎儿笔力好，可取字元晖，使用这印章，继承父业。这两首诗在山谷自己不消说是有意味的，因为发挥着对于友人的情感，在米元章父子也当然有意味，因为这诗为他们而作。但是对千年以后的我们发生什么交涉呢？我们不住在船中，又不会书画，也没有古印章，也没有“笔力能扛鼎”的儿子，所以读来读去，除了些记得一件文人的故事和诗的本来的平仄音节以外，毫不觉得有什么了。如果用遗产来作譬喻，李白《静夜思》是一张不记名的支票，谁拿到了都可支取使用，籴米买菜。山谷的《戏赠米元章二首》是一张记名的划线支票，非凭记着的那人不能支取，而这记着的那人却早已死去了的。于是这张支票捏在我们手里，只好眼睛对它看看而已。

山谷的集子里当然也有对我们有意味的诗，李白的集子里也有对我们无意味的诗，上面所说的只是我个人现在的选择见解。依据这见解把从来汗牛充栋的诗集、文集、词集来检验估价，被淘汰的东西，将不知有若干。以前各种各样的选本，也不知该怎样翻案才好。这对于古人也许是一种忤逆，但为大众计，是应该的，我们对于前人留下来的文艺作品，要主张读的权利，同时要主张有不读的自由。

关于国文的学习

一、引　言

摆在我面前的题目是《关于国文的学习》，就是要对中学生诸君谈谈国文的学习法。我虽曾在好几个中学校任过好几年国文科教员，对于这任务，却不敢自信能胜任愉快。因为这题目范围实在太广了，一时无从说起，并且自古迄今，已不知有若干人说过若干的话，著过若干的书；即在现在，诸君平日在国文课里，也许已经听得耳朵要起茧哩。我即使说，也只是些老生常谈而已。

我敢在这里声明，以下所说的不出老生常谈。把老生常谈择要选取来加以演述，使中学生诸君容易领会，因而得着好处，是我的目的。这目的如果能达到若干，那就是我对于中学生诸君的贡献了。

二、中学生应具的国文能力

“国文” 二字，是无止境的。要谈中学生的国文学习法，先须预定中学生应具的国文程度。有了一定的程度，然后学习才有目标，也才有学习法可言。

诸君是中学生，对于毕业时的国文科的学力，各自作怎样的要求，我原不知道，想来是必各怀着一种期待吧。我做了许多年的中学国文教员，对于国文科的学力，曾在心中主观地描绘过一个理想的中学生，至今尚这样描绘着。现在试把这理想的人介绍给诸君相识。

他能从文字上理解他人的思想感情，用文字发表自己的思想感情，而且能不至于十分理解错，发表错。

他是一个中国人，能知道中国文化及思想的大概。知道中国的普通成语与辞类，遇不知道时，能利用工具书自己查检。他也许不能用古文来写作，却能看得懂普通的旧典籍；他不必一定会作诗、作赋、作词、作小说、作剧本，却能知道什么是诗、是赋、是词、是小说、是剧本，加以鉴赏。他虽不能博览古昔典籍，却能知道普通典籍的名称、构造、性质、作者及内容大略。

他又是一个世界上的人，一个二十世纪的人，他也许不能直读外国原书，博通他国情形，但因平日的留意，能知道全世界普通的古今事项，知道周比特（Jupiter）、阿普罗（Apollo）、委娜斯（Venus）等类名词的出处，知道“三位一体”、“第三国际” 等类名词的意义，知道荷马（Homer）、拜伦（Byron）是什么人，知道《神曲》（《Devine Comedy》）、《失乐园》（《Paradise Lost》）是谁的著作，不会把“梅德林克”误解作乐器中的曼陀铃，把“伯纳特·萧”误解作是一种可吹的萧（这是我新近在某中学校中听到的笑话，这笑话曾发生于某国文教员）！

我理想中所期待悬拟的中学毕业生的国文科的程度是这样。这期待也许有人以为太过分，但我自信却不然。中学毕业生是知识界的中等分子，常识应该够得上水平线。具备了这水平线的程度，然后升学的可以进窥各项专门学问，不至于到大学里还要听名词动词的文法，读一篇一篇的选文。不升学的可以应付实际生活，自己补修起来也才有门径。

现在再试将十八年八月教育部颁行的《中学课程暂行标准》中所规定的高中及初中的毕业最低限度抄列如下。

（甲）高中国文科毕业最低限度：

（一）曾精读名著六种而能了解与欣赏。

（二）曾略读名著十二种而能大致了解欣赏。

（三）能于中国学术思想、文学流变、文字构造、文法及修辞等有简括的常识。

（四）能自由运用语体文及平易的文言文作叙事说理表情达意的文字。

（五）能自由运用最低限度的工具书。

（六）略能检用古文书籍。

（乙）初中国文科毕业最低限度：

（一）曾精读选文，能透彻了解并熟习至少一百篇。

（二）曾略读名著十二种，能了解大意，并记忆其主要部分。

（三）能略知一般名著的种类、名称，图书馆及工具书籍的使用，自由参考阅读。

（四）能欣赏浅近的文学作品。

（五）能以语体文作充畅的文字，无文法上的错误。

（六）能阅览平易的文言文书籍。

把我所虚拟的中学生的国文程度和教育部所规定的中学生国文科毕业最低限度两相比较，似乎也差不多。不过教育部的规定把初中、高中截分为二，我则泛就了中学生设想而已。

现在试姑把这定为水平线，当作一种学习的目标。那么怎样去达这目标呢？这就是本文所欲说的了。

三、关于阅读

依文字的本质来说，国文的学习途径，普通是阅读与写作二种。阅读就是我在前面所说的“从文字上理解他人的思想感情”的事，写作就是我在前面所说的“用文字发表自己的思想感情”的事。能阅读，能写作，学习文字的目的就已算达到了。

先谈阅读。

“阅读什么？”这是我屡从我的学生及一般青年接到的问题。关于这问题，曾有好几个人开过几个书目。如胡适的《最低限度的国学书目》，梁启超的《国学入门书要目》，此外还有许多人发过不少零碎的意见。我在这里却不想依据这些意见，因为“国文”与“国学”不同，而且那些书目也不是为现在肄业中学校的诸君开列的。

就眼前的实况说，中学国文尚无标准读本，中学国文课程中的读物，大部分是选文。别于课外由教师酌定若干整册的书籍作为补充。一般的情形既不过如此，当然谈不到什么高远的不合实际的议论。我在本文中只拟先就选文与教师指定的课外书籍加以说述，然后再涉及一般的阅读。

今天选读一篇冰心的小说，明天来一篇柳宗元的游记，再过一日来一篇《史记》列传，教师走马灯式地讲授，学生打着阿欠敷衍，或则私自携别书观览，这是普通学校中国文教室中的一般情形。本文是只对学生诸君说的，教师方面的话姑且不提，只就学习者方面来说。中学国文课中既以选文为重要成分，占着时间的大部分，应该好好地加以利用。为防止教师随便敷衍计，我以为不妨由学生预先请求教师定就一学年或半学年的选文系统，决定这学年共约选若干篇文字；内容方面，属于思想的若干篇，属于文艺的若干篇，属于常识或偶发事项的若干篇，属于实用的若干篇；形式方面，属于记叙体的若干篇，属于议论体的若干篇，属于传记或小说的若干篇，属于戏剧或诗歌的若干篇，属于书简或小品的若干篇（此种预计，只要做教师的不十分拆烂污，照理应该不待学生请求，自己为之）。材料既经定好，对于选文，应该注意切实学习。

我以为最好以选文为中心，多方学习，不要把学习的范围限在选文本身。因为每学年所授的选文为数无几，至多不过几十篇而已。选文占着国文正课的重要部分，如果于一学年之中仅就了几十篇文字本身，得知其内容与形式，虽然试验时可以通过，究竟得益很微，不能算是善学者。受到一篇选文，对于其本身的形式与内容，原该首先理解，还须进而由此出发，作种种有关系的探究，以扩张其知识。例如教师今日选授陶潜的《桃花源记》，我以为学习的方面可有下列种种。

（1）求了解文中未熟知的字与辞。

（2）求了解全文的意趣与各节各句的意义。

（3）文句之中如有不能用旧有的文法知识说明者，须求得其解释。

（4）依据了此文玩索记叙文的作法。

（5）借此领略晋文风格的一斑。

（6）求知作者陶潜的事略，旁及其传记与别的诗文。最好乘此机会去一翻《陶集》。

（7）借此领略所谓乌托邦思想。

（8）追求作者思想的时代的背景。

一篇短短的《桃花源记》，于供给文法文句上的新知识以外，还可借以知道记叙文的体式，晋文的风格，乌托邦思想的一斑，陶潜的传略，晋代的状况，等等。如此以某篇文字为中心，就有关系的各方面扩张了学去，有不能解决的事项，则翻书查字典或请求教师指导，那么读过一篇文字，不但收得其本身的效果，还可连带了习得种种的知识，较之胡乱读过就算者真有天渊之差了。知识不是孤立可以求得的，必须有所凭借，就某一点分头扩张追讨，愈追讨关联愈多，范围也愈广。好比雪球，愈滚愈会加大起来。

以上所说的是对于选文的学习法，以下再谈整册的书的阅读。

整册的书，应读哪几种？怎样规定范围？这是一个麻烦的问题。我以为中学生的读书的范围，可分下列的几种。

（1）因选文而旁及的。如因读《桃花源记》而去读《陶集》，读《无何有乡见闻记》（威廉·马列斯著）；因读司马谈的《论六家要旨》而去读《论语》、《老子》、《韩非子》、《墨子》，等等。

（2）中国普通人该知道的。如“四书”“四史”“五经”，周秦诸子，著名的唐人的诗，宋人的词，元人的曲，著名的旧小说，时下的名作。

（3）全世界所认为常识的。如基督教的《旧约》、《新约》，希腊的神话，各国近代代表的文艺名作。

不消说，上列的许多书，要一一全体阅读，在中学生是不可能的。但无论如何要当作课外读物尽量加以涉猎，有的竟须全阅或精读。举例来说，“四书”须全体阅读，诸子则可选择读几篇，诗与词可读前人选本，《旧约》可选读《创世记》、《约伯记》、《雅歌》、《箴言》诸篇，《新约》可就《四福音》中择一阅读。无论全读或略读，一书到手，最好先读序，次看目录，了解该书的组织，知道有若干篇，若干卷，若干分目，然后再去翻阅全书，明白其大概的体式，择要读去。例如读《春秋》、《左传》，先须知道什么叫经，什么叫传，从什么公起到什么公止。读《史记》，先须知道本纪、世家、列传、书、表等等的体式。

近来有一种坏风气，大家读书不喜欢努力于基本的学修，而好作空泛工夫。普通的学生案头有胡适的《中国哲学史大纲》、《白话文学史》，顾颉刚的《古史辨》，有《欧洲文学史》，有《印度哲学概论》。问他读过"四书"、"五经"、周秦诸子的书吗？不曾。问他读过若干唐宋人的诗词集子吗？不曾。问他读过古代历史吗？不曾。问他读过各派代表的若干小说吗？不曾。问他读过欧洲文艺中重要的若干作品吗？不曾。问他读过若干小乘大乘的经典吗？不曾。这种空泛的读书法，觉得大有纠正的必要。例如胡适的《中国哲学史大纲》原是好书，但在未读过《论语》、《孟子》、《老子》、《庄子》、《墨子》等原书的人去读，实在不能得很大的利益。知道了《春秋》、《左传》、《论语》等原书的大概轮廓，然后去读《哲学史》中的关于孔子的一部分，读过几篇《庄子》，然后再去翻阅《哲学史》中关于庄子的一部分，才会有意义，才会有真利益。先得了孔子、庄子思想的基本的概念，再去讨求关于孔子、庄子思想的评释，才是顺路。用譬喻说，《论语》、《春秋》、《诗经》、《礼记》是一堆有孔的小钱，《哲学史》的孔子一节是把这些小钱贯串起来的钱索子，《庄子》中《逍遥游》、《大宗师》等一篇一篇的文字也是小钱，《哲学史》中庄子一节是钱索子。没有钱索子，不能把一个一个的零乱的小钱加以贯串整理，固然不愉快，但只有了一根钱索子，而没有许多可贯串的小钱，究竟也觉无谓。我敢奉劝大家，先读些中国关于哲学的原书，再去读哲学史；先读些《诗经》及汉以下的诗集词集，再去读文学史；先读些古代历史书籍，再去读《古史辨》，万一必不得已，也应一壁读哲学史文学史，一壁翻原书，以求知识的充实。钱索子原是用以串零零碎碎的小钱的，如果你有了钱索子而没有可串的许多小钱，那么你该反其道而行之，去找寻许多小钱来串才是。

话不觉说得太絮叨了。关于阅读的范围，就此结束。以下试讲一般的阅读方法。

第一是理解。理解又可分两方面来说。（1）关于辞句的；（2）关于全文的。关于辞句的理解，不外乎从辞义的解释入手，次之是文法知识的运用。辞义的解释如不正确，不但读不通眼前的文字，结果还会于写作时露出毛病。因为我们在阅读时收得的辞义，不彻底明白，写作时就不知不觉地施用，闹出笑话来（笑话的构成有种种条件，而辞义的误用是重要条件之一）。文字不通的原因，非文法不合即用辞与意思不符之故。“名教”“概念”“观念”“幽默”等类名辞的误用，是常可在青年所写的文字中见到的，这就可证明他们当把这些名辞装入脑中去的时候，并未得到正当的解释。每逢见到新辞新语，务须求得正解，多翻字典多问师友，切不可任其含糊。

辞义的解释正确了，逐句的文句已可通解了，那么就可说能理解全文了吗？尚未。文字的理解，最要紧的是捕捉大意或要旨，否则逐句虽已理解，对于全文仍难免有不得要领之弊。一篇文字，全体必有一个中心思想，每节每段也必有一个要旨。文字虽有几千字或几万字，其中全文中心思想与每节每段的要旨，却是可以用一句话或几个字来包括的。阅读的人如不能抽出这潜藏在文字背后的真意，只就每句的文字表面支离求解，结果每句是懂了，而全文的真意所在仍是茫然。本稿字数有限，冗长的文例是无法举的，为使大家便于了解着想，略举一二部分的短例如下。

> 当此之时，天下之大，万民之众，王侯之威，谋臣之权，皆欲决于苏秦之策；不费斗粮，未烦一兵，未战一士，未绝一弦，未折一矢，诸侯相亲，贤于兄弟。
>
> ——《战国策》

“天下之大” 以下同形式数句，只是“全世”之意；从“不”字句起至一连数句“未”什么，只是“不战” 二字之意而已。

外物不可必，故龙逢诛，比干戮，箕子狂，恶来死，桀纣亡。人主莫不欲其臣之忠，而忠未必信；故伍员流于江，苌弘死于蜀，藏其血，三年而化为碧。人亲莫不欲其子之孝，而孝未必爱；故孝己忧而曾参悲。

——《庄子 · 外物篇》

这段文字，要旨只是第一句“外物不可必” 五字，其余只是敷衍这五字的例证。

……大家来至秦氏卧房。刚至房中，便有一股细细的甜香。宝玉此时便觉得眼饧骨软，连说好香。入房向壁上看时，有唐伯虎画的《海棠春睡图》，两边有宋学士秦太虚写的一副对联：“嫩寒锁梦因春冷，芳气袭人是酒香。”案上设着武则天当日镜室中设的宝镜，一边摆着赵飞燕立着舞的金盘，盘内盛着安禄山掷过伤了太真乳的木瓜，上面设着寿阳公主于含章殿下卧的宝榻，悬的是同昌公主制的连珠帐。……

——《红楼梦》第五回

把房中陈设写得如此天花乱坠，作者的本意，只是想表出贾家的富丽与秦氏的轻艳而已。

对于一篇文字，用了这样概括的方法，逐步读去，必能求得各节各段的要旨，及全文的真意所在，把长长的文字归纳于简单的一个概念之中，记忆既易，装在脑子里也可免了乱杂。用譬喻来说，长长的文字，好比一大碗有颜色的水，我们想收得其中的颜色，最好能使之凝积成一小小的颜色块，弃去清水，把小小的颜色块带在身边走。

理解以外，还有所谓鉴赏的一种重要工夫须做，对于某篇文字要了解其中的各句各段及其全文旨趣所在，这是属于理解的事。想知道其每句每段或全文的好处所在，这是属于鉴赏的事。阅读了好文字，如果只能理解其意义，而不能知道其好处，犹如对了一幅名画，只辨识了些其中画着的人物或椅子、树木等等，而不去领略那全幅画的美点一样。何等可惜！

鉴赏因了人的程度而不同，诸君于第一年级读过的好文字，到第二年级再读时，会感到有不同的处所，到毕业后再读，就会更觉不同了。从前的所谓好处，到后来有的会觉得并不好，此外别有好的处所，有的或竟更觉得比前可爱。我幼年读唐诗时，曾把好的句加圈。近来偶然拿出旧书来看，就不禁自笑幼稚，发见有许多不对的地方，有好句子而不圈的，有句子并不甚好而圈着的。这种经验，我想一定人人都有，不但对于文字如此，对于书法、绘画，乃至对于整个的人生都如此的。

鉴赏的能力既因人而异，因时而异，关于鉴赏，要想说出一个方法来，原是很不容易的事。姑且把我的经验与所见约略写出一二，以供读者诸君参考。

据我的经验，鉴赏的第一条件，是把“我”放入所鉴赏的对象中去，两相比较。一壁读，一壁自问，“如果叫我来说，将怎样？”对于全体的布局，这样问；对于各句或句与句的关系，这样问；对于每句的字，也这样问。经这样一问，可生出三种不同的答案来。

（甲）与我的说法相合或差不多，我也能说。觉得并没有什么。

（乙）我心中早有此意见或感想，可是说不出来，现在却由作者替我代为说出了。觉到一种快悦。

（丙）说法和我全不同，觉得格格不相入。

三种之中属于（甲）的，是平常的文字（在读者看来）；属于（乙）的，是好文字。属于（丙）的怎样？是否一定是不好的文字？不然。如前所说，鉴赏因人而不同，因时而不同，所鉴赏的文字与鉴赏者的程度如果相差太远，鉴赏的作用就无从成立。“仁者见仁，智者见智”“英雄识英雄”，是相当可信的话。诸君遇到属于（丙）类的文字时，如果这文字是平常的作品，能确认出错误的处所来，那么直斥之为坏的不好的文字，原无不可。倘然那文字是有定评的名作，那就应该虚心反省，把自己未能同意的事，暂认为能力尚未到此境地，益自奋励。这不但文字如此，书法、绘画，无一不然。康有为、沈寐叟的书法是有定评的，可是在市侩却以为不如汪洵的好；最近西洋立体派未来派的画，在乡下土老看来，当然不及曼陀、丁悚的月份牌仕女画来得悦目。

鉴赏的第二要件是冷静。鉴赏有时称“玩赏”，诸君在厅堂上挂着的画幅上，他人手中有书画的扇面上，不是常有见到某某先生“清玩”，或“雅鉴”“清赏” 等类的字样吗？“玩” 和“鉴”与“赏” 有关。这“玩”字大有意味。普通所谓“玩”者，差不多含有游戏的态度，就是“无所为而为”，除了这事的本身以外，别无其他目的的意味。读小说时，如果急急要想知道全体的梗概，热心地“未知以后如何，且看下回分解” 地急忙读去，虽有好文字，恐也无从玩味，看不出来，第二次第三次再读，就不同了。因为这时对于全书梗概已经了然，不必再着急，文字的好歹也因而容易看出。将我自己的经验当作例子来说，《红楼梦》第三回中黛玉初到贾府与宝玉第一次见面时，写道：

宝玉看毕笑道：“这个妹妹我曾见过的。”贾母笑道：“可又是胡说，你何曾见过她。”宝玉笑道：“虽然未曾见过她，然看着面善，心里倒像是旧相识，恍若远别重逢一般。”

我很赞赏这段文字。因为这一对男女主人公，过去在三生石上赤霞宫中有着那样长久的历史，以后还有许多纠葛，在初会见时，做宝玉的恐怕除了这样说，别无更好的说法的了，故可算得是好文字。可是我对于这几句文字的好处，直到读了数遍以后才发见。（《红楼梦》我曾读过十次以上）这是玩味的结果，并不是初读时就知道的。

好的作品至少要读二遍以上。最初读时不妨以收得梗概、了解大意为主眼，再读时就须留心鉴赏了。用了“玩”的心情，冷静地去对付作品，不可再囫囵吞咽，要仔细咀嚼。诗要反复地吟，词要低徊地诵，文要周回地默读，小说要耐心地细看！

把前人鉴赏的结果拿来做参考，足以发达鉴赏力。读词读诗不感到兴趣的，不妨去择一部诗话或词话读读；读小说不感到兴趣的，不妨去一阅有人批过的本子。诗话、词话、文评、小说评，是前人鉴赏的记录，能教示我们以诗词文或小说的好处所在，大足为鉴赏上的指导。举例来说：《水浒》中写潘金莲调戏武松的一节，自“叔叔万福”起，至“叔叔不会簇火，我与叔叔拨火，要似火盆常热便好”，一直数十句谈话都称“叔叔”，下文接着写道：“那妇人……便放了火箸，却筛一盏酒来自呷了一口，剩了大半盏看着武松道：‘你若有心吃了这半盏儿残酒。’”金圣叹在这下面批着：“写淫妇便是活淫妇。”“以上凡叫过三十九个‘叔叔’，忽然换一个‘你’字，妙心妙笔。”

这“叔叔”与“你”的突然的变化．其妙处在普通的读者也许不易领会，或者竟不能领会，但一经圣叹点出，就容易知道了。

但须注意，前人的诗话词话文评小说评，是前人鉴赏的结果。用以帮助自己的鉴赏能力则可，自己须由此出发，更用了自己的眼识去鉴赏，切不可为所拘执。前人的鉴赏法有好的也有坏的。特别是文评，从来以八股的眼光来评文的甚多，什么“起承转合”，什么“来龙去脉”，诸如此类，从今日看去实属可哂，用不着再去蹈袭了。

四、关于写作

从古以来，关于作文不知已有过多少的金言玉律。什么“推敲”咧，“多读多作多商量”咧，“文以达意为工”咧，“文必己出”咧，诸如此类的话，不遑枚举，在我看来，似乎都只是大同小异的东西，举一可概其余的。例如“推敲”与“商量”固然差不多，再按之，不“多读”，则识辞不多，积理不丰，也就无从“商量”，无从“推敲”，因而也就无从“多作”了。因为“作”不是叫你随便地把“且夫天下之人”瞎写几张，乃是要作的。至于“达意”，仍是一句老话头，唯其与“意”尚未相吻合，尚未适切，故有“推敲”“商量”的必要，“推敲”“商量”的目的，无非就在“达意”而已。至于“文必己出”亦然。要达的是“己”的意，不是他人的意，自己的意要想把它达出，当然只好“己出”，不能“他出”，又因要想真个把“己”达出，“推敲”“商量”的工夫就不可少了。此外如“修辞立其诚”咧，“文贵自然”咧，也都可作同样的解释，只是字面上的不同罢了。佛法中有“一即一切”“一切即一”的话，我觉得从古以来古人所遗留下来的文章诀窍亦如此。

我曾在本稿开始时声明，我所能说的只是老生常谈。关于写作，我所能说的更是老生常谈中之老生常谈。以下我将从许多老生常谈中选出若干适合于中学生诸君的条件，加以演述。

关于写作，第一可发生的问题是：“写作些什么？”第二是：“怎样写作？”

现在先谈：“写作些什么？”

先来介绍一个笑话：从前有一个秀才，有一天伏在案头做文章，因为做不出，皱起了眉头，唉声叹气，样子很苦痛。他的妻在旁嘲笑了说："看你做文章的样子，比我们女人生产还苦呢！"秀才答道："这当然！你们女人的生产是肚子里先有东西的，还不算苦。我的做文章，是要从空的肚子里叫它生产出来，那才真是苦啊！" 真的，文章原是发表自己的思想感情的东西，要有思想感情，才能写得出来，那秀才肚子里根本空空的没有货色，却要硬做文章，当然比女人生产要苦了。

照理，无论是谁，只要不是白痴，肚子里必有思想感情，决不会是全然空虚的。从前正式的文章是八股文，八股文须代圣人立言，《论语》中的题目，须用孔子的口气来说，《孟子》中的题目，须用孟子的口气来说，那秀才因为对于孔子孟子的化装，未曾熟习，肚子里虽也许装满着目前的"想中举人" 咧，"点翰林" 咧，"要给妻买香粉" 咧，以及关于柴米油盐等琐屑的思想感情，但都不是孔子、孟子所该说的，一律不能入文，思想感情虽有而等于无，故有做不出文章的苦痛。我们生当现在，已不必再受此种束缚，肚子里有什么思想感情，尽可自由发挥，写成文字。并且文字的形式也不必如从前地要有定律，日记好算文章，随笔也好算文章。作诗不必限字数、讲对仗，也不必一定用韵，长短自由，题目随意。一切和从前相较，算是自由已极的了。

那么凡是思想感情，一经表出，就可成为文章了吗？这却也没有这样简单。当我们有疾病的时候，"我恐这病不轻"是一种思想的发露，但写了出来，不好就算是文章。"苦啊！"是一种感情的表示，但写了出来也不好算是文章。文章的内容是思想感情，所谓思想感情，不是单独的，是由若干思想或感情复合而成的东西。"交朋友要小心"不是文章，以此为中心，把"所以要小心""怎样小心法""古来某人曾怎样交友"等等的思想组织地系统地写出，使它成了某种有规模的东西，才是文章。"今天真快活" 不是文章，把"所以快活的事由""那事件的状况"等等记出，写成一封给朋友看的书信或一则自己看的日记，才是文章。

文章普通有两种体式，一是实用的，一是趣味的。实用的文章为处置日常的实际生活而说，通常只把意思（思想感情）老实简单地记出，就可以了。诸君于年假将到时，用明信片通知家里，说校中几时放假，届时叫人来挑铺盖行李咧，在拍纸簿上写一张向朋友借书的条子咧，以及汇钱若干叫书店寄书册的信咧，拟校友会或寄宿舍小团体的规约咧，都是实用文。至于趣味的文章，是并无生活上的必要的，至少可以说是与个人眼前的生活关系不大，如果懒惰些，不做也没有什么不可。诸君平日在国文课堂上所受到的或自己想做的文章题目，如“同乐会记事”咧，“一个感想”咧，“文学与人生” 咧，“悼某君之死”咧，“个人与社会”咧，小说咧，戏剧咧，新诗咧，都属于这一类。这类文章和个人实际生活关系很远，世间尽有不做这类文章，每日只写几张似通非通的便条子或实务信，安闲地生活着的人们。在中国的工商社会中，大部分的人就都如此。这类文章，用了浅薄的眼光从实际生活上看来，关系原甚少，但一般地所谓正式的文章，大都属在这一类里。我们现今所想学习的（虽然也包括实用文）也是这一类。这是什么缘故呢？原来人有爱美心与发表欲，迫于实用的时候，固然不得已地要利用文字来写出表意，即明知其对于实用无关，也想把其五官所接触的、心所感触的写出来示人，不能自已。这种欲望是一切艺术的根源，应该加以重视。学校中的作文课，就是为使青年满足这欲望、发达这欲望而设的。

话又说远去了，那么究竟写作些什么呢？实用的文章内容是有一定的，借书只是借书，约会只是约会，只要把意思直截简单地写出，无文法上的错误，不写别字，合乎一定的格式就够了，似乎无须多说。以下试就一般的文章来谈：“写作些什么？”

秀才从空肚子里产出文章，难于女人产小孩；诸君生在现代，不必抛了现在自己的思想感情，去代圣人立言，肚子决无空虚的道理。“花的开落”“月的圆缺”“父母的爱”“家庭的悲欢”“朋友的交际”，都在诸君经验范围之内，“国内的纷争”“生活的方向”“社会的趋势”“物价的高下” “风俗的变更”，又为诸君观想所系。材料既无所不有。教师在作文课中常替诸君规定题目，叫诸君就题发挥，限定写一件什么事或谈一件什么理。这样说来，“写作些什么？”在现在的学生似乎是不成问题了的。可是事实却不然。所谓写作，在某种意味上说，真等于母亲生产小孩。我们肚里虽有许多的思想感情，如果那思想感情未曾成熟，犹之胎儿发育未全，即使勉强生了下来，也是不完全的无生命的东西。文章的题目不论由于教师命题，或由于自己的感触，要之只不过是基本的胚种，我们要把这胚种多方培育，使之发达，或从经验中收得肥料，或从书册上吸取阳光，或从朋友谈话中供给水分，行住坐卧都关心于胚种的完成。如果是记事文，应把那要记的事物从各方面详加观察。如果是叙事文，应把那要叙的事件的经过逐一考查。如果是议论文，应寻出确切的理由，再从各方面引了例证，加以证明，使所立的断案坚牢不倒。归结一句话，对于题目，客观地须有确实丰富的知识（记叙文），主观地须有自己的见解与感触（议论文感想文）。把这些知识或见解与感触打成一片，结为一团，这就是“写作些什么” 问题中的“什么” 了。

有了某种意见或欲望，觉得非写出来给人看不可，于是写成一篇文章，再对于这文章附加一个题目上去。这是正当的顺序。至于命题作文，是先有题目后找文章，照自然的顺序说来，原不甚妥当。但为防止抄袭计，为叫人练习某一定体式的文字计，命题却是一种好方法。近来学校教育上大多数也仍把这方法沿用着，凡正课的作文，大概由教师命题，叫学生写作。这种方式对于诸君也许有多少不自由的处所，但善用之，也有许多利益可得。（1）因了教师的命题，可学得捕捉文章题材的方法。（2）可学得敏捷搜集关系材料的本领。（3）可周遍地养成各种文体的写作能力。写作是一种郁积的发泄，犹之爆竹的遇火爆发。教师所命的题目，只是一条药线，如果诸君是平日储备着火药的，遇到火就会爆发起来，感到一种郁积发泄的愉快，若自己平日不随处留意，临时又懒去搜集，火药一无所有，那么，遇到题目，只能就题目随便勉强敷衍几句，犹之不会爆发的空爆竹，虽用火点着了药线，只是“刺”地一声，把药线烧毕就完了。“写作些什么”的“什么”，无论自由写作或命题写作，只靠临时搜集，是不够的。最好是预先多方注意，从读过的书里，从见到的世相里，从自己的体验里，从朋友的谈话里，广事吸收。或把它零零碎碎地记入笔记册中，以免遗忘，或把它分了类各个装入头脑里，以便触类记及。

再谈：“怎样写作？”

关于写作的方法，我在这里不想对诸君多说别的，只想举出很简单的两个标准。（1）曰明了。（2）曰适当。写作文章目的，在将自己的思想感情传给他人。如果他人不易从我的文章上看取我的真意所在，或看取了而要误解，那就是我的失败。要想使人易解，故宜明了；为防人误解，故宜适当。我在前面曾说过：自古以来的文章诀窍，虽说法各个不同，其实只是同一的东西。这里所举的“明了”与“适当”，也只是一种的意义，因为不“明了”就不能“适当”，既“适当”就自然“明了”的。为说明上的便利计，姑且把它分开来说。

明了宜从两方面求之：（1）文句形式上的明了。（2）内容意义上的明了。

文句形式上的明了，就是寻常的所谓“通”。欲求文句形式上的明了，第一须注意的是句的构造和句与句间的接合呼应。句的构造如不合法，那一句就不明了；句与句间的接合呼应如不完密，就各句独立了看，或许意义可通，但连起来看去，仍然令人莫名其妙。这样的例子，举不胜举。例如：

发展这些文化的民族，当然不可指定就是一个民族的成绩，既不可说都是华族的创造，也不可说其他民族毫不知进步。

这是某书局出版的初中教本《本国历史》中的文字，首句的“民族”与次句的“成绩”前后失了照应，“不可说”的“可”字也有毛病。又该书于叙述黄帝与蚩尤的战争以后，写道：

这种经过，虽未必全可信，如蚩尤的能用铜器，似乎非这时所知。不过，当时必有这样战争的事实：始为古人所惊异而传演下来，况且在农业初期人口发展以后，这种冲突，也是应有的现象。

这也是在句子上及句与句间的接合上有毛病的文字。试再举一例：

我们应当知道，教育这件事，不单指学校课本而言，此外更有所谓参考和其他课外读物。而且丰富和活的生命大概是后者而不是前者所产生的。

这是某会新近发表的《读书运动特刊》中《读书会宣言》里的文字。似乎辞句上也含着许多毛病。上二例的毛病在哪里呢？本稿篇幅有限，为避麻烦计，恕不一一指出，诸君可自己寻求，或去请问教师。

初中的《历史教本》会不通，《读书会宣言》会不通，不能不说是“奇谈”了，可是事实竟这样！足见“通字”的难讲，一不小心，就会不通的。我敢奉劝诸君，从初年级就把简单的文法（或语法）学习一过，对于辞性的识别及句的构造法，具备一种概略的知识。万一教师在正课中不授文法，也得在课外自己学习。

句的构造与句与句间的接合呼应，如果不明了，就要不通。明了还有第二方面，就是内容意义上的明了。句的构造合法了，句与句间的接合呼应适当了，如果那文字可作两种的解释（普通称为歧义），或用辞与其所想表示的意义不确切，则形式上虽已完整，但仍不能算是明了。

无美学的知识的人，怎能作细密的绘画的批评呢？

这是有歧义的一例。“细密的绘画”的批评呢，还是细密的“绘画的批评”？殊不确定。

用辅导方法，使初级中学学生自己获得门径，鉴赏书籍，踏实治学。（读“文”，作“文”，“体察人间”）

这是某书局《初中国文教本编辑要旨》中的一条可以作为用辞与其所想表示的意义不确切的例子。“鉴赏书籍”，这话看去好像收藏家在玩赏宋版书与明版书，或装订作主人在批评封面制本上的格式哩。我想作者的本意必不如此。这就是所谓用辞不确切了。“踏实治学”一句，“踏实”很费解，说“治学”，陈义殊嫌太高。此外如“体察人间”的“人间”一语，似乎也有可商量的余地。

内容意义的不明了，由于文辞有歧义与用辞不确切。前者可由文法知识来救济，至于后者，则须别从各方面留心。用辞确切，是一件至难之事。自来各文家都曾于此煞费苦心。诸君如要想用辞确切，积极的方法是多认识辞，对于各辞具有敏感，在许多类似的辞中，能辨知何者范围较大，何者较小，何者最狭，何者程度最强，何者较弱，何者最弱。消极的方法，是不在文中使用自己尚未十分明知其意义的辞。想使用某一辞的时候，如自觉有可疑之处，先检查字典，到彻底明白然后用入。

否则含混用去，必有露出破绽来的时候的。

以上所说是关于明了一方面的，以下再谈到适当。明了是形式上与部分上的条件，适当是全体上态度上的条件。

我们写作文字，当然先有读者存在的预想的，所谓好的文字就是使读者容易领略、感动、乐于阅读的文字。诸君当执笔为文的时候，第一，不要忘记有读者；第二，须努力以求适合读者的心情，要使读者在你的文字中得到兴趣或快悦，不要使读者得着厌倦。

文字既应以读者为对象，首先须顾虑的是：（1）读者的性质，（2）作者与读者的关系，（3）写作这文的动机等等。对本地人应该用本地话来说，对父兄应自处子弟的地位。如写作的动机是为了实用，那么用不着无谓的修饰；如果要想用文字煽动读者，则当设法加入种种使人兴奋的手段。文字的好与坏，第一步虽当注意于造句用辞，求其明了；第二步还须进而求全体的适当。对人适当，对时适当，对地适当，对目的适当。一不适当，就有毛病。关于此，日本文章学家五十岚力氏有“六W说”，所谓六W者：

（1）为什么作这文？（Why）

（2）在这文中所要述的是什么？（What）

（3）谁在作这文？（Who）

（4）在什么地方作这文？（Where）

（5）在什么时候作这文？（When）

（6）怎样作这文？（How）

归结起来说，就是：

“谁对了谁，为了什么，在什么地方，什么时候，用了什么方法，讲什么话。”

诸君作文时，最好就了这六项逐一自己审究。所谓适当的文字，就只是合乎这六项答案的文字而已。我曾取了五十岚力氏的意思作过一篇

《作文的基本的态度》，附录在《文章作法》（开明书店出版）里，请诸君就以参考。这里不详述了。

本稿已超过预定的字数，我的老生常谈也已絮絮叨叨地说得连自己都要不耐烦了。请读者再忍耐一下，让我附加几句最重要的话，来把本稿结束吧。

文字的学习，虽当求之于文字的法则（上面的所谓明了，所谓适当，都是法则）。但这只是极粗浅的功夫则已。要合乎法则的文字，才可以免除疵病。这犹之书法中的所谓横平竖直，还不过是第一步。进一步的，真的文字学习，须从为人着手。"文如其人"，文字毕竟是一种人格的表现，冷刻的文字，不是浮热的性质的人所能模效的，要作细密的文字，先须具备细密的性格。不去从培养本身的知识情感意志着想，一味想从文字上去学习文字，这是一般青年的误解。我愿诸君于学得了文字的法则以后，暂且抛了文字，多去读书，多去体验，努力于自己的修养，勿仅仅拘执了文字，在文字上用浅薄的工夫。

刊《中学生》第十一期（1931 年 1 月）

国文科课外应读些什么

一、引　言

本年《中学生》杂志关于中学科目，登载过许多介绍课外阅读书的文字，国文一科，尚付缺如（关于文学和修辞学原早已有别位先生写了登载过），于是有许多读者来函要求登载此项稿件，而且读者之中还有人用了“点将”的法子，把这职务交给了我，要我写一些。不瞒大家说，当本年本志决定分科介绍课外阅读书的时候，我也曾打算对于整个国文科写一篇东西的；可是终于未曾写，实在因为国文科的性质太复杂太笼统了，差不多凡是中国文字写成的东西都可以叫做国文，使我无法着笔的缘故。后来乃变更计划，把文学与修辞学当作国文的一分支先特别提出，请别的先生写了登载。还想继续登载一篇关于文法及语法的介绍文字，意思是想把整个的国文科拆作几个小部分，来分别介绍可读的书。不料读者尚认为未能满足，纷纷来函要求介绍关于整个国文科的课外阅读书籍。不得已，就由我来勉强应命，贡献些意见吧。

先要声明：方才说过，国文科的性质太复杂太笼统了，差不多凡是用中国文字写成的东西都可以叫做国文。故我的书籍介绍，不能如别科的一一举出名称，说哪一本书该读，哪一本不必读。我只能依了若干大纲，来说些话而已。

让我先来下一个中学校国文科的定义，把讨论的范围加以限制。我认为：中学校的国文科的内容不是什么《古文观止》，什么《中国国文教本》，也不是教师所发的油印文选讲义，所命的课题，所批改的文卷，乃是整个的对于本国文字的阅读与写作的教养。课本和讲义等等只是达教养目的的材料，并非就是国文科的正体。物理、化学、算术、代数等等的教本，小说、唱本、报纸、章程、契约以及日常的书信，无一不在白纸上印得有本国文字，或写得有本国文字。如果那些课本与讲义等等叫做“国文”，那么凡是有中国文字的东西也都该叫做“国文”。这理由原很正当，也极显然，可是实际上却有许多人不理会。教师与学生都常常硬把印成的文选或“国文课本” 当作“国文”，把其余的一切摈斥于“国文”之外。例如《虞初新志》中的《圆圆传》可以被抄印了成“国文”，而全部的《虞初新志》却被认为闲书，《水浒传》中《景阳冈打虎》可以被挑选了成“国文”，而全部的《水浒传》却被认为小说。学生读《景阳冈打虎》，读《圆圆传》，自以为在用功“国文”，而读《虞初新志》读《水浒传》却自以为在看闲书、看小说。更推而广之，看报、看章程、看契约，与“国文”无关，就教本复习历史和地理，与“国文”也无关，国文自国文，其余自其余，于是“国文”科就成了一种奇妙神秘的科目了。以上是就了阅读方面说的，至于写作方面，也同样有此奇怪的误解。照理说，凡用本国文字写记什么，都应该是“国文”。可是实际情形却不然，平常的人会写信、记日记，可是不自认能做文章；他们把做文章认为了不得的大事。即使自命会做文章的文人，也常把做文章与写信记日记分别看待，一提起“做文章”三个字，往往就现出非常的矜持的神情来。至于学校的教学上，不消说这矛盾更甚。国文科中的所谓“作文”，在中学校里通常只是每月二次，其余如日常的写作笔记、日记、通告、书信之类，全不算在“国文”的账上。真所谓“骑驴寻驴”了。

因了上述的理由，我主张把“国文科”解释得抽象一些，解作“整个的对于本国文字的阅读与写作能力的教养”，以下介绍书籍，也即由此观点出发。我所介绍的书籍可分为三大种类:（1）关于文字理法的书籍;（2）理解文字的工具书籍；（3）文字值得阅读，内容有益于写作的书籍。

二、关于文字理法的书籍

国文科所处理的是文字，文字的理法犹之规矩准绳，当然应该首先知道。文字理法于写作阅读双方都大有关系，我们所以能理解他人的文字，我们的文字所以能使他人理解，都全仗有共认的理法。词与词的关系，句与句的联结，以及文章的体裁，藻饰的方式，都有一个难以随便改易的约束。这约束就是文字的理法了。可分下列诸项来说。

甲，语法或文法这是讲词与词的关系和句与句的联结的。关于一个一个的单词的如:《助字辨略》（刘淇）、《经传释词》（王引之）、《古书疑义举例》（俞樾）、《词诠》（杨树达）之类。至于按照西洋文法的系统，编成词与词及句与句的通则的，则有《马氏文通》（马建忠）、《初等国文典》（章士钊）、《国语文法》（黎锦熙）等几种。二者之中，就单词讲述者，不重系统，而搜罗颇富，适于临时检查；先取后者择一二读之，收得系统的知识，较为急务。《马氏文通》为中国第一部有系统的文法书，唯篇幅太繁重，不便初学，章氏《初等国文典》脱胎于《马氏文通》，头绪颇明简，可以一读。语法则黎氏之《国语文法》较完全（唯分类太琐屑，是其缺点）。语法初步，在高小时理应略已学得，中学时代须注意于语法与文法的比较与联络。最好有一本文言与语体混合的文法书，可惜现在还没有人着手编写。黎氏的《国语文法》，初中一二年级生可读，章氏的《初等国文典》，初中二三年级可读。《词诠》搜罗字的用例颇富，可补文法书的不足。《古书疑义举例》罗列古代文句变式甚多，读古书时可随时参考。

乙，修辞学这是讲求使用辞类的一般的法式的，消极方面注意写作上的疵病，积极方面论到各种藻饰的方法。关于修辞学的书籍，熊昌翼先生已在本志二十六号（本年七月号）介绍过两本书：《修辞格》（唐钺）、《修辞学发凡》（陈望道）。我对于熊先生的介绍，很表赞同。唐著只列修辞格，内容较简单，初中三年或高中一年级生可以先阅。陈著组织严密，搜罗详尽，因之篇幅亦较多，可供详密的钻研之用。

丙，作文法这是论文章的体式及其他写作上一般的方法的。这类知识，从前散见于它书者很多，古人集子中论文字的零篇都可归入此类。近来颇有专为初学者编述的专书，如：《作文法讲义》（陈望道）、《作文论》（叶绍钧》、《文章作法》（夏丏尊、刘薰宇）、《作文讲话》（章衣萍）之类。这类书籍，所能教示初学者的只是文章的体式与写作上的普通的心得，在对于文章体式写作方法尚未得门径的中学初年级生原可有些帮助，可任取一种阅之，唯不可一味的当作法宝。老实说；这些书并不是十分有价值的东西（别人的书我原不敢武断，至于《文章作法》，我自己就是著者，敢这样说）。据我所知，颇有一些人在迷信这类书，故顺便告诉大家一声。

三、理解文字的工具书籍

所谓理解文字的工具书籍范围很狭小，只指字典、辞书等而言。阅读时遇到未解的字或辞，写作时遇到恐有错误的字或辞，都可乞灵于这些工具。字典是解释单字的，辞书是解释辞与成语的。二者都有用部首排列及用韵排列的两种，如：《康熙字典》（字典，用部首排）、《经籍籑诂》（字典，用韵排）、《佩文韵府》（辞书，用韵排）、《辞源》（辞书，用部首排）。最近更有用四角号码排列者，如《王云五辞典》就是。《王云五辞典》兼具字典辞书两种用途，颇为便利。

《康熙字典》为字典之最古者，性质普通，解释精当，价值不因其旧而减损，宜购备一册。《经籍籑诂》则多搜古义，为读古书的锁钥，高中学生可购备。《佩文韵府》卷帙较巨，可让图书室购置，个人只须预知其用法，于必要时去翻检就够了。

翻检字典辞书，因了熟习与否，巧拙迟速殊异，宜及早练习。部首位次的记忆固然很要紧，四声的辨别最好也稍加学习，能辨别某字大略在何声、属何韵，就方便得多了。

四、文字值得阅读，内容有益于写作的书籍

我在上面曾说，“国文”的范围很笼统，凡是用本国文字写成的都可叫做“国文”。从别一方面说，文字只是一种形式的东西，什么内容都可填充。我国古今的书籍，就其形式说都是用本国文字写的，都可以叫做“国文”，若就其内容说，或属于历史，或属于哲学，或属于地理，或属于政治，或属于艺术，鲜有无所属的。大家都说对于国文要用功，

其实根本就没有纯粹的所谓“国文”这样东西。所谓“用功国文”者，只是把普通一般的书籍，当作文字来用功，把它作为阅读的练习与写作的范例而已。

一种书有种种的读法。例如《史记》本来是历史，但自古就有人把它当文章读，认作文章的模范。《水经注》是一部地理书，因为其中时有描写风景的辞藻，就有人把它当美文读（我于数年前见到一册谭复堂【名献，仁和人】圈点过的《水经注》。他在卷端自定阅读纲领，用种种符号标记各项。水道用 ═ 号，河流沿革用 △ 号，描写风景的美文用 ○ 号，论断精当处用 —— 号。这是把一部书从各方面阅读的方法，可以为范）。此外如《周礼》的《考工记》可以作状物的范例，《左氏传》可以作叙事的法式，都是很明白的事。这种的利用，推广开去真是说不尽言。我有一位朋友，写字很有功夫，他所作的尺牍，文字都简雅高古，没有俗气，不类近人，自成一格。我问他从何学得这种文字，他的回答出乎我的意料之外，说是从晋唐人的字帖上学来的。原来晋唐人的书法（如《淳化阁法帖》、《三希堂法帖》之类）流传者大概是尺牍，普通临帖的人只注意到书法，我这位朋友却能于书法之外，利用了去学文章，可谓多方面学习的了。

读到一部书，收得其内容，同时欣赏玩味其文字，遇有疑难时就利用了上项的工具书去解索。所收得的内容，成了自己的知识，其效力等于实际体验。积久起来，不但可为写作的材料，而且还可为以后读他书的补助知识。所欣赏玩味过的文字的方式，则可以应用于写作上。能如此打成一片，读书就会有显著的功效了。仅仅留心内容，或只注意于文字的模效，都不是最好的方法。

至于读些什么，我无法作限定的介绍，只好提出几个选择的目标。最近教育部重订课程标准，关于中学国文科的“阅读”一项分“精读”与“略读”二门。“精读”属于课内，“略读”属于课外。据闻这次新课程标准所定的“略读”的范围如下。

（甲）初中

（子）中外名人传记及有系统之历史记载；

（丑）有注释之名著节本；

（寅）古代语录及近人演讲集；

（卯）古今人书牍；

（辰）古今名人游记日记及笔记；

（巳）有注释之诗歌选本；

（午）古今小品文及短篇小说集；

（未）歌剧话剧之脚本及民众文艺之有价值者；

（申）适合学生程度之定期刊物。

（乙）高中

学生各就其资性及兴趣，由教员指导，选读整部或选本之名著，散见各书之单篇作品及有价值之定期刊物。

新课程标准对于初中的“略读”教材，有较具体的分项规定，而对于高中，则只作概括的指示而已。我个人对于中学生读书的范围，曾有些意见，在本志第十一号《关于国文的学习》一文中发表过（该文现已收入单行本《中学各科学习法》中）。现在也别无新的意见可说，就把那文中关于读书的范围的一段文字重行摘录于下，当作本文的结束吧。

（1）因课堂所习的选文而旁及的。如因读《桃花源记》而去读《陶集》，读《无何有乡见闻记》（威廉·马列斯著），因读司马谈的《论六家要旨》而去读《论语》、《老子》、《韩非子》、《墨子》、等等。

（2）中国普通人该知道的。如“四书”“四史”“五经”，周秦诸子，著名的唐人的诗，宋人的词，元人的曲，著名的旧小说，时下的名作。

（3）全世界所认为常识的。如基督教的《旧约》、《新约》，希腊的神话，各国近代的代表文艺名作。

不消说，上列的许多书，要一一全体阅读，在中学生是不可能的。但无论如何要当作课外读物尽量加以涉猎，有的竟须全阅或精读。举例来说，“四书”须全体阅读，诸子则可选读几篇，诗与词可读前人选本，《旧约》可选读《创世记》、《约伯记》、《雅歌》、《箴言》诸篇，《新约》可就《四福音》中择一阅读。无论全读或略读，一书到手，最好先读序，次看目录，了解该书的组织，知道有若干篇，若干卷，若干分目，然后再去翻阅全书，明白其大概的体式，择要读去。例如读《春秋》、《左传》，先须知道什么叫经，什么叫传，从什么公起至什么公止。读《史记》，先须知道本纪、世家、列传、书、表等等的体式。

近来有一种坏风气，大家读书不喜欢努力于基本的学修，而好做空泛工夫。普通的学生案头有胡适的《中国哲学史大纲》、《白话文学史》。顾颉刚的《古史辨》，有《欧洲文学史》，有《印度哲学概论》。问他读过“四书”“五经”周秦诸子的书吗？不曾。问他读过若干唐宋人的诗词集子吗？不曾。问他读过古代历史吗？不曾。问他读过各派代表的若干小说吗？不曾。问他读过欧洲文艺中重要的若干作品吗？不曾。问他读过若干小乘大乘的经典吗？不曾。这种空泛的读书法，觉得大有纠正的必要。例如胡适的《中国哲学史大纲》原是好书，但在未读过《论语》、《孟子》、《老子》、《庄子》、《墨子》等原书的人去读，实在不能得很大的利益。知道了《春秋》、《左传》、《论语》等原书的大概轮廓，然后去读《哲学史》中的关于孔子的一部分，读过几篇《庄子》，然后再去翻阅《哲学史》中关于庄子的一部分，才会有意义，才会有真利益。先得了孔子、庄子思想的基本概念，再去讨求关于孔子、庄子思想的评释，才是顺路。用譬喻说，《论语》、《春秋》、《诗经》、《礼记》是一堆有孔的小钱，《哲学史》的孔子一节是把这些小钱贯串起来的钱索子，《庄子》中《逍遥游》、《大宗师》等一篇一篇的文字也是小钱，《哲学史》中庄子一节是钱索子，没有钱索子，不能把一个一个的零乱的小钱加以贯串整理，固然不愉快，但只有了一根钱索子，而没有许多可贯串的小钱，究竟也觉无谓。我敢奉劝大家，先读些中国关于哲学的原书，再去读哲学史，先读些《诗经》及汉以下的诗集词集，再去读文学史；先读些古代历史书籍，再去读《古史辨》，万一必不得已，也应一壁读哲学史文学史，一壁翻原书，以求知识的充实。钱索子原是用以串零零碎碎的小钱的，如果你有了钱索子而没有可串的许多小钱，那么你该反其道而行之，去找寻许多小钱来串才是。

刊《中学生》第二十九期（1932 年 11 月）

国文科的学力检验

暑假快到，诸君之中有的已将在初中或高中部毕业。毕业的当儿有毕业考试，有“会考”；如果诸君是升学的，那么还须到大学专门学校或高中部去受入学考试。总之，在毕业诸君，目前已到了学力受总检验的时期了。考试是他人用了某种程限或标准来对诸君作检验的事。检验可由他人来行，也可以由自己来行。诸君此后升学也好，不升学也好，在中学里住了三年或六年，究竟获得了多少知识，固然值得自己先来作一清算，这些知识究竟于将来自己的进修与生活上是否够用，也值得自己来一加反省与考察。诸君在某种功课上造就如何，教师当然是明白的，其实最明白还要推诸君自己。对于诸君的学力，诸君自己是公正的评判官，是最适当的检验者。

中学课程中科目不少，这里试单就国文一科来说。

论理，要检验须有检验的标准。国文为中学科目中最重要的一科，也是最笼统的一科。因为文字原是一切学问的工具，而一国的文字又有关于一国的全文化，所以重要；因为内容包含太广泛，差不多包括文化及生活的全体，教学上苦于无一定的法则可以遵循，所以笼统。一篇《项羽本纪》当作历史来读，问题比较简单，只要记住历史上楚汉战争的经过情形就够了，如果当作国文来读，事情就非常复杂，史实不消说须知道，史实以外还有难字难句，叙事的繁与简，人物描写的方法，句法，章法，以及其他现出在文中的一切文章上的规矩法则，都须教到学到才行。这些工作，往往一项之中又兼含其他各项，倘若要一一教学用遍，究不可能，教者无法系统地教，只好任学生自己领悟，学者也无法系统地学，只好待他日自己触发。结果一篇《项羽本纪》，对于一般学生只尽了普通历史材料的责任，无法完全其在国文课上的任务。国文与历史的关系如此，对于其他各科亦然，国文科原是本身并无内容，以一切的内容为内容的，所以教学上常不免有笼统的毛病，不若其他各科的有一定步骤可分。

自古以来不知道有多少人说过多少关于学文字的规范，可是在我们看来都觉得玄虚得很，其玄虚等于中医药方上的医案。文字应该怎样学？怎样作？怎样的文字才算好？至今还未曾有人能说出一个具体的答案来。诸君这三年或六年来日日与国文教师在一堂，国文教师对于诸君的学力当然曾有相当的分别评判：某人第一，某人寻常，某人最坏。但明确的具体的标准，恐也无法对诸君宣布吧。这是难怪的，因为国文原是一个笼统的科目。

民国十八年八月教育部颁布的《中学课程暂行标准》中曾就各科目规定过初中高中学生的毕业最低限度，其中关于国文科规定的最低限度如下。

（甲）初中国文科毕业最低限度：

（一）曾精读选文能透彻了解并熟习至少一百篇。

（二）曾略读名著十二种能了解大意并记忆其主要部分。

（三）能略知一般名著的种类名称，图书馆及工具书籍的使用自由参考阅读。

（四）能欣赏浅近的文学作品。

（五）能以语体文作充畅的文字，无文法上错误。

（六）能阅览平易的文言文书籍。

（乙）高中国文科毕业最低限度：

（一）曾精读名著六种而能了解与欣赏。

（二）曾略读名著十二种而能大致了解与欣赏。

（三）能于中国学术思想、文学流变、文字构造、文法及修辞等有简括的常识。

（四）能自由运用语体文及平易的文言文作叙事说理表情达意的文字。

（五）能自由运用最低限度的工具书。

（六）略能检用古文书籍。

这限度中有几项原也定得很笼统，什么“名著六种”咧，“名著十二种”咧，什么“略能”咧，“大致”咧，什么“浅近的”咧，“平易的”咧，都是些不着边际的话。究竟所谓六种或十二种名著是些什么书，哪一种文字叫做“平易的”、“浅近的”，也不曾下着定义。到怎样程度才是“略能”，才是“大致”，都无法说明其所以然。去年教育部所颁布的正式课程标准中，已把这“毕业最低限度”一项除去了，也许因为各科都难作明确的规定，不仅国文一科是这样吧。

国文科在性质上既如此笼统，检验的标准自然也只好凭检验者的主观来决定。前几年北平清华大学中国文学系入学国文试题之中，有一项是出了一句联语叫学生作对，一时舆论大哗，大家责备那位出题目的教授顽固守旧。后来那位教授陈寅恪氏曾发表了一篇文字（见《青鹤》杂志一卷三期），把所以叫学生对对子的理由说明过。他说：对对子最易看出国文的学力。（甲）可以测验应试者能否分别虚实字及其应用，（乙）可以测验应试者能否分别平仄声，（丙）可以测验读书之多少及语藏之贫富，（丁）可以测验思想条理。大家见了这篇答辩都觉得不错，本来责难的人也不说什么了。

我写这篇文字的目的，在叫中学毕业诸君自己检验自己的国文科能力，不是我来检验诸君。这里只想提出几项极普通的标准，作诸君自己检验时的参考罢了。

（一）关于写作者 在一般的学校习惯上，教师评定学生国文能力，差不多是全凭写作的。诸君历次写作的成绩，有教师的评语可作依据，什么方面能力有余，什么方面能力不足，诸君平日理该自己明白，有余的越使发挥，不足的加修弥补。不过教师的评语每次着眼点或许不同，学校中的写作成绩，又是机械地历年平均的，名为总成绩，其实颇不可靠。今为总检验计，似应另用比较具体的标准来自己检查。第一种标准是翻译，翻文言为白话也好，翻英文为汉文也好，把普通文言诗歌或所读英文的一节，忠实地翻译出来，再自己毫不放松地逐字逐句与原文加以对照，就能看出自己的能力及缺陷所在。因为翻译是有原文的，既须顾到译文，又须顾到原文，一切用字造句都不能随意轻率，一有错误，对照起来立即现出，所以是试练写作的好方法。第二种标准是评改他人的文字，把一篇他人的文字摆在面前，细心审读，好的部分加圈，坏的部分代为改窜，但好与坏都须把理由说得出，不准有丝毫的含糊。这两种标准比自由写作及命题作文来得可靠，既用不着滥调子，也用不着虚伪的修饰。而真实的写作能力可以赤裸裸地表现无遗。诸君自己试行了这两种检验，对于成绩如不敢自定，则不妨请师长父兄或靠得住的朋友共同批判。

（二）关于理解者 理解与写作为学习国文的两大目标，一般人日常生活上阅读的时间多于写作的时间，故理解可以说比写作更重要。理解的条件甚复杂，检验理解力最简单的标准是标点与分段。碰到一篇艰深的文章或一本书，如果你能逐句读得断，全体分得成段落，可以说你对于这篇文章或这本书已大致能理解的了。次之是常识的测验，有人把陶潜《桃花源记》中的“晋太原中”解作“山西太原府”，把“安禄山”解作西北之高山，这样的大笑话，其原因是常识不足。以前所说国文科原是本身并无内容，以一切的内容为内容的。在普通文字中所谓内容，无非是些常识而已。中学毕业生尽可不懂偏僻的术语，普通书中常用的名词究非知道不可。近来大学或专门学校的入学试题中常有常识测验一个项目，你可以把各校的测验题目拿来测验自己，如自觉能力欠缺，就亟须自己补救。补救的方法是多问，多翻字典。

（三）关于语汇者　我们的言语，是因了性质或门类有着成串的排列的，表示一个意思的词不止一个，一个词又可与他词合成另一个词。这种成串的词类，普通叫做语汇，或叫语藏。语汇分两种：（甲）理解语汇。理解语汇是帮助阅读时的理解的，譬如说，一个“观” 字共有多少个解释？和他词拼合起来，在头上者如“观念”“观感”“观光”“观察”……共有多少个？在末尾者如“楼观”“壮观”“人生观”“达观”“贞观”……共有多少个？其中你所知道的有几个？这个检验，某字在头上者，最好用你日常所用的词典来作依据，至于某字在末尾者，可去一翻《佩文韵府》等类书。或任择数字叫朋友和你来竞争了一一写出，看谁写的最多，也可以。这类语汇丰富的人，就是理解丰富的人。（乙）运用语汇。这是从写作方面说的。譬如一个“笑”字，你在写作中运用“笑”字的时候，因了情形，能换出几种花样来？与“笑”一系的词，有“解颐”“哄堂”“捧腹”“喷饭”“莞尔”……形容“笑”的程度的词，有“呵呵”“哈哈”“嘻嘻”……你知道的有几个？每一个意思因了情形或程度，自有一串的语汇，语汇丰富的人写作时才能多方应用，各得其所，犹之作战需用多数的军队。你该任就几个意思，把可用的词列举出来，像检阅部下军队似地自己检验一下。如果你自觉所贮藏的可用的词不多，那就得随时留意，好好加以补充。

（四）其他　学习国文的重要目标，不外写作与理解二事，上面已把写作与理解的检验方法择要说过了。前项所说的语汇是关系于写作与理解双方的，所以特别提开来说。此外尚有几种值得注意的方面：（甲）书法。书法在科举时代向为检验国文能力的重要标准，自改办学校教育以来，就被忽视了。其实书法与我们实际生活关系甚密，在现代生活中差不多没有人可以一日不执笔的，现代工商社会中人，用笔的工作比从前士大夫都要忙。书法好坏的标准，现代亦和从前不同，应以敏捷、正确、匀净为目标，不会写端楷，不会临碑版，倒不要紧。寻常需要的是行书，是钢笔字。你对于这二者已用过相当的工夫了没有？如果你只会写那些文课里的方格字，而不能写社会上实际需要的别种样式的字，那么我劝你自己赶快补习。（乙）书写的格式。学校里的文课，所读的选文，书写的格式都是平板一律的，可是我们实际生活上所写的东西，各有一定的格式，不合这些格式，即使你书法很好也不相干。举例说吧，一封信里，受信者的名字与发信人的名字，各有一定的位置。年月日该写在什么地方，也有一定的规矩。何种字面须提行写或空一格写？如果这封信不止一张，第二张至少该在第几行完结才不难看？又，信封上地名与人名应该怎样安排？诸如此类，问题不少。此外如契据的格式，章程的格式，公文的格式，简贴的格式，很多很多，你对于这种方面已知道大略的情形了吗？如果你只知道抄录文课的老格式，不懂得别的东西的写法，只会作家书及对于知己友人的通讯，不会对别的生疏未熟的人写一封客气点的信，那么我劝你自己赶快补习。（丙）讹写与音误。这就是所谓"写别字"和"读别字"了。在我所见到的中学生的投稿中，别字是常碰到的，别字和简笔字不同，简笔字近来颇有人提倡，因为书写便利，原该通融采纳。至于别字，究是浅陋幼稚的暴露，而且有碍意思的传达，大宜加以留意。证诸过去的文课，如果你自己知道是常写别字的，最好把《字辨》或《字学举隅》等类的书来补看一遍。至于读别字，在人前常会被暗笑，遇到自己以为靠不住的读音，须得随时检查字典。否则在人前不把未知道读法的字朗读，也是藏拙之一法。

市上正流行着什么《会考指南》、《升学必携》等类的书册，这类书册的效力如何，我不知道。我这篇文字，目的在叫毕业诸君乘此文凭将要到手的时候，自己来作一回检验。不但对于升学的说，也对于不升学的说的，我所说的只是老实话，并无别的巧妙的秘诀，不知读者会失望否。

刊《中学生》四十六期（1934 年 6 月）

学馆

序跋

夏丏尊精品选

《平屋杂文》自序

把所写的文字收集了一部分付印成书，叫做《平屋杂文》。

自从祖宅出卖以后，我就没有自己的屋住。白马湖几间小平屋的造成，在我要算是一生值得纪念的大事。集中所收的文字，大多数并不是在平屋里写的，却差不多都是平屋造成以后的东西，最早的在民国十年，正是平屋造成的那一年。就文字的性质看，有评论，有小说，有随笔，每种分量既少，而且都不三不四得可以，评论不像评论，小说不像小说，随笔不像随笔。近来有人新造一个杂文的名辞，把不三不四的东西叫做杂文，我觉得我的文字正配叫杂文，所以就定了这个书名。

我对于文学，的确如赵景深先生在《立报言林》上所说“不大努力”。我自认不配做文人，写的东西既不多，而且并不自己记忆保存。这回的结集起来付印，全出于几个朋友的怂恿，朋友之中怂恿最力的要算郑振铎先生，他在这一年来，几乎每次见到就谈起出集子的事。

长女吉子，是平日关心我的文字的。她曾预备替我做收集的工作，不幸今年夏天竟病亡，不及从她父亲的文集里再读她父亲的文字了！

《中诗外形律详说》跋

已是十几年前的事了，记得是一个初夏的下午，大白挟了一大包东西到我这里来，说有一部稿子，叫我给他出版。打开来一看，共计二十本，就是这部《中诗外形律详说》。

大白对于诗的声律研究有素，有许多意见也曾和我谈论过。平日相见，偶然谈到诗词或是漫吟前人名句，常把话头牵涉到韵律的法则上面去。我常见他写这类的稿子，有几篇曾在《小说月报》上发表，不料居然积成了这么大的篇幅。我当然答应替他出版。那时大白已卸去教育部次长的职务，在杭州静养肺病。这回从上海回杭州去以后，病日加重，病中来信，颇念念于斯书出版的事。出版不成问题，成问题的是稿中所用符号的繁多。这种符号须一一特制模型，其中有几种，形体根本和铅字的形体不相称，即使特制了模型，浇铸出来也无法容纳在铅字旁边，结果发生了排版不可能的困难。关于这事，曾和他通信商量过好几次，大家都想不出方法，只好把稿子都搁下来。曾有一次想叫人抄写一遍，以石印出版，可是他不喜欢写体字，一定要铅印。

入秋以后，大白的病愈弄愈重。“一二·八”，上海事变发生，我避难在故乡，就在故乡接到他在杭州去世的凶耗。

大白是去世了，他交给我的稿子还无法给他付排。每次想到觉得有负宿诺，很是难堪。中间曾一度转过用原稿石印的念头，叫我的女儿吉子将原稿拆开，剪去空行，拚贴成一律的版式。拚贴完成以后，拿了一页去打样，结果不佳。原来大白的原稿是用青莲水写的，和用墨写的不同，不能摄影。于是仍把稿子留在稿箱里，不过以前是订好的二十本，经过吉子剪贴以后，已变成几尺高的一叠散叶。后来吉子也病故了，这部稿子在我又增加了一重伤感的回忆。

迁延复迁延，总算天无绝人之路，有一次，忽然念头转到了长体仿宋字。长体仿宋字身特别长，在普通方块铅字旁容纳不下的符号，在长体仿宋铅字旁也许可以容纳。于是和专排仿宋字的印刷所商量，把本来成为问题的几种符号特制起来试排了看，果然妥贴。这部稿子至此才算有了成书的把握。

大白生前希望朱佩弦君撰序，佩弦也曾答允。本书排校到一半的时候，我就把清样订了厚厚的一本，寄给在北平的佩弦，请他先看一遍，约定一个月后再寄后半部清样，希望他写一篇长序。其时正是二十六年的暑假之初，“七七”事变快要起来的当儿。接着是“八一三”事变，上海战事爆发，我的书籍器物都付劫火，此书原稿初校已毕，留存我处，也一同化为灰烬。幸佩弦从北平辗转到了云南，居然没有把半部清样遗失，寄还给我。又从印刷所搜得了排样及不全之纸型，拼凑起来，全书一千一百七十面之中，所缺者计七十面，虽已不完整，大体面目尚存，于是郑重地把他保藏起来。

中国自古不乏诗的研究者，关于这一方面的研究，大白可谓破天荒第一人。斯书在他一生著作中实占重要的地位，值得重视。屡次想替他出版，可是战时百物昂腾，力不从心。今承联合出版公司接受印行，真是再好没有的事。只可惜日下交通多阻，初版来不及刊入佩弦的序文了。

大白多才而数奇，斯书自成稿以至成书，已经许多的厄运，仿佛象征着他的一生，可为叹息。

《中学生》发刊辞

中等教育为高等教育的预备，同时又为初等教育的延长，本身原已够复杂了。自学制改革以后，中学含义更广，于是遂愈增加复杂性。

合数十万年龄悬殊趋向各异的男女青年于含混的“中学生”一名词之下，而除学校本身以外，未闻有人从旁关心于其近况与前途，一任其彷徨于纷叉的歧路，饥渴于寥廓的荒原，这不可谓非国内的一件怪事和憾事了。我们是有感于此而奋起的。愿借本志对全国数十万的中学生诸君，有所贡献。本志的使命是：替中学生诸君补校课的不足；供给多方的趣味与知识；指导前途；解答疑问；且作便利的发表机关。

啼声新试，头角何如？今当诞生之辰，敢望大家乐于养护，给以祝福！

二十五年十二月，夏丏尊

《子恺漫画》序

新近因了某种因缘，和方外友弘一和尚（在家时姓李，字叔同）聚居了好几日，和尚未出家时，曾是国内艺术界的先辈，披剃以后，专心念佛，见人也但劝念佛，不消说，艺术上的话是不谈起了的。可是我在这几日的观察中，却深深地受到了艺术的刺激。他这次从温州来宁波，原预备到了南京再往安徽九华山去的。因为江浙开战，交通有阻，就在宁波暂止，挂搭于七塔寺。我得知就去望他。云水堂中住着四五十个游方僧。铺有两层，是统舱式的。他住在下层，见了我笑容招呼，和我在廊下板凳上坐了，说："到宁波三日了。前两日是住在某某旅馆（小旅馆）里的。"

"那家旅馆不十分清爽罢。"我说。

"很好！臭虫也不多，不过两三只。主人待我非常客气呢！"

他又和我说了些在轮船统舱中茶房怎样待他和善，在此地挂搭怎样舒服等等的话。

我惘然了。继而邀他明日同往白马湖去小住几日，他初说再看机会，及我坚请，他也就忻然答应。

行李很是简单，铺盖竟是用粉破的席子包的。到了白马湖后，在春社里替他打扫了房间，他就自己打开铺盖，先把那粉破的席子丁宁珍重地铺在床上，摊开了被，再把衣服卷了几件作枕。拿出黑而且破得不堪的毛巾走到湖边洗面去。

“这手巾太破了，替你换一条好吗？”我忍不住了。“哪里！还好用的，和新的也差不多。”他把那破手巾珍重地张开来给我看，表示还不十分破旧。

他是过午不食了的。第二日未到午，我送了饭和两碗素菜去（他坚说只要一碗的，我勉强再加了一碗），在旁坐了陪他。碗里所有的原只是些莱菔白菜之类，可是在他却几乎是要变色而作的盛馔，喜悦地把饭划入口里，郑重地用筷夹起一块莱菔来的那种了不得的神情，我见了几乎要下欢喜惭愧之泪了！

第二日，有另一位朋友送了四样菜来斋他，我也同席。其中有一碗咸得非常的，我说：“这太咸了！”

“好的！咸的也有咸的滋味，也好的！”

我家和他寄寓的春社相隔有一段路，第三日，他说饭不必送去，可以自己来吃，且笑说乞食是出家人的本等的话。

“那末逢天雨仍替你送去罢。”

“不要紧！天雨，我有木屐哩！”他说出木屐二字时，神情上竟俨然是一种了不得的法宝。我总还有些不安。他又说：“每日走些路，也是一种很好的运动。”

我也就无法反对了。

在他，世间竟没有不好的东西，一切都好，小旅馆好，统舱好，挂搭好，粉破的席子好，破旧的手巾好，白菜好，莱菔好，咸苦的蔬菜好，跑路好，什么都有味，什么都了不得。

这是何等的风光啊！宗教上的话且不说，琐屑的日常生活到此境界，不是所谓生活的艺术化了吗？人家说他在受苦。我却要说他是享乐。我当见他吃莱菔白菜时那种愉悦的光景，我想：莱菔白菜的全滋味，真滋味，怕要算他才能如实尝得的了。对于一切事物，不为因袭的成见所缚，都还他一个本来面目，如实观照领略，这才是真解脱，真享乐。

艺术的生活，原是观照享乐的生活。在这一点上，艺术和宗教实有同一的归趋。凡为实利或成见所束缚，不能把日常生活咀嚼玩味的，都是与艺术无缘的人们。真的艺术，不限在诗里，也不限在画里，到处都有，随时可得。能把他捕捉了用文字表现的是诗人，用形及五彩表现的是画家。不会做诗，不会作画，也不要紧，只要对于日常生活有观照玩味的能力，无论谁何，都能有权去享受艺术之神的恩宠。否则虽自号为诗人画家，仍是俗物。

与和尚数日相聚，深深地感到这点。自怜囫囵吞枣地过了大半生，平日吃饭着衣，何曾尝到过真的滋味！乘船坐车，看山行路，何曾领略到真的情景！虽然愿从今留意，但是去日苦多，又因自幼未曾经过好好的艺术教养，即使自己有这个心，何尝有十分把握！言之怃然！正怃然间，子恺来要我序他的漫画集。记得：子恺的画这类画，实由于我的怂恿。在这三年中，子恺实画了不少，集中所收的不过数十分之一。其中含有两种性质，一是写古诗词名句的，一是写日常生活的断片的。古诗词名句，原是古人观照的结果，子恺不过再来用画表出一次，至于写日常生活的断片的部分，全是子恺自己观照的表现。前者是翻译，后者是创作了。画的好歹且不谈，子恺年少于我，对于生活，有这样的咀嚼玩味的能力，和我相较，不能不羡子恺是幸福者！

子恺为和尚未出家时画弟子，我序子恺画集，恰因当前所感，并述及了和尚的近事，这是什么不可思议的缘啊！南无阿弥陀佛！

《清凉歌集》序

弘一和尚未出家时，于艺事无所不精，自书法，绘画，音乐，文艺乃至演剧，篆刻，皆卓然有独到处。尝为余言：平生用力于音乐用力最苦，盖乐律与演奏皆非长期炼修无由适变，不若他种艺事之可凭天才也。和尚先后在杭州南京以乐施教者凡十年，迄今全国为音乐教师者十九皆其薪传。听制一曲一歌风行海内，推为名作。入山以后，以前种种胥成梦影。一日，刘生质平偕余往访和尚于山寺，饭罢清谈，偶及当世乐教。质平叹息于作歌者之难得，一任靡靡俗曲流行闾阎，深惜和尚入山之太蚤。和尚亦为怃然，允再作歌若干首付之，余与质平皆惊喜，此七年前事也。七年以来，质平及某学友根据和尚所作歌词，分别谱曲，反复推敲，必得和尚印可而后定。复经上海新华艺术专科学校、浙江宁波中学等处实地演奏，始携稿诣余，谋为刊行。作曲者五人：质平为和尚之弟子，学咏，希一，伯英，为质平之弟子，钹棠为质平之再传弟子，皆音乐教育界之铮铮者。歌曲仅五首，乃经音乐界师弟累叶之合作，费七年光阴之试练，亦中国音乐史上之佳话矣。歌名“清凉”，和尚之所命也。和尚俗姓李，名息，字叔同，又字惜霜，浙之平湖人。

《晚晴山房书简》序

弘一大师入灭后，福建永春李芳远君辑师书牍若干通，寄稿至沪，嘱为刊行。顾所收不多，未足成集。年来多方征求搜罗，益以已所旧藏，其量已远倍于李君所辑。世方多难，散失堪虞，因排百难而使之成书。斯编所收，皆师出家后所作。师为一代僧宝，梵行卓绝，以身体道，不为戏论。书简即其生活之实录。举凡师之风格及待人接物之状况，可于此仿佛得之。故有见必录，虽事涉琐屑者，亦不忍割爱焉。师别署甚多，五十以后，喜用晚晴称号，常自署曰晚晴沙门或晚晴老人。颜其白马湖之精舍曰晚晴山房。乱后乡村不宁，山房无人居宁，门窗砖瓦被盗垂尽，闻将成废墟矣。斯编名曰晚晴山房书简，不特从师夙好，亦将藉以为胜迹留一纪念也。编中书简，除余所藏者外，来自各方，助为缮写者同事丰君沧祥，郭君沈澄，朱君孑如，及窦德清宗性姊弟，付刊者同事徐君调孚，校对者同事周君振甫，例得备书，以志功德。中华民国三十三年中秋夏丏尊识于上海寓舍师之画像前。

《文章作法》序

这是我六七年来的讲义稿，前五章是一九一九年在长沙第一师范时编的，第六章小品文是一九二二年在白马湖春晖中学时编的，二者性质不同，现在就勉强凑集在一处。附录三篇，都是在校报上发表过的，也顺便附在后面。

教师原是忙碌者，国文教师尤其是忙碌者中的忙碌者，全书诸稿，记得都是深夜在呵欠中写成的。讲的时候，学生虽表示有兴味，但讲过以后，自己就不愿再去看它，觉得别无可存的价值。只把钉成的油印本搁在书架上。

有一天，邻人刘薰宇从尘埃中拿下来看了说是很好，劝我出版，我只是笑而不应。这已是四年前的事了。去年，薰宇因立达学园缺乏国文教师，不教数学，改行教国文了，叫我把稿本给他，说要用这去教学生。我告诉他原稿不完全的所在，请他随教随修改。薰宇教了一年，修改了一年，于说明不充足处，使之详明，引例不妥当处，从新更换，费去的心思实在不少。大家认为可作立达学园比较固定的教本，为欲省油印的烦累，及兼备别校采用计，就以两人合编的名义，归开明书店出版。

本书内容取材于日本同性质的书籍者殊不少。附录中的《作文的基本态度》一篇，记得是从五十岚力氏《作文三十讲》中某章“烧直”过来的，顺便声明在这里。

一九二六年八月七日，丏尊记于上海江湾立达学园

《文章作法》绪言

“熟读唐诗三百首，不会做诗也会吟。”这句话虽然只指示学习“做诗”的初步方法，但中国人学习作文，也是同一的态度。原来中国文人是认定“文无定法”，只有“神而明之”，所以古代虽然有几部论到作文法的书如刘勰的《文心雕龙》和唐彪的《读书作文谱》之类以及其他的零碎论文，不是依然脱不了“神而明之”的根本思想，陈义过高，流于玄妙，就是不合时宜。近来在这方面虽已渐渐有人注意，新出版的书也有了好几种，只是适合于中等学校作教科用的仍不易得；而为应教学上的需要，实在又不能久待；所以参考他国现行关于这一类的书籍，编成这本书以救急。

文章本是为了传达自己的意思或情感而作的，所以只是一种工具。单有意思或情感，没有用文字发表出来，就只能保藏在自己的心里，别人无从得知。单有文字而无意思或情感，不过是文字的排列，也不能使读的人得到点什么。意思或情感是文章的内容，文字的结构是文章的形式。内容是否充实，这关系作者的经验、知力、修养。至于形式的美丑，那便是一种技术。严格地说，这两方面虽是同样地没有成法可依赖，但后者毕竟有些基本方法可以遵照，作文法就是讲明这些方法的。

技术要达到巧妙的地步，不能只靠规矩，非自己努力锻炼不可。学游泳的人不是只读几本书就能成，学木工的人不是只听别人讲几次便会，作文也是如此，单知道作文法也不能就作得出好文章。反过来说，不知作文法的人，就是所谓“神而明之”的也竟有成功的。总之，一切技术都相同，仅仅仗那外来的知识而缺乏练习，绝不能纯熟而达到巧妙的境地。“多读，多作，多商量，” 这话虽然简单，实在是很中肯綮，颠扑不破；要想作好文章的不能不在这方面下番切实的工夫。

照上面所说的一段话，必定有人疑心到作文法全无价值，依旧确信“文无定法”，只想“神而明之”，这也是错的。专一依赖法则固然是不中用，但法则究竟能指示人以必由的途径，使人得到正规。渔父的儿子虽然善于游泳，但比之于有正当知识，再经过练习的专门家，究竟相差很远。而跟着渔父的儿子去学游泳，比之于跟着专门家去练习也不同，后者总比前者来得正确快速。法则对于技术是必要而不充足的条件，真正凭着练习成功的，必是暗合于法则而不自知的。法则没用而有用，就在这一点，作文法的真价值，也就在这一点。

《文章作法》，开明书店，1926 年 8 月版

《鸟与文学》序

壁上挂一把拉皮黄调的胡琴与悬一张破旧的无弦古琴，主人的胸中的情调是大不相同的。一盆芬芳的蔷薇与一枝枯瘦的梅花，在普通文人的心目中，也会有雅俗之分。这事实可用民族对于事物的文学历史的多寡而说明。琴在中国已有很浓厚的文学背景，普通人见了琴就会引起种种联想，胡琴虽时下流行，但在近人的咏物诗以外却举不出文学上的故事或传说来，所以不能为联想的原素。蔷薇在西洋原是有长久的文学的背景的，在中国，究不能与梅花并列。如果把梅花放在西洋的文人面前，其感兴也当然不及蔷薇的吧。

文学不能无所缘，文学所缘的东西，在自然现象中要算草虫鸟为最普通。孔子举读诗的益处，其一种就是说“多识乎鸟兽草木之名”。试翻毛诗来看，第一首《关雎》，是以鸟为缘的，第二首《葛覃》，是以草木为缘的。民族各以其常见的事物为对象，发为歌咏或编成传说，经过多人的歌咏及普遍的传说以后，那事物就在民族的血脉中，遗下某种情调，呈出一种特有的观感。这些情调与观感，足以长久地作为酵素，来温暖润泽民族的心情。日本人对于樱的情调，中国人对于鹤的趣味，都是他民族所不能翻译共喻的。

事物的文学背景愈丰富，愈足以温暖润泽人的心情，反之，如果对于某事物毫不知道其往昔的文献或典故，就会兴味索然。故对于某事物关联地来灌输些文学上的文献或典故，使对于某事物得扩张其趣味，也是青年教育上一件要务。祖璋的《鸟与文学》，在这意义上，不失为有价值的书。

小泉八云（Lafcádio Heam）曾著了一部有名的《虫的文学》，把日本的虫的故事与诗歌和西洋的关于虫的文献比较研究过。我在往时读了很感兴趣。现在读祖璋此书，有许多地方，令我记起读《虫的文学》的印象来。

文学馆

小说

夏丏尊精品选

命相家

我因事至南京，住在 ×× 饭店。二楼楼梯旁某号房间里，寓着一位命相家。房门是照例关着的，这位命相家叫什么名字，房门上挂着的那块玻璃框子的招牌上写着什么，我虽在出去回来的时候，必须经过那门前，却毫未曾加以注意。

有一天旁晚，我从外边回来，刚走完楼梯，见有一个着洋服的青年方从命相家房中走出，房门半开，命相家立在门内点头相送叫“再会！”

那声音很耳熟，急把脚立住了看那命相家，不料就是十年前的同事刘子岐。

“呀！子岐！”我不禁叫了出来。

“呀！久违了。你也住在这里吗？”他吃了一惊，把门开大了让我进去。我重新去看门口的招牌，见上面写着“青田刘知机星命谈相”等等的文字。

“哦！刘子岐一变而为刘知机。十年不见，不料得了道了，究竟是什么一会事？”我急问。

“说来话长。要吃饭，没有法子。你仍在写东西吗？教师是也好久不做了吧。真难得，会在这里碰到。不瞒你说，我吃这碗饭已有七八年了，自从那年和你一同离开 ×× 中学以后，就飘泊了好几处地方，这里一学期，那里一学期，不得安定，也曾挂了斜皮带革过命，可是终于生活不过去。你知道，我原是一只三脚猫，以后就以卖卜混饭了。最初在上海挂牌，住了四五年，前年才到南京来。”

“在上海住过四五年？为什么我一向不曾碰到你，上海的朋友之中，也没有人谈及呢？”我问。“我改了名字，大家当然无从知道了。朋友们又是一向都不信命相的，我吃了这口江湖饭，也无颜去找他们，如果今天你不碰巧看到我，你会知道刘知机就是我吗？”我有许多事情想问，不知从何说起。忽然门开了，进来的是二位顾客。一个是戴呢帽穿长袍的，一个是着中山装的，年纪都未满三十岁。刘子岐——刘知机丢开了我，满面春风地立起身来迎上前去，俨然是十足的江湖派。我不便再坐，就把房间号数告诉了他，约他畅谈。回到了自己的房间里。

十年前的中学教师，居然会卖卜？顾客居然不少，而且大都是青年知识阶级中人？感慨与疑问乱云似地在我胸中纷纷叠起。等了许久，刘知机老是不来，叫茶房去问，回说房中尚有好几个顾客，空了就来。

“对不起！一直到此刻才空。”刘知机来已是黄昏时候了。“难得碰面，大家出去叙叙。”

在秦淮河畔某酒家中觅了一个僻静的座位。大家把酒畅谈。

“生意似很不错呢。”我打动他说。

“呃，这几天是特别的。第一种原因，听说有几个部长要更动了，部长一更动，人员也当然有变动。你看，×× 饭店不是客人很挤吗？第二种原因，暑假快到了，各大学的毕业生都要谋出路，所以我们的生意特别好。”

“命相学当真可凭吗？”

“当然不能说一定可凭。不过在现今样的社会上，命相之说，尚不能说全不足信。你想，一个机关中，当科长的，能力是否一定胜过科员？当次长的，能力是否一定不如部长？举一例说，我们从前的朋友之中，李 ×× 已成了主席了。王 ×× 学力人品，平心而论，远过于他，革命的功绩，也不比他差，可是至今还不过一个 ×× 部的秘书。还有，一班毕业生数十人之中，有的成绩并不出色，倒有出路，有的成绩很好，却无人过问。这种情形除了命相以外，该用什么方法去说明呢？有人说，现今吃饭全靠八行书。这在我们命相学上就叫‘遇贵人’。又有人挖苦现在贵人们的亲亲相阿，说是生殖器的联系。这简直是穷通由于先天，证明‘命’的的确确是有的了。”刘知机玩世不恭地说。

“这样说来，你们的职业实实在在有着社会的基础的。哈哈。”

“到了总理的考试制度真正实行了以后，命相也许不能再成为职业，至于现在是，有需要，有供给，仍是堂堂皇皇的吃饭职业。命相家的身分决不比教师低下，我预备把这碗江湖饭吃下去哩。”

“你的营业项目有几种？”

“命，相，风水，合婚择日，什么都干。风水与合婚择日，近来已不行了。风水的目的是想使福泽及于子孙。现今一般人的心理，顾自身，顾目前，都来不及，那有余闲顾到几十年几百年后的事呢？至于合婚择日，生意也清。摩登青年男女间盛行恋爱同居，婚也不必‘合’，日也无须‘择’了。只有命相两项，现在仍有生意。因为大家都在急迫地要求出路，寻机会，出路与机会的条件，不一定是资格与能力，实际全靠碰运气。任凭大家口口声声喊‘打破迷信’，到了无聊之极的时候，也会瞒了人花几块钱来请教我们。在上海，顾客大半是商人，他们所问的是财气。在南京，顾客大半是‘同志’与学校毕业生，他们所问的是官运。老实说，都无非为了要吃饭。唯其大家要想吃饭，我们也就有饭可吃了。哈哈……”刘知机滔滔地说，酒已半醺了，自负之外又带感慨。

“你对于这些可怜的顾客，怎样对付他们？有什么有益的指导呢？”

“还不是靠些江湖上的老调来敷衍！我只是依照古书，书上怎么说，就怎么说。准不准连我自己也不知道。好在顾客也并不打紧，他们的到我这里来，等于出钱去买香槟票，着了原高兴，不着也不至于跳河上吊的。我对他说‘就快交运’‘向西北方走’‘将来官至部长’，是给他一种希望。人没有希望，活着很是苦痛，现社会到处使人绝望，要找希望，恐怕只有到我们这里来，花一二块钱来买一个希望，虽然不一定准确可靠，究竟比没有希望好。在这一点上，我们命相家敢自任为救苦救难的希望之神。至少在像现在的中国社会可以这样说。”话愈说愈痛切，神情也愈激昂了。

他的话既诙谐又刺激，我听了只是和他相对苦笑，对了这别有怀抱的伤心人，不知再提出什么话题好？彼此都已有八九分醉意了。

怯弱者

一

阴历七月中旬，暑假快将过完，他因在家乡住厌了，就利用了所剩无几的闲暇，来到上海。照例耽搁在他四弟行里。

“老五昨天又来过了，向我要钱，我给了他十五块钱。据说前一会浦东纱厂为了五卅事件，久不上工，他在领总工会的维持费呢。唉，可怜！”兄弟晤面了没有多少时候，老四就报告幼弟老五的近况给他听。

“哦！”他淡然地说。

“你总只是说‘哦，’我真受累极了。钱还是小事，看了他那样儿，真是不忍。鸦片恐还在吃吧，你看，靠了苏州人做女工，那里养得活他。”

“但是有什么法子罗！”他仍淡然。

自从老五在杭州讨了所谓苏州人，把典铺的生意失去了以后，虽同住在杭州，他对于老五就一反了从前劝勉慰藉的态度，渐渐地敬而远之起来。老五常到他家里来，诉说失业后的贫困和妻妾间的风波，他除了于手头有钱时接济些以外，一概不甚过问。老五有时说家里有菜，来招他吃饭，他也托故谢绝。他当时所最怕的，是和那所谓苏州人的女人见面。

“见了怎样称呼呢？她原是拱宸桥货，也许会老了脸皮叫我三哥吧，我叫她什么？不尴不尬的！”这是他心里所老抱着的过虑。

有一天，他从学校回到家里，妻说：“今天五弟领了苏州人来过了，说来见见我们的。才回去哩。”

他想，幸而迟了些回来，否则糟了。但仍不免为好奇心所驱：“是什样一个人？漂亮吗？”

“也不见得比五娘长得好。瘦长的身材，脸色黄黄的，穿的也不十分讲究。据说五弟当时做给她的衣服已有许多在典铺里了。五弟也憔悴得可怜，和在当铺里时比起来，竟似两个人。何苦啊，真是前世事！”

老五的状况，愈弄愈坏。他每次听到关于老五的音信，就想象到自己手足沉沦的悲惨。可是却无勇气去直视这沉沦的光景。自从他因职务上的变更迁居乡间，老五曾为过年不去，奔到乡间来向他告贷一次，以后就无来往，唯从他老四那里听到老五的消息而已。有时到上海，听到老五已把正妻逼回母家，带了苏州人到上海来了。有时到上海，听到老五由老四荐至某店，亏空了许多钱，老四吃了多少的赔账。有时到上海，听到老五梅毒复发了，卧在床上不能行动。后来又听到苏州人入浦东某纱厂做女工了，老五就住在浦东的贫民窟里。

当老四每次把老五的消息说给他听时，他的回答，只是一个“哦”字。实际，在他，除了回答说“哦”以外，什么都不能说了。

“不知老五究竟苦到怎样地步了，既到了上海，就去望他一次吧。”有时他也曾这样想。可是同时又想到：“去也没用，梅毒已到了第三期了，鸦片仍在吸，住在贫民窟里，这光景见了何等难堪。况且还有那个苏州人……横竖是无法救了的，还是有钱时送给他些吧，他所要的是钱，其实单靠钱也救他不了……”

自从有一次在老四行里偶然碰见老五，彼此说了些无关轻重的话就别开以后，他已有二年多不见老五了。

二

到上海的第二天，他才和朋友在馆子里吃了中饭回到行里去，见老四皱了眉头和一个工人模样的人在谈话。“老三，说老五染了时疫，昨天晚上起到今天早晨泻过了好几十次，指上的螺也已瘪了。这是老五的邻居，特地从浦东赶来通报的。”他才除了草帽，就从老四口里听到这样的话。

“哦，”他一壁回答，一壁脱下长衫到里间去挂。

“那末，你先回去，我们就派人来。”他在里间听见老四送浦东来人出去。

立时，行中伙友们都失了常度似地说东话西起来了。“前天还好好地到此地来过的。”张先生说。

“这时候正危险，一不小心……”在打算盘的王先生从旁加入。

老四一进到里间，就神情凄楚地：“说是昨天到上海来，买了二块钱的鸦片去。——大概就是我给他的钱吧——因肚子饿了，在小面馆里吃了一碗面，回去还自己煎鸦片的。到夜饭后就发起病来。照来人说的情形，性命恐怕难保的了。事已如此，非有人去不可。我也未曾去过，有地址在此，总可问得到的。你也同去吧。”

“我不去！”

“你怕传染吗？自己的兄弟呢。”老四瞠了目说。

“传染倒不怕，我在家里的时候，已请医生打过预防针了的。实在怕见那种凄惨的光景。我看最要紧的，还是派个人去，把他送入病院吧。”

“但是，总非得有人去不可。你不去，只好我一个人去。——一个人去也有些胆小，还是叫吉和叔同去吧，他是能干的，有要紧的时候，可以帮帮。”老四一边说一边急摇电话。

果然，他吉和叔一接电话就来，老四立刻带了些钱着了长衫同去了。他只是懒懒地靠在沙发上目送他们出门。行中伙友都向他凝视，那许多惊讶的眼光，似乎都在说他不近人情。

他也自觉有些不近人情起来，自恨自己怯弱，没有直视苦难的能力，却又具有着对于苦难的敏感。身子虽在沙发上，心已似飞到浦东，一味作着悲哀的想象：“老五此刻想泻得乏力了，眼睛大约已凹进了，据说霍乱症一泻肉就瘦落的。——不，或者已气绝了。……”

他用了努力把这种想象压住，同时却又因了联想，纷然地回忆起许多往事来：记到儿时兄弟在老屋檐前怎样玩耍，母亲在日怎样爱恋老五，老五幼时怎样吃着嘴讲话讨人欢喜，结婚后怎样不平，怎样开始放荡，自己当时怎样劝导，第一次发梅毒时，自己怎样得知了跑到拱宸桥去望他，怎样想法替他担任筹偿旧债。又记到自己幼时逢大雷雨躲入床内，得知家里要杀鸡，就立即逃避，看戏时遇到《翠屏山杀嫂》等戏要当场出彩，预先俯下头去，以及妻每次生产时，不敢走入产房，只在别室中闷闷地听着妻的呻吟声默祷她安全的光景。又记到二十五岁那年母亲在自己腕上气绝时自己的难忍，五岁爱儿患了肺炎将断气时虽嘶了声叫“爸爸来，爸爸来，”自己不敢近去抱他，终于让他死在妻怀里的情形。种种的想象与回忆，使他不能安坐在沙发上。他悄然地披上长衣，拿了草帽无目的地向外走去。见了路上的车水马龙，愈觉着寂寥，夕阳红红地射在夏布长衫上，可是在他却时觉有些寒噤。他荡了不少的马路，终于走入一家酒肆，拣了一个僻静的位子坐下。

电灯早亮了，他还是坐着，约莫到了八点多钟，才懒懒地起身。他怕到了老四行里，得知恶消息，但不得消息，又不放心。大了胆到了行里，见老四和他吉和叔还未回行，又忐忑不安起来：

“这许多时候不回来，怕是老五已死了。也许是生死未定，他们为了救治，所以离不开身的。”这样自己猜忖。老四等从浦东回来已在九点钟以后。

“你好！这样写意地躺在沙发上，我们一直到此刻才算‘眼不见为净’，连夜饭都还未下肚呢！”他吉和叔一进来就含笑带怒地说。

他一听了他吉和叔的责言，几乎要辩解了说“我在这里恐比你们更难过些。”可是终于咽住。因了他吉和叔的言语和神情，推测到老五还活着，紧张的心绪也就宽缓了些。

“病得怎样？不要紧吗？”他禁不住一见老四就问。“泻是还在泻，神志尚清，替他请了个医生来打过盐水针，所以一直弄到此刻。据医生说温度已有些减低，救治欠早，约定明晨再来替他诊视一次，但愿今夜不再泻，就不要紧。——我们要回来时，苏州人向着我们哀哭，商量后事，说她曾割过股了，万一老五不好，还要替他守节。却不料妓女中竟有这样的人。——老五自己说恐今夜难过，要我们陪他。但是地方正不像个样子，只是小小的一间楼上，便桶风炉，就在床边，一进房便是臭气。我实在要留也不能留在那里，只好硬了心肠回来。”

他吉和叔说恐受有秽气，吃饭时特叫买高粱酒，一壁饮酒一壁杂谈方才到浦东去的情形：说什么左右邻居一见有着长衫的人去，就大惊小怪地拢来，医生打盐水针时，满房立满了赤膊的男人和抱小孩的女人，尽回覆也不肯散，以及小弄堂内苍蝇怎样多，想到自己祖父名下的人落魄至于住到这种场所，心里怎样难过。他只是托了头坐在旁边听着。等到饭毕，他吉和叔回去以后，还是茫然地坐在原处不动。

“我预备叫车夫阿兔到浦东去，今夜就叫他陪在那里，有要紧即来报告。再向朋友那里挑些大土膏子带去。今夜大约是不要紧的，且到明天再说吧。”老四一壁说，一壁就写条子问朋友借鸦片，按电铃叫车夫阿兔。“死了怎样呢？”他情不自禁地自己唧咕着说。“死了也没有法子，给他备衣棺，给他安葬，横竖只要钱就是了。世间有你这样的人！还说是读书的！遇事既要躲避，又放不下，老是这样黏缠！”

老四说时笑了起来，他也不觉为之破颜。自笑自己真太呆蠢，记起母亲病危时妻的话来：“你这样夜不合眼，饭也不吃，自割自吊地烦恼，倒反使病人难过，连我们也被你弄得心乱了。你看四弟呵，他服伺病人，延医，买药，病人床前有人时，就偷空去睡，起来又做事，何尝像你的空忙乱！”

老四回寓以后，他也就睡，因为睡不去，重起来把电灯熄了，电灯一熄，月光从窗间透入。记起今夜是阴历七月十五的鬼节，不禁有些毛骨竦然，似乎四周充满了鬼气似的。

三

天一亮，车夫阿兔回来，说泻仍未止，病势已笃，病人昨天知道老三在上海，夜间好几次地说要叫老三去见见。

他张开了红红的眼在床上坐起身来听毕车夫阿兔的报告：“哦！知道了！”

他胡乱地把面洗了，独自坐在沙发上，拿了一张旧报纸茫然地看着。心里不绝地回旋。

“这真是兄弟最后的一会了，……但正唯其是兄弟，正唯其是最后一会，所以不忍，别说他在浦东贫民窟里，别说还有那个所谓苏州人，就是他清清爽爽地在自己老家里，到这时我也要逃开的……可惜昨天不去，昨天去了，不是也过去了吗？昨天不去，今天更不忍去了。……不过，不去又究竟于心不安。……”

这样的自己主张和自己打消，使他苦闷得坐不住，立起身来在客堂圆桌周围只管绕行！一直到行中伙友有人起来为止。

九时老四到行，从车夫阿兔口中问得浦东消息，即问他说：“那末，你就去一趟吧，叫阿兔陪你去好吗？”“我不去！”他断然地说。

兄弟二人默然相对移时。浦东又有人来急报病人已于八时左右气绝了。

“终于不救！”老四闻报叹息说。

“唉！”他只是叹息。同时因了事件的解决，紧张的心情，反觉为之一宽。

行中伙友又失起常度来了，大家拢来问讯，互相谈论。“季方先生人是最好的，不过讨了个小，景况又不大好。这样死了，真是太委屈了！”一个说。

“他真是一个老实人，因为太忠厚了，所以到处都吃亏。”一个说。

“默之先生，早知道如此，你昨天应该去会一会的。”

张先生向了他说。

“去也无用，徒然难过。其实，像我们老五这种人，除了死已没有路了的。死了倒是他的福。”他故意说得坚强。

老四打发了浦东来报信的人回去，又打电话叫了他吉和叔来，商量买棺木衣衾，及殓后送柩到斜桥绍兴会馆去的事。他只是坐在旁听着。

“棺材约五六十元，衣衾约五六十元，其他开销约二三十元，将来还要运送回去安葬。……”老四拨着算盘子向着他说。

“我虽穷，将来也愿凑些。钱的事情究竟还不算十分难。”

他吉和叔与老四急忙出去，他也披起长衣就怅怅无所之地走出了行门。

四

当夜送殓，次晨送殡，他都未到。他的携了香烛悄然地到斜桥绍兴会馆，是在殡后第二日下午，他要动身回里的前几点钟。

一下电车，沿途就见到好几次的丧事行列，有的有些排场，有的只是前面扛着一口棺材，后面东洋车上坐着几个着丧服的妇女或小孩。“不过一顿饭的工夫，见到好几十口棺材了，这几天天天如此，人真不值钱啊。”他因让路，顺便走入一家店铺买香烟时，那店伙自己在唧咕着。

他听了不胜无常之感。走在烈日之中，汗虽直淋，而身上却觉有些寒栗。因了这普遍的无常之感，对于自己兄弟的感伤，反淡了许多，觉得死的不但是自己的兄弟。进了会馆门，见各厅堂中都有身着素服的男女休息着，有的泪痕才干，眼睛还红肿，有的尚在啜泣。他从管会馆的司事那里问清了老五的殡所号数，叫茶房领到柩厂中去。

穿过圆洞门，就是一弄一弄的柩厂。厂中阴惨惨地不大有阳光，上下重叠地满排着灵柩，远望去有黑色的，有赭色的，有和头上有金花样的。两旁分排，中间只有一人可走的小路。他一见这光景，害怕得几乎要逃出，勉强大着了胆前进。

“在这弄里左边下排着末第三号就是，和头上都钉得有木牌的。你自去认吧。”茶方指着弄口说了急去。他才踏进弄，即吓得把脚缩了出来。继而念及今天来的目的，于是重新屏住了鼻息目不旁瞬地进去。及将到末尾，才去注意和头上的木牌。果然找着了，棺口湿湿的似新封未干，牌上写着的姓名籍贯年龄，确是老五。“老五！”他不禁在心里默呼了一声，鞠下躬去，不禁泫然的要落下泪来，满想对棺祷诉，终于不敢久立，就飞步地跑了出来。到弄外呼吸了几口大气，又向弄内看了几看才走。

到了客堂里，茶房泡出茶来，他叫茶房把香烛点了，默默地看着香烛坐了一会。

“老五！对不住你！你是一向知道我的，现在应更知道我了。”这是他离会馆时心内的话。

一出会馆门，他心里顿觉宽松了不少，似乎释了什么重负似的。坐在从斜桥到十六铺的电车上，他几乎睡去。原来，他已疲劳极了。

上船不久，船就开驶，他于船初开时，每次总要出来望望的。平常总向上海方面看，这次独向浦东方面看。沿江连排红顶的码头栈房后背，这边那边地矗立着几十支大烟囱，黑烟在夕阳里败絮似地喷着。

“不知那条烟囱是某纱厂的，不知那条烟囱旁边的小房子是老五断气的地方。”他竖起了脚跟伸了头颈注意一一地望。

船已驶到几乎看不到人烟的地方了，他还是靠在栏杆上向船后望着。

猫

白马湖新居落成，把家眷迁回故乡的后数日，妹就携了四岁的外甥女，由二十里外的夫家雇船来访。自从母亲死后，兄弟们各依了职业迁居外方，故居初则赁与别家，继则因兄弟间种种关系，不得不把先人有过辛苦历史的高大屋宇，售让给附近的暴发户，于是兄弟们回故乡的机会就少，而妹也已有六七年无归宁的处所了。这次相见，彼此既快乐又酸辛，小孩之中，竟有未曾见过姑母的。外甥女也当然不认得舅妗和表姊，虽经大人指导勉强称呼，总都是呆呆地相觑着。

新居在一个学校附近，背山临水，地位清静，只不过平屋四间。论其构造，连老屋的厨房还比不上，妹却极口表示满意：“虽比不上老屋，总究是自己的房子，我家在本地已有许多年没有房子了！自从老屋卖去以后，我多少被人瞧不起！每次乘船行过老屋的面前，真是……”妻见妹说时眼圈有点红了，就忙用话岔开：“妹妹你看，我老了许多了罢？你却总是这样后生。”

“三姊倒不老！——人总是要老的，大家小孩都已这样大了，他们大起来，就是我们在老起来。我们已六七年不见了呢。”

“快弄饭去罢！”我听了他们的对话，恐再牵入悲境，故意打断话头，使妻走开。

妹自幼从我学会了酒，能略饮几杯。兄妹且饮且谈，嫂也在旁羼着。话题由此及彼，一直谈到饭后，还连续不断。每到妹和妻要谈到家事或婆媳小姑关系上去，我总立即设法打断，因为我是深知道妹在夫家的境遇的，很不愿在难得晤面的当初，就引起悲怀。

忽然，天花板上起了嘈杂的鼠声。

“新造的房子，老鼠就这样多了吗？”妹惊讶了问。“大概是近山的缘故罢。据说房子未造好就有了老鼠的。晚上更厉害，今夜你听，好像在打仗哩，你们那里怎样？”妻说。

“还好，我家有猫。——快要产小猫了，将来可捉一只来。”

“猫也大有好坏，坏的猫老鼠不捕，反要偷食，到处撒屎，还是不养好。”我正在寻觅轻松的话题，就顺了势讲到猫上去。

“猫也和人一样，有种子好不好的，我那里的猫，是好种，不偷食，每朝把屎撒在盛灰的畚斗里。——你记得从前老四房里有一只好猫罢。我们那只猫，就是从老四房讨去的小猫。近来听说老四房里已断了种了，——每年生一胎，附近养蚕的人家都来千求万恳地讨，据说讨去都不淘气的。现在又快要生小猫了。”

老四房里的那只猫向来有名。最初的老猫，是曾祖在时，就有了的。不知是那里得来的种子，白地，小黄黑花斑，毛色很嫩，望去像上等的狐皮“金银嵌”。善捉鼠，性质却柔驯得了不得，当我小的时候，常去抱来玩弄，听它念肚里佛，挖看它的眼睛，不啻是一个小伴侣。后来我由外面回家，每走到老四房去，有时还看见这小伴侣——的子孙。曾也想讨一只小猫到家里去养，终难得逢到恰好有小猫的机会，自迁居他乡，十年来久不忆及了。不料现在种子未绝，妹家现在所养的，不知已是最初老猫的几世孙了。家道中落以来，田产室庐大半荡尽，而曾祖时代的猫，尚间接地在妹家留着种子，这真是一种不可思议的缘，值得叫人无限感兴的了。

“哦！就是那只猫的种子！好的，将来就给我们一只。那只猫的种子是近地有名的。花纹还没有变吗？”“你欢喜哪一种？——大约一胎多则三只，少则两只，其中大概有一只是金银嵌的，有一二只是白中带黑斑的，每年都是如此。”

“那自然要金银嵌的罗。”我脑中不禁浮出孩时小伴侣的印象来。更联想到那如云的往事，为之茫然。妻和妹之间，猫的谈话，仍被继续着，儿女中大些的张了眼听，最小的阿满，摇着妻的膝问“小猫几时会来？”我也靠在藤椅子上吸着烟默然听她们。

“小猫的时候，要教它会才好。如果撒屎在地板上了，就捉到撒屎的地方，当着它的屎打，到碗中偷食吃的时候，就把碗摆在它的前面打，这样打了几次，它就不敢乱撒屎多偷食了。”

妹的猫教育论，引得大家都笑了。

次晨，妹说即须回去，约定过几天再来久留几日，临走的时候还说：“昨晚上老鼠真吵得厉害，下次来时，替你们把猫捉来罢。”

妹去后，全家多了一个猫的话题。最性急的自然是小孩，他们常问“姑妈几时来？”其实都是为猫而问，我虽每回答他们“自然会来的，性急什么？”而心里也对于那与我家一系有二十多年历史的猫，怀着迫切的期待，巴不得妹——猫快来。

妹的第二次来，在一个月以后，带来的只是赠送小孩的果物和若干种的花草苗种，并没有猫。说前几天才出生，要一月后方可离母，此次生了三只，一只是金银嵌的，其余两只，是黑白花和狸斑花的，讨的人家很多，已替我们把金银嵌的留定了。

猫的被送来，已是妹第二次回去后半月光景的事，那时已过端午，我从学校回去，一进门，妻就和我说：“妹妹今天差人把猫送来了，她有一封信在这里。说从回去以后就有些不适。大约是寒热，不要紧的。”

我从妻手里接了信草草一看，同时就向室中四望：

“猫呢？”

“她们在弄它。阿吉阿满，你们把猫抱来给爸爸看！”

立刻，柔弱的“尼亚尼亚”声从房中听得阿满抱出猫来：“会念佛的，一到就蹲在床下，妈说它是新娘子呢。”

我在女儿手中把小猫熟视着说：“还小呢，别去捉它，放在地上，过几天会熟的。当心碰见狗！”

阿满将猫放下。猫把背一耸就踉跄地向房里遁去。接着就从房内发出柔弱的“尼亚尼亚”的叫声。

“去看看它躲在什么地方。”阿吉和阿满蹑了脚进房去。

“不要去捉它啊！”妻从后叮嘱她们。

猫确是金银嵌，虽然产毛未褪，黄白还未十分夺目，尽足依约地唤起从前老四房里小伴侣的印象。“尼亚尼亚”的叫声，和“咪咪”的呼唤声，在一家中起了新气分，在我心中却成了一个联想过去的媒介，想到儿时的趣味，想到家况未中落时的光景。

与猫同来的，总以为不成问题的妹的病消息，一二日后竟由沉重而至于危笃，终于因恶性虐疾引起了流产，遗下未足月的女孩而弃去这世界了。

一家人参与丧事完毕从丧家回来，一进门就听到“尼亚尼亚”的猫声。

“这猫真不利，它是首先来报妹妹的死信的！”妻见了猫叹息着说。猫正在檐前伸了小足爬搔着柱子，突然见我们来，就踉跄逃去，阿满赶到厨下把它捉来了。捧在手里：“你还要逃，都是你不好！妈！快打！”

"畜生晓得什么？唉，真不利！"妻呆呆地望着猫这样说，忘记了自己的矛盾，倒弄得阿满把猫捧在手里瞪目茫然了。

"把它关在伙食间里，别放它出来！"我一壁说一壁懒懒地走入卧室睡去。我实在已怕看这猫了。

立时从伙食间里发出"尼亚尼亚"的悲鸣声和嘈杂的搔爬声来。努力想睡，总是睡不着。原想起来把猫重新放出，终于无心动弹，连向那就在房外的妻女叫一声"把猫放出"的心绪也没有，只让自己听着那连续的猫声，一味沉浸在悲哀里。

从此以后，这小小的猫，在全家成了一个联想死者的媒介，特别地在我，这猫所暗示的新的悲哀的创伤，是用了家道中落等类的怅惘包裹着的。

伤逝的悲怀，随着暑气一天一天地淡去，猫也一天一天地长大，从前被全家所咀咒的这不幸的猫，这时渐被全家宠爱珍惜起来了，当作了死者的纪念物。每餐给它吃鱼，归阿满饲它，晚上抱进房里，防恐被人偷了或是被野狗咬伤。

白玉也似的毛地上，黄黑斑错落得非常明显，当那蹲在草地上或跳掷在凤仙花丛里的时候，望去真是美丽。每当附近四邻或路过的人，见了称赞说"好猫！"的时候，妻脸上就现出一种莫可言说的矜夸，好像是养着一个好儿子或是好女儿。特别地是阿满：

"这是我家的猫，是姑母送来的，姑母死了，只剩了这只猫了！"她当有人来称赞猫的时候，不管那人蓦生与不蓦生，总会睁圆了眼起劲地对他说明这些。

猫做了一家的宠儿了，每餐食桌旁总有它的位置，偶然偷了食或是乱撒了屎，虽然依妹的教育法是要就地罚打的，妻也总看妹面上宽恕过去。阿吉阿满一从学校里回来就用了带子逗它玩，或是捉迷藏似地在庭间追赶它。我也常于初秋的夕阳中坐在檐下对了这跳掷着的小动物作种种的遐想。

那是快近中秋的一个晚上的事：湖上邻居的几位朋友，晚饭后散步到了我家里，大家在月下闲话，阿满和猫在草地上追逐着玩。客去后，我和妻搬进几椅正要关门就寝，妻照例记起猫来：

“咪咪！”

“咪咪！”阿吉阿满也跟着唤。

可是却不听到猫的“尼亚尼亚”的回答。

“没有呢！哪里去了？阿满，不是你捉出来的吗？去寻来！”妻着急起来了。

“刚刚在天井里的。”阿满瞠了眼含糊地回答，一壁哭了起来。

“还哭！都是你不好！夜了还捉出来做什么呢？——咪咪，咪咪！”妻一壁责骂阿满一壁嗄了声再唤。

“咪咪，咪咪！”我也不禁附和着唤。

可是仍不听到猫的“尼亚尼亚”的回答。

叫小孩睡好了，重新找寻，室内室外，东邻西舍，到处分头都寻遍，哪有猫的影儿？连方才谈天的几位朋友都过来帮着在月光下寻觅，也终于不见形影。一直闹到十二点多钟。月亮已照屋角为止。

“夜深了，把窗门暂时开着，等它自己回来罢，——偷是没有人偷的，或者被狗咬死了，但又不听见它叫。也许不至于此，今夜且让它去罢。”我宽慰着妻，关了大门，先入卧室去。在枕上还听到妻的“咪咪”的呼声。猫终于不回来。从次日起，一家好像失了什么似地，都觉到说不出的寂寥。小孩从放学回来也不如平日的高兴，特别地在我，于妻女所感得的以外，顿然失却了沉思过去种种悲欢往事的媒介物，觉得寂寥更甚。

第三日傍晚，我因寂寥不过了，独自在屋后山边散步，忽然在山脚田坑中发见猫的尸体。全身黏着水泥，软软地倒在坑里，毛贴着肉，身躯细了好些，项有血迹，似确是被狗或野兽咬毙了的。

“猫在这里！”我不觉自叫了说。

“在哪里？”妻和女孩先后跑来，见了猫都呆呆地几乎一时说不出话。

“可怜！一定是野狗咬死的。阿满，都是你不好！前晚你不捉它出来，哪里会死呢？下世去要成冤家啊！——唉！妹妹死了。连妹妹给我们的猫也死了。”妻说时声音呜咽了。

阿满哭了，阿吉也呆着不动。

“进去罢，死了也就算了，人都要死哩，别说猫！快叫人来把它葬了。”我催她们离开。

妻和女孩进去了。我向猫作了最后的一瞥，在昏黄中独自徘徊。日来已失了联想媒介的无数往事，都回光返照似地一时强烈地齐现到心上来。

长　闲

他午睡醒来，见才拿在手中的一本《陶集》，皱折了倒在枕畔。午饭时还阴沉的天，忽快晴了，窗外柳丝摇曳，也和方才转过了方向。新鲜的阳光把隔湖诸山的皱褶照得非常清澈，望去好像移近了一些。新绿杂在旧绿中，带着些黄味，他无识地微吟着“此中有深意，欲辨已忘言”，揉着倦饧饧的眼，走到吃饭间。见桌上并列地丢着两个书包，知道两女儿已从小学散学回来了。屋内寂静无声，妻的针线笾里，松松地闲放着快做成的小孩单衣，针子带了线斜定在纽结上。壁上时钟正指着四点三十分。他似乎一时想走入书斋去，终于不自禁地踱出廊下。见老女仆正在檐前揩抹预备腌菜的瓶坛，似才从河埠洗涤了来的。

“先生起来了，要脸水吗？”

“不要。”他躺下摆在檐头的藤椅去，就燃起了卷烟。“今天就这样过去罢，且等到晚上再说了。”他在心里这样自语。躺了吸着烟，看看墙外的山，门前的水，又看看墙内外的花木；悠然了一会。忽然立起身来从檐柱上取下挂在那里的小锯子，携了一条板凳，急急地跑出墙门外去。

“又要去锯树了。先生回来了以后，日日只是弄这些树木的。”他从背后听到女仆在带笑这样说。方出大门，见妻和二女孩都在屋前园圃里，妻在摘桑，二女孩在旁“这片大，这片大！”地指着。

“阿吉，阿满，你们看，爸爸又要锯树了。”妻笑了说。

“这丫杈太密了，再锯去他。小孩别过来！”他踏上凳去。把锯子搁到那方才看了不中意的柳枝去。小孩手臂样粗的树枝，“拍地”一落下，不但本树的姿态为之一变，就是前后左右各树的气象及周围的气分，在他看来，也都如一新。携了板凳回入庭心，把头这里那里地侧着看了玩味一会，觉得今天最得意的事，就是这件了。于是仍去躺在檐头的藤椅上。

妻携了篮进来。

“爸爸，豌豆好吃了。”阿满跟在后面叫着说。手里捻着许多小柳枝。

“哪，这样大了。”妻揭起篮面的桑叶，篮底平平地叠着扁阔深绿的豆荚。

“啊，这样快！快去煮起来，停会好下酒。”他点着头。

黄昏近了，他独自缓饮着酒，桌上摆着一大盘的豌豆，阿吉、阿满也伏在桌上抢着吃。妻从房中取出蚕笾来，把剪好的桑叶铺撒在灰色蠕动的蚕上，二女孩几乎要把头放入笾里去，妻擎起笾来逼近窗口去看。一手抑住她们的攀扯。

“就可三眠了。”妻说着，把蚕笾仍拿入房中去。他一壁吃着豌豆，一壁望着蚕笾，在微醺中又猛触到景物变迁的迅速，和自已生活的颓唐来。

“唉！”不觉泄出叹声。

“什么了？”妻愕然地从房中出来问。

“没有什么。”

室中已渐昏黑，妻点起了灯，女仆搬出饭来。油炸笋，拌莴苣，炒鸡蛋，都是他近来所自名为山家清供而妻所经意烹调的。他眼看着窗外的暝色，一杯一杯地只管继续饮，等妻女都饭毕了，才放下酒杯，胡乱地吃了小半碗饭，含了牙签，踱出门外去，在湖边小立，等暗到什么都不见了，才回入门来。

吃饭间中灯光亮亮的，妻在继续缝衣服，女仆坐在对面用破布叠鞋底，一壁和妻谈着什么。阿吉在桌上布片的空隙处摊了《小朋友》看着，阿满把她半个小身子伏在桌上指着书中的猫或狗强要母亲看。一灯之下，情趣融然。他坐下壁隅的藤椅子去，燃起卷烟，只沉默了对着这融然的光景。昨日在屋后山上采来的红杜鹃，已在壁间花插上怒放，屋外时送入低而疏的蛙声。一切都使他感觉到春的烂熟，他觉得自己的全身心，已沉浸在这气分中，陶醉得无法自拔了。

“为什么总是这样懒懒的！”他不觉这样自语。

“今夜还做文章吗？春天夜是熬不得的。为什么日里不做些！日里不是睡觉，就是荡来荡去，换字画，换花盆，弄得忙煞，夜里每夜弄到一二点钟。”妻举起头来停了针线说。

“夜里静些罗。”

“要做也不在乎静不静，白马湖真是最静也没有了。从前在杭州时，地方比这里不知要嘈杂得多少，不是也要做吗？无论什么生活，要坐牢了才做得出。我这几天为了几条蚕的缘故，采叶呀，什么呀，人坐不牢，别的生活就做不出，阿满这件衣服，本来早就该做好了的，你看！到今天还未完工呢。”

妻的话，这时在他，真比什么“心能转境”等类的宗门警语还要痛切。觉得无可反对，只好逃避了说：“日里不做夜里做，不是一样的吗？”

“昨夜做了多少呢？我半夜醒来还听见你在天井里踱来踱去，口里念念着什么‘明日自有明日’哩。”

“不是吗？我也听见的。”女仆羼入。

“昨夜月色实在太好了，在书房里坐不牢。等到后半夜上云了，人也倦了，一点都不曾做啊。”他不禁苦笑了。“你看！那岂不是与灯油有仇？前个月才买来一箱火油，又快完了。去年你在教书的时候，一箱可点三个多明呢。——赵妈，不是吗？”妻说时向着女仆，似乎要叫她作证明。

“火油用完了，横竖先生会买来的。怕什么？嗄，满姑娘！”女仆拍着阿满笑说。

“洋油也是爸爸买来的，米也是爸爸买来的。阿吉的《小朋友》也是爸爸买来的，屋里的东西，都是爸爸买来的。”阿满把快要睡去的眼张开了说。

女仆的笑谈，阿满的天真烂漫的稚气，引起了他生活上的忧虑，妻不知为了什么，也默然了，只是俯了头动着针子，一时沉默支配着一室。

三个月来的经过，很迅速地在他心上舒展开了：三个月前，他弃了多年厌倦的教师生涯，决心凭了仅仅够支持半年的贮蓄，回到白马湖家里来，把一向当作副业的笔墨工作，改为正业，从文字上去开拓自己的新天地。“每日创作若干字，翻译若干字，余下来的工夫便去玩山看水。”

当时的计划，不但自己得意，朋友都艳羡，妻也赞成。三个月来，书斋是打叠得很停当了，房子是装饰得很妥贴了，有可爱的盆栽，有安适的几案，日日想执笔，刻刻想执笔，终于无所成就，虽着手过若干短篇，自己也不满足，都是半途辍笔，或愤愤地撕碎了投入纸篓里。所有的时间，都消磨在风景的留恋上。在他，朝日果然好看，夕阳也好看，新月是妩媚，满月是清澈，风来不禁倾耳到屋后的松籁，雨霁不禁放眼到墙外的山光，一切的一切，都把他牢牢地捉住了。

想享乐自然，结果做了自然的奴隶，想做湖上诗人，结果做了湖上懒人，这也是他所当初万不料及，而近来深深地感到的苦闷。

“难道就这样过去吗？”他近来常常这样自讼。无论在小饮时，散步时，看山时。

壁间时钟打九时。

“咿呀！已九点钟了。时候过去真快！”妻拍醒伏了睡熟在膝前的阿满，把工作收拾了，吩咐女仆和阿吉去睡。他懒懒地从藤椅子上立起身来，走向书斋去。

“不做末，早睡罗！”妻从背后叮嘱。

“呃。”他回答，“今夜是一定要做些的了，难道就这样过去吗？从今夜起！”又暗自坚决了心。

立时，他觉得全身就紧凑了起来，把自己从方才懒洋洋的气分中拉出了，感到一种胜利的愉快。进了书斋门，急急地摸着火柴把洋灯点起，从抽屉里取出一篇近来每日想做而终于未完工的短篇稿来，吸着烟，执着自来水笔，沉思了一会，才添写了几行，就觉得笔滞，不禁放下笔来举目凝视到对面壁间的一幅画上去。那是朽道人十年前为他作的山水小景，画着一间小屋，屋前有梧桐几株，一个古装人儿在树下背负了手看月。题句是，“明日事自有明日，且莫负此梧桐月色也。”他平日很爱这画，一星期前，他因看月引起了清趣，才将这画寻出，把别的画换了，挂在这里的。他见了这画，自已就觉得离尘脱俗，作了画中人了。昨夜妻在睡梦中听到他念的，就是这画上的题句。

他吸着烟，向画幅悠然了一会，几乎又要踱出书斋去。因了方才的决心，总算勉强把这诱惑抑住。同时，猛忆到某友人“清风明月不用一钱买，但是也不能抵一钱用”的话。不觉对于这素所心爱的画幅，感到一种不快。他立起身把这画幅除去。一时壁间空洞洞地，一室之内，顿失了布置上的均衡。

“东西是非挂些不可的，最好是挂些可以刺激我的东西。”

他这样自语了，就自己所藏的书画中，想来想去，忽然想到他的畏友弘一和尚的“勇猛精进”四字的小额来。“好，这个好！挂在这里，大小也相配。”

他携了灯从画箱里费了许多工夫把这小额寻出，恐怕家里人惊醒，轻轻地钉在壁上。

“勇猛精进”！他坐下椅子去默念着看了一会，复取了一张空白稿子，大书“勤靡余暇心有常闲”八字，用图画钉钉在横幅之下。这是他在午睡前在陶集中看到的句子。“是的，要勤靡余暇，才能心有常闲。我现在是安逸而心忙乱啊！”他大彻大悟似地默想。

一切安顿完毕，提出笔来正想重把稿子续下，未曾写到一张，就听到外面时钟丁地敲一点。他不觉放下了笔，提起了两臂，张大了口，对着“勇猛精进”的小额和“勤靡余暇心有常闲”八字，打起呵欠来。

携了灯回到卧室去，才出书斋，见半庭都是淡黄的月色，花木的影映在墙上，轮廓分明地微微摇动着，他信步跨出庭间，方才画上的题句，不觉又上了他的口头：“明日事自有明日，且莫负此梧桐月色也！”

流　弹

兰芳姑娘跟了我弟妇四太太到上海来，正是我长女吉子将迁柩归葬的前一个月。她是四太太亲戚家的女儿，四太太有时回故乡小住，常来走动，四太太自己没有儿女，也欢迎她作伴，因此和我家吉子、满子成了很熟的朋友。尤其是吉子，和她年龄相仿，彼此更莫逆。吉子到上海以后，常常和她通信。她是早没有父亲的，家里有老祖父、老祖母、母亲，还有一个弟弟，一家所靠的就是老祖父。今年她老祖父病故的时候，吉子自己还没有生病，接到她的报丧信，曾为她叹息：

“兰芳的祖父死了，兰芳将怎么好啊！一家有四五个人吃饭，叫她怎么负担得起！”

这次四太太到故乡去，回来的时候兰芳就同来了。我在四弟家里看见她。据她告诉我，打算在上海小住几日，于冬至前后吉子迁柩的时候跟我们家里的人回去，顺便送吉子的葬。从四太太的谈话里知道她家的窘况，求职业的迫切，看情形，似乎她的母亲还托四太太代觅配偶的。“三伯伯，可有法子替兰芳荐个事情？兰芳写写据说还不差，吉子平日常称赞她。在你书局里做校对是很相宜的。”四太太当了兰芳的面对我说。

“女子在上海做事情是很不上算的。我们公司里即使荐得进去，也只是起码小职员，二十块大洋一月，要自己吃饭，自己住房子，还要每天来去的电车钱，结果是赔本。对于兰芳有什么益处呢？”我设身处地地说。

“那么，依你说怎样？”四太太皱起眉头来了。“兰芳已二十岁了吧，请你替她找个对象啊！做了太太，什么都解决了。哈哈！”我对了兰芳半打趣地说。“三伯伯还要拿我寻开心。”兰芳平常也叫我三伯伯。“我的志愿，吉子姐最明白，可惜她现在死去了。我情愿辛苦些，自己独立，只要有饭吃，什么工作都愿干，到工场去当女工也不怕。”

“她的亲事，我也在替她留意，但这不是一时可以成功的，还是请你替她荐个事情吧。她如果做事情了，食住由我担任，赔本不赔本，不要你替她担心。”四太太说。“事情并不这样简单。从这里到老三的店里，电车钱要二十一个铜板，每日来回两趟，一个月就可观了；还有一顿中饭要另想法子。——况且商店都在裁员减薪，荐得进荐不进，也还没有把握。”这次是老四开口了。四太太和兰芳面面相觑，空气忽然严重起来。“且再想法吧，天无绝人之路。”我临走时虽然这样说，却感到沉重的负担。近年来早不关心了的妇女问题，家庭问题，女子职业问题等等，一齐在我胸中浮上。坐在电车里，分外留意去看女人，把车中每个女人的生活来源来试加打量，在心里瞎猜度。

吉子迁葬的前一日，家里的人正要到会馆去作祭，兰芳跑来说，四太太想过一个热闹的年，留她在上海过了年再回去。她明天不预备跟我们家里的人同回去送葬了，特来通知，顺便同到会馆里去祭奠吉子一次，见一见吉子的棺材。

从会馆回来，时候已不早，妻留她宿在这里，第二天，家里的人要回乡去料理葬事，只我和满子留在上海，满子怕寂寞，邀她再作伴几天。

她勉强多留了一夜。第三天早晨我起来的时候，已不见她，原来她已冒雨雇车回四太太那里去了。吃饭桌上摆着一封贴好了邮票的信，据说是因为天雨，又不知道这一带附近的邮筒在哪里，所以留着叫满子代为投入邮筒的。

“在这里作了一天半的客，也要破工夫来写信？”我望着信封上娟秀的字迹，不禁这样想。信是寄到杭州去的，受信人姓张，照名字的字面看去，似乎是一个男子。隔了一二天，我有事去找老四，一进门，就听见老四和四太太在谈着什么“电报”的话。桌子上还摆着电报局的发报收条。

“打电报给谁？为了什么事？”我问。

“我们自己不打电报，是兰芳的。”四太太说。

“兰芳家里出了什么事？”我不安地向兰芳看。老四和四太太却都带着笑容。

“三伯伯，你看，昨天有人来了这样一个电报，不知是谁开的玩笑？”兰芳从衣袋里摸出一张电报来，电文是“上海 ××× 路 ×× 号刘兰芳，母病，速转杭州回家”，不具发电人的名字。

“母亲没有生病吗？”我问兰芳。

“前天她母亲刚有信来，说家里都好，并且还说如果喜欢在上海过年，新年回来也可以，昨天忽然接到了这样的电报。问她，她说不知道是什么人打的。叫她从杭州转，不是绕远路吗？我不让她去，不好，让她去，也不放心。后来老四主张打一个电报到她家里去问个明白。回电来了，说家里并没有人生病。你道蹊跷不蹊跷？”素来急性的四太太滔滔地把经过说明。

“一个电报变成三个电报了，电报局真是好生意。”老四笑着说。

“那么打电报来的究竟是谁呢？”我问兰芳。

“不知道。”兰芳说时头向着地。

“电报上的地址门牌一些不错，如果你不告诉人家，人家会知道吗？你到此地以后天天要写信，现在写信写出花样来了。幸而那个人在杭州，只打电报来，如果在上海的话，还要钉梢上门呢。我劝你以后少写信了。”四太太几乎把兰芳认作自己的亲生女，忘记了她是寄住着的客人了。

兰芳赧然不作声。

“兰芳做了被人追逐的目标了。这打电报的人，前几天一定还在杭州车站等着呢。等一班车，不来，等一班车，不来，不知道怎样失望啊。这样冷的天气，空跑车站，也够受用了。”我故意把话头岔开，同时记起前几天看见的信封上的名字来。“杭州，姓张，一定是他了。”这样想时，暗暗感到读侦探小说的兴味。

第二天吃饭的时候，和满子谈起电报的故事。从满子的口头知道兰芳和那姓张的过去几年来的关系，知道姓张的已经是有妻有女儿的人了。

“这电报一定是他打来的。兰芳前回住在这里，曾和我谈到夜深，什么要和妻离婚咧，和她结婚咧，都是关于他的话。”满子说。

我从事件的大略轮廓上，预想这一对青年男女将有严重的纠纷，无心再去追求细节，作侦探的游戏了，深悔前几次说话态度的轻浮。

星期日上午，满子和邻居的女朋友同到街上去了，家里除娘姨以外只我一个人。九时以后，陆续来了好几个客，闲谈，小酌，到饭后还未散尽。忽然又听见门铃急响，似乎那来客是一个有着非常要紧的事务。

“今天的门铃为什么这样忙。”娘姨急忙出去开门。我和几位朋友在窗内张望，见来的是一个二十多岁的青年，光滑的头发，苍白的脸孔，围了围巾，携着一个手提皮箱。看样子，似乎是才从火车上下来的。

“说是来看二小姐的。”娘姨把来客引进门来。

“你是夏先生吗？我姓张，今天从杭州来，来找满子的。”

“满子出去了，可有什么要事？”我一壁请他就坐，一壁说，其实心里已猜到一半。

“真不凑巧！”他搔着头皮，似乎很局促不安。“夏先生的令弟家里不是有个姓刘的客人住着吗？我这次特地从杭州来，就是为了想找她。”

“哦，就是兰芳吗？在那里。尊姓是张，哦……那么找满子有什么事？”

“我想到令弟家里去找兰芳。听说令弟的太太很古板，直接去有些不便，所以想托满子叫出兰芳来会面。我们的关系，满子是很明白的。今天她不在家，真不凑巧。”

“那么请等一等，满子说不定就可回来的。”我假作什么都不知道。

别的客人都走了，客堂间里只我和新来的客人相对坐着。据他自说，曾在白马湖念过书，和吉子是同学，也曾到过我白马湖的家里几次，现在杭州某机关里当书记。“据说吉子的灵柩已运回去了，她真死得可惜！”他望着壁间吉子的照相说。

我苦于无话可对付，只是默然地向着客人看。小钟的短针已快将走到二点的地方，满子还不回来。“满子不知什么时候才回来，——我只好直接去了。”客人立起身来去提那放在坐椅旁的皮箱。

“戏剧快要开幕了，不知怎样开场，怎样收场！”我送客到门口。望着他的后影这样私忖。

为了有事要和别人接洽，我不久也就出去了，黄昏回来捺了好几次门铃，才见满子来开门。

“爸爸，张 ×× 来找你好几次了。他到了四妈那里，要叫兰芳一同出去，被四妈大骂，不准他进去。他在门外立了三个钟头，四妈在里面骂了三个钟头。他来找你好几次了，现在住在隔壁弄堂的小旅馆里，脸孔青青地，似乎要发狂。我和娘姨都怕起来，所以把门关得牢牢地。——今天我幸而出去了，不然他要我去叫兰芳，去叫呢还是不去叫？”

“他来找我做什么？”

“他说要托你帮忙。他说要自杀，兰芳也要自杀，真怕煞人！”

才捧起夜饭碗，门铃又狂鸣了。娘姨跑出来露着惊惶的神气。

“一定又是他。让他进来吗？”

“让他进来。”我拂着筷子叫娘姨去开门。来的果然就是张××，那神情和方才大两样了，本来苍白的脸色，加添了灰色的成分，从金丝边的眼镜里，闪出可怕的光。我请他一同吃夜饭，他说已在外面吃过，就坐下来气喘喘地向我诉说今天下午的经过。

“我出世以来，不曾受到这样的侮辱过。恋爱是神圣的，为什么可以妨害我们？我总算读过几年书，是知识阶级，受到这样的侮辱，只好自杀了。我预先声明，我要为恋爱奋斗到底，自杀以前，必定要用手枪把骂我的人先打杀！还有兰芳，看那情形也要自杀的，说不定就在今天晚上。……”他越说越兴奋，仿佛手枪就在怀中，又仿佛自杀的惨变即在目前的样子。我默然地听他说，看他装手势，一壁赶快吃完了饭。

“请问，你现在到我这里来为了什么？”我坐在他旁边，重新改变了态度从头问。

他似乎有些清醒了。

“一来是想报告今天的经过；二来是想请先生帮忙。”

说时气焰已减退了许多。

“这经过于我无关，用不着向我报告。至于帮忙，更无从谈起。我不知道你和兰芳的情谊，兰芳又不是我的亲戚。我连做媒人的资格都没有，何况你们是恋爱！”我冷淡地说。

“先生是我们的老前辈，关于恋爱，曾翻译过好几种书，又曾发表过许多篇文章。我们对于这些著作，平日是常作经典读的。在先生看来，我们青年应该恋爱吗？”“我决不反对恋爱。可是惭愧得很，自己却未曾有过恋爱的经验。关于这点，我倒应该向你受教的。听说你已结过婚，而且有了儿女了。你恋爱兰芳，本身当然有许多荆棘。你居然不怕，我真佩服你有勇气。”

他默然了一会，似乎在沉思。

“我已决定回家去离婚了。”

“那么，兰芳和你的情谊到了如何程度了呢？今天你到我弟弟家里去的时候，曾见到她吗？她曾出来招呼，向女主人介绍吗？”

“没有。我去敲门，把名片从门孔里递给女佣人，立了一刻多钟不见来开门，那位太太的骂声就起来了。兰芳不出来，也许是怕羞，说不定从中有人在阻挠，破坏我们的恋爱。我和兰芳相识已四年了，我为了她，曾奋斗到现在。”说到这里，他郑重地从衣袋里摸出一个纸包来。“唔，这里面有她和我合拍的照相，许多封给我的信。爱情这东西培养很难，破坏是很容易的。如果有人来破坏我们的爱情，我一定要和他拼命。”他又兴奋起来了。纸包摊开在桌子上，露出粉红色和淡蓝色的许多信封。我叫满子替他包好，不去看它。“据你说来，今天的事情，关系还在兰芳身上。她如果肯直直爽爽地把你当作未婚夫来介绍，就什么问题都没有了。我们的那位弟太太待兰芳并不坏，至于你们的关系如何，当然未曾明了。你知道上海的情形吗？在上海，陌生的男人上门去追逐女人叫‘钉梢’，是要被打——‘吃生活’的，你只受骂，还算便宜呢。哈哈！”

我不想再说什么了。拿起吃饭前已看过的晚报，无聊地来再看，把眼光放在“学生占住北站车辆，沪宁沪杭夜车停开”的标题上。客人仍是“指导”咧“帮忙”咧，说了一大套。

“你要我帮忙些什么呢？”我打着呵欠问他。“你的目的是要兰芳爱你吧？她究竟爱你不爱你，全在她自己，我有什么方法可想？至于说有人妨害你们的结合，更没有这回事。兰芳是在亲戚家里作客的，那里并没有你的情敌。你尽可放心。”

客人还没有就去的意思，低了头悄然地坐着。

“怎样？我不是已对你说得很明白了吗？你还有什么事？”

“我想叫兰芳不住在上海。兰芳这次出来原和我有约，冬至节边就回家去的。忽然说要在上海过年了，我曾打过一个电报，还是不回去。所以特地跑到上海来找她。她如果一天不回去，我也一天不回杭州，情愿死在这里。”他说到“死”字，又兴奋起来。我对于这狂热而粘韧的青年，想不出适当对付的方法来了。

“兰芳的回去不回去，照理有她的自由。你既这样说，我明天就去关照舍弟家里，叫他们不要留她，送她回去吧。好了，话说到这里为止，你可放心回旅馆去睡觉，明天也不必再来了。”

我立起身来替客人开门，他这才出门去。第二天早晨，我还睡着，又听得门铃响。那姓张的客人又来了。据娘姨说，她起来扫地的时候就见他在我家前后荡来荡去好几次了。

我披了衣服下楼去，见他已坐在客堂里，眼睛红红地，似乎昨晚不曾睡着过的样子。

“不是昨天已答应过你了吗，由我去劝四太太，叫她不再留兰芳在上海。我打算今天吃了夜饭就去说，日里是没有功夫的。——此外还有什么事？”我问他的来意。

“我怕兰芳要自杀，也许昨晚已经……”

“决不会吧。你似乎有些神经异常了。据我的意见，你在上海已没有事，可以就回杭州去了。兰芳不日也就可回到自己家里去。此后的事情，完全看你们的情形怎样。”

我抑住了厌憎的情绪，这样劝说。

“我有一封信在这里，想托满子替我代为送去给兰芳，安慰安慰她。”

他说着从衣袋里摸出一封厚厚的信来。“又是信！”我在心里说。我对于这种粘缠扭捏的青年男女间的文字游戏，是向所不快的，为了逃避当面的包围起见，就答应照办。笑着说：

“阿满，就替他做一回秘密邮差吧。——去去就回来，不要多讲话。”

打发满子去后，我就去穿大衣，戴帽子。客人见这样子，也就告辞而去。

正午回来吃中饭，满子尚未回转，从娘姨口里，知道那姓张的又来揿过好几次门铃；有一次从后门闯进来，独身在厨房里站了一回，拿起娘姨所用的镜子来照了又照，自叹面容的憔悴。

“这位客人样子有些痴。”娘姨毫不客气地下起诊断来。

黄昏回到家里，满子早已转来了，据说兰芳也有回信给姓张的。他下午又来守候过几次，最后一回拿了信去。兰芳在那里仍是有说有笑的，并不怪四太太。看样子似乎他们之间问题还很多，或者竟是张××的单相思。晚饭后我冒了雪到老四那里，正在和老四、四太太、兰芳围了炉谈说日来的经过，忽听见有人敲门。“一定又是那个痴子，别去理他！”四太太说。“还是让他进来吧，好当面讲个明白。”我主张说。老四和我去开门，来的果然就是他。老四和他是初见，“尊姓台甫”，一番寒暄之后，就表示日来怠慢的抱歉，且声明即日送兰芳回去，劝他放心。“兰芳，这是你的客人，你也出来当面谈谈，免得我们做旁人的为难。”老四笑着叫兰芳。

兰芳经了好几次催迫才出来，彼此相对，也不说什么。四太太在后房和娘姨在谈话，“痴子”“痴子”的声音时时传到耳里来。

“现在好了。他们已声明就送兰芳回去，我答应你的事情，总算办到。今晚我还要到别的朋友那里去，你也可以放心回去了。”我这样三面交代，结束了这会见的场面。接连下了好几天的雨夹雪，姓张的到第二天还没有回去，几次来捺门铃，我却都没有见到他。

过了三天，我又到老四那里。老四一个人在灯下打五关。据说四太太昨天下午亲自送兰芳回去了，预备在兰芳家里留一夜，明天可以回到上海。本来打算等天晴了才走的，因为那姓张的只管上门来嘈杂，所以就冒着雨雪动身了。

“这样冷的天气！太太真心坚，……都是那个痴子不好。”娘姨送出茶来，这样说。

国家，家事，杂谈已到了十点多钟，雪依然在落着。正想从炉旁立起身来回家，忽听得四太太叫娘姨开后门的声音。

“回来了，好像充了一次军！”四太太扑着大衣上的雪花进来。

“为什么这样快？不是预备在兰芳家里宿一夜的吗？”老四问。

据四太太说，她和兰芳才从轿子下来，就看见那姓张的，原来他已比她们早到了那里了。四太太匆匆地把经过告诉了兰芳的母亲，看时间尚早，来得及赶乘火车，就原轿动身，在兰芳家里不过留了半个钟头。

“我们都是瞎着急，睡在鼓里。兰芳的母亲既知道女儿已有情人，为什么还要托我管这样管那样。幸而我还没有替兰芳做媒人。兰芳也不好，为什么不明明白白告诉我们。那个痴子，在她们家里似乎已是熟客，俨然是个姑爷了，还要我们来瞎淘气。”四太太很有些愤愤。因为四太太在车子里未曾吃过晚饭，娘姨赶忙烧起点心来。我也不管夜深，留在那里吃点心，大家又谈到姓张的和兰芳。

“照情理想来，这对男女的结合并不容易。男的家里已有妻和小孩，女的家境又不好，暂时要靠人帮助。为兰芳计，最好能嫁个有钱的丈夫。唉，天下真多不凑巧的事。”老四感慨地说。

“男女间的事情，不能用情理来判断，恋爱本是盲目的东西。在西洋的神话里，管恋爱的神道，眼睛永不张开，只是把箭向青年男女的心胸乱放。据说这箭是用药煮过的，中在心上又舒服又苦痛，说不出的难熬，要经爱人的手才拔得出呢。”我的话引得老四和四太太都笑了。“依你说来兰芳和那痴子都中了那位神道的箭了。那么，我们的为她们淘气，算是什么呢？”四太太笑说。“只可说是流弹了。哈哈。”我觉得“流弹”二字用得恰好。

“真是流弹。哦，电报费，来回的船钱，火车钱，轿钱，汽车钱，计算起来，很不少呢。这颗流弹也不算小了。”老四说。

“还要外加烦恼哩。前几天多少嘈杂淘气！这样大雪天，要我去充军！”四太太又愤愤了。“总之是流弹，如数上在流弹的账上就是了。”老四笑着说。